9-57
1/25 - 58 - 101
2/1 - 102 - 150
2/8 - 151 - 208
2/15 - 208 - 255
2/22 - 256 - Fin

D0210130

SUR LA ROUTE DU PAPIER

Petit précis de mondialisation, 3

ERIK ORSENNA
de l'Académie française

Sur la route du papier

Petit précis de mondialisation III

STOCK

Cartes : © Anne Le Fur-AFDEC, 2012.
© Éditions Stock, 2012.
ISBN : 978-2-253-17408-0 – 1re publication LGF

Pour Élisabeth et pour Bernard,
incomparables compagnons de voyages

INTRODUCTION

Un jour, je me suis dit que je ne l'avais jamais remercié.

Pourtant, je lui devais mes lectures.

Et que serais-je, qui serais-je sans lire et surtout sans avoir lu ?

Pourtant, c'est sur son dos que chaque matin, depuis près de soixante années, je tente de faire avancer, pas à pas et gomme aidant, mes histoires.

Et que serait ma vie sans raconter ?

Je n'avais que trop tardé.

L'heure était venue de lui rendre hommage.

D'autant qu'on le disait fragile et menacé.

Alors j'ai pris la route. Sa route.

Cher papier !

Chère pâte magique de fibres végétales !

*
* *

Comme pour me souhaiter bon voyage, un souvenir m'est revenu. Lorsque, début juillet, nous partions pour deux mois de Bretagne, le bonheur de retrouver ma chère île de Bréhat était gâché par l'obligation de quitter mes amis livres. J'avais beau ruser, cacher *Les Trois Mousquetaires* entre les cirés, le catalogue des Armes et Cycles de Saint-Étienne sous les bottes, *Sans famille* ou le *Bon petit diable* au milieu des boîtes de confiture cinq kilos fraises et pommes ou prunes et pommes, ou pêches et pommes (pourquoi toujours de la pomme dans les confitures de l'après-guerre ?), mon père détectait infailliblement ces intrus et les renvoyait dans ma chambre.

— Mais qu'est-ce que tu crois ? Regarde par la fenêtre. Je n'ai pas un camion mais une Frégate (ou une Chambord[1]).

C'est alors que, rituellement, ma mère s'exclamait, sans doute pour me consoler, et aussi pour humilier mon père dont elle avait une bonne fois pour toutes décidé que les connaissances historiques étaient nulles :

— Ma parole ! Erik se prend pour le vizir de Perse !

Je jouais la stupéfaction.

— Quel vizir maman ?

— Mais voyons, Abdul Kassem Ismaïl.

Internet n'existait pas à l'époque, je ne parvenais pas à en savoir plus sur ce Grand Vizir, relation personnelle de ma mère.

Son principal trait de caractère semblait être la passion qu'il éprouvait pour ses cent dix-sept mille livres. L'idée de se séparer d'eux un seul jour lui était insupportable. Alors, chaque fois qu'il se déplaçait, il les emportait. Ou plutôt, il avait confié cette tâche à quatre cents chameaux.

---

1. Voitures moyennes de ce temps-là, marque Renault pour la première, Simca pour la seconde.

Mais le plus étonnant n'était pas là. Nombre de monarques et de présidents se font suivre en convois par leurs objets et courtisans favoris. Abdul Kassem Ismaïl avait le goût de l'ordre autant que des livres. En conséquence, les quatre cents chameaux avançaient selon l'ordre alphabétique des ouvrages dont ils avaient la charge.

Comme on s'en doute, ma mère ne laissait pas passer cette occasion d'une petite leçon de vie.

Soudain, elle soupirait à fendre l'âme.

— Quand je constate le désordre de ta chambre, je me dis que tu ne seras jamais vizir.

In petto, je jurais, bien sûr, de lui donner tort. Et, durant tout notre long voyage, je m'évadais de cette RN 12 qui nous menait vers l'Ouest, je rêvais de sable et d'oasis, de ma future bibliothèque nomade de cent dix-sept mille volumes.

Quand mon premier chameau (livres AA à AC) atteindrait Saint-Hilaire-du-Harcouët, où en serait le quatre centième, celui des Z ?

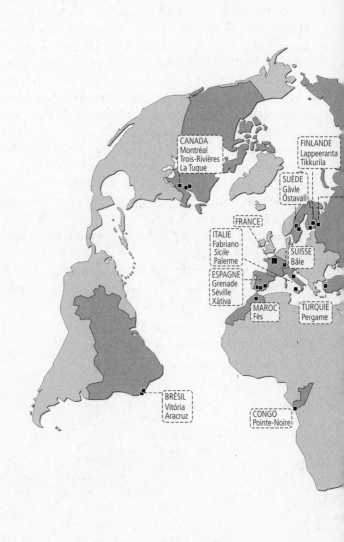

CANADA
Montréal
Trois-Rivières
La Tuque

FINLANDE
Lappeeranta
Tikkurila

SUÈDE
Gävle
Östavall

FRANCE

ITALIE
Fabriano
Sicile
Palerme

SUISSE
Bâle

ESPAGNE
Grenade
Séville
Xàtiva

MAROC
Fès

TURQUIE
Pergame

BRÉSIL
Vitória
Aracruz

CONGO
Pointe-Noire

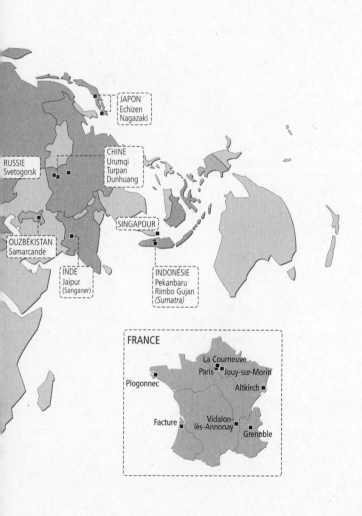

JAPON
Echizen
Nagazaki

CHINE
Urumqi
Turpan
Dunhuang

RUSSIE
Svetogorsk

OUZBÉKISTAN
Samarcande

INDE
Jaipur
(Sanganer)

SINGAPOUR

INDONÉSIE
Pekanbaru
Rimbo Gujan
(Sumatra)

FRANCE

La Courneuve
Paris Jouy-sur-Morin
Plogonnec
Altkirch
Facture Vidalon-
lès-Annonay
Grenoble

PREMIÈRE PARTIE

Papiers passés

Une enclave de Chine
au milieu de la Bretagne

Plogonnec (France)

D'après mes souvenirs d'école, nous devons à la Chine quatre inventions majeures : la poudre à canon, la boussole, l'imprimerie ; et le papier.

C'est donc là-bas que devait commencer ma route.

Mais la Chine est vaste.

Je me suis renseigné.

Par une sorte de paradoxe fréquemment constaté, le plus grand connaisseur de ces antiquités asiatiques habitait… l'Ouest. Peut-être pour se remettre d'avoir dirigé longtemps l'École française d'Extrême-Orient.

C'est ainsi qu'un matin pluvieux d'octobre, je me retrouvai derrière l'église de Plogonnec, petite localité discrète située, si vous voulez savoir, entre Quimper et Douarnenez (Finistère Sud).

Rue de la Presqu'île, dans l'ancienne maison du notaire, un chat noir et Jean-Pierre Drège m'attendaient.

J'espère que M. Drège ne m'en voudra pas mais au premier regard, je nous ai trouvé, lui le savant et moi l'ignorant, certaines ressemblances physiques :

même taille modeste, mêmes lunettes, même rondeur de la tête et semblable calvitie…

Sans plus tarder, l'animal et son maître me donnèrent leçon.

Contrairement à ce qu'on avait longtemps cru, Cai Lun, chef des ateliers impériaux et mort en l'an 121 de notre ère, n'était pas l'inventeur.

Des archéologues avaient, dans des tombes ou dans des tours de guet, découvert des papiers bien plus anciens. Quelques-uns remontaient à deux siècles avant Jésus-Christ.

Pauvre Cai Lun dépossédé de sa gloire par la vérité des dates !

— Ces ancêtres de notre papier, en connaissons-nous la composition ?

— Ils étaient faits de fibres végétales broyées, principalement du chanvre. Il y avait aussi du lin, du bambou, de l'écorce de mûrier. Certains…

Jean-Pierre Drège sourit :

— Certains parlent de vêtements usagés et même de filets de pêche pourris… Mais ce n'est pas à vous que je vais l'apprendre, il ne faut pas toujours faire confiance à l'imagination.

Le chat noir allait, venait, comme font les chats. Il avait l'air de prêter l'oreille. On aurait dit qu'il contrôlait, en inspecteur, l'enseignement du professeur.

— Et savons-nous dans quel endroit de Chine fut produit le premier papier ?

— Sans doute un peu partout dans l'Empire. Et si toutes les découvertes se concentrent dans le Nord, aux abords des déserts Taklamakan et Gobi, le long de la route de la Soie, c'est que, par définition, le climat y est sec. Le papier est un faux fragile : il résiste à presque tout. Il n'a qu'un ennemi : l'humidité.

Depuis l'enfance, je rêvais de prendre un jour cette fameuse route.

Le papier allait-il me faire ce cadeau ?

Jean-Pierre Drège continuait sa leçon :

— Le caractère pour « soie » 絲 (*si*, en transcription internationale pinyin) est un seul caractère composé de deux éléments, deux fois un écheveau de soie stylisé.

Le caractère pour « papier » 纸 (*zhi*, en pinyin) est un seul caractère qui se compose lui aussi de deux éléments : à gauche, l'élément de l'écheveau de soie (纟) et à droite, la partie indicative de la phonétique (氏). Il donne la manière de prononcer le mot. Grâce à lui, on ne confondra pas la soie et le papier. Observez l'intelligence de la langue chinoise : soie et papier se ressemblent, non ? On a écrit sur la soie avant d'écrire sur le papier. Et si la soie est le plus luxueux des textiles, dans beaucoup d'endroits du monde, on a confectionné des vêtements de papier, en les huilant par exemple. Au fond, le papier c'est de la soie en plus humble.

J'avais sorti mon carnet et notais, notais avec la frénésie du bon élève.

— Peut-être serez-vous curieux d'apprendre que le caractère de droite *shi* (氏) a aussi une signification pour lui-même : il veut dire « nom de famille ». Intéressant, non, quand on veut parler de « papier », voire de « sans-papiers » ?

Maintenant, nous avions rejoint le bureau du savant : une vaste pièce au premier étage tapissée de livres et donc d'idéogrammes car rares étaient les dos sur lesquels on pouvait reconnaître les lettres de notre cher alphabet.

Le chat me regardait, dubitatif, pas sûr que je mérite l'honneur d'une telle invitation.

Jean-Pierre Drège avait ouvert un carton et me montrait les cadeaux qu'il avait reçus, des morceaux de très vieux papiers, la plupart très rustiques, venus de toute l'Asie : Chine mais aussi Corée, Japon, Inde, Vietnam. À la lumière de la fenêtre on voyait par transparence des amas de matières non identifiables et de longues fibres intactes, comme autant de fossiles.

Timidement, je revins à mon rêve, la route de la Soie.

Jean-Pierre Drège releva le nez de ses trésors.

— Vous devriez prendre contact avec une collègue sinologue. Elle s'appelle Catherine Despeux. Une spécialiste du corps dans la pensée chinoise. Elle a travaillé sur les manuscrits de la bibliothèque murée.

Une bibliothèque murée ? Je sursautai, voulus en apprendre un peu plus.

— Oh, elle vous racontera elle-même. Si elle veut. Je sais qu'elle prépare un voyage. Peut-être acceptera-t-elle votre compagnie ?

J'ai quitté titubant le savant et son chat. J'ai retrouvé Plogonnec. La crêperie La Chandeleur fait face à l'ancienne maison du notaire. Je me sentais vertigineux comme après avoir traversé une enfilade de pièces tapissées de trop de miroirs.

Mon enquête s'annonçait riche en échos, ressemblances, allégories et métaphores de toutes sortes.

Commerce et frontière

Urumqi (Chine)

Qui inventa la route de la Soie ?

À tout empereur tout honneur, on peut avancer le nom de Wudi, de la dynastie des Han. Un siècle et demi avant Jésus-Christ, il régna sur la Chine.

Un beau jour, il décide d'en apprendre un peu plus sur les régions mystérieuses de l'Ouest dont personne ne savait rien sauf qu'elles abritaient des barbares qui n'arrêtaient pas d'envahir et de détruire. Contre eux on avait, cent ans plus tôt, commencé d'élever la Grande Muraille.

Bref, un fonctionnaire est désigné. Il s'appelle Zhang Quian. Une escorte lui est fournie, forte de cent hommes. Quand il revient, treize ans plus tard (dont onze d'emprisonnement), un seul compagnon lui reste. Zhang raconte, il fascine, il éveille des vocations. Nombreux, en l'écoutant, se rêvent commerçants. À leur tour, ils partent. L'empereur proclame Zhang Quian « Grand Voyageur ».

L'armée romaine aussi a joué son rôle dans l'invention de la Route. La légende veut que ses soldats, en guerre contre les Parthes, se soient émerveillés des bannières que ceux-ci déployaient : le tissu en était incomparable de souplesse, de brillance, et, si l'on parvenait à s'en approcher, de douceur.

La passion pour la soie était née et qu'importent les périls pour aller la chercher à sa source mystérieuse, la Chine. On croyait alors qu'elle poussait sur les arbres.

Tout au long du vol AF 124 pour Pékin, j'écoutais Catherine Despeux me raconter la Route. Ou plutôt les routes.

Car le seul obstacle que même les chameaux ne pouvaient franchir était le terrible désert du Taklamakan. On pouvait le contourner par le Nord (Dunhuang, Turpan, Urumqi) ou par le Sud (Dunhuang, Khotan, Kashgar). Avec, pour chaque itinéraire, d'innombrables variantes.

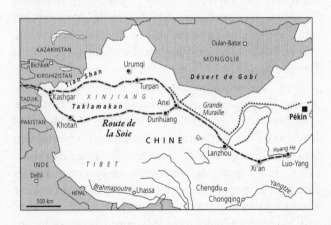

Seize siècles durant, les caravanes ne vont pas cesser de se croiser.

Celles qui viennent de Chine transportent vers l'Occident, outre la soie, le fer, le bronze, les céramiques, les épices.

Celles qui viennent d'Europe ou d'Arabie apportent l'or, le verre, la laine, le lin... Sans oublier des religions.

Catherine Despeux se passionne pour le voyage des croyances.

— Chacun sait que le bouddhisme est venu de l'Inde. Vous en verrez les manifestations dans toutes les oasis, à Turpan, à Dunhuang...

— Dunhuang, n'est-ce pas là qu'on a trouvé dans une grotte, murée par des moines vers l'an 1000, de très vieux manuscrits ?

Catherine ne releva pas. Elle était trop plongée dans l'un de ses sujets de prédilection : les manichéens et les nestoriens. Un autre jour, je vous raconterai tout ce que cette dame m'a enseigné à leur propos. Pour le moment, sachez qu'eux aussi arrivèrent de l'Ouest, grâce à la Route.

*
* *

Rien à signaler sur l'étape suivante, le vol CZ 6904 vers l'extrémité Nord-Ouest de l'Empire, sinon que le cours de gymnastique genre taiji, offert gracieusement par la compagnie China Southern Airlines juste avant l'atterrissage, fut scrupuleusement suivi par la plupart des passagers. Et l'avion se mit à ressembler au central de Roland-Garros. En plus sportif. Car l'on y tournait en cadence pas seulement la tête, à droite, à gauche, mais tout le corps, les épaules, les bras, la cage thoracique, les jambes, la droite et la gauche puis les chevilles, mais s'il vous plaît, gardez les talons bien arrimés au sol.

*
* *

Urumqi.

Le mot veut dire « prairie fleurie », alors que la ville, avec ses gratte-ciel, ressemble à Houston ou Dallas, une ou deux tailles au-dessus.

Les Chinois aiment les maquettes : elles rendent visibles l'ambition et le progrès. Dans une pagode qui surplombe le principal jardin public, on peut voir Urumqi à trois âges de sa vie :

1947 : une sorte de campement ;

2000 : un million d'habitants, le développement commence ;

2010 : trois millions, en attendant beaucoup plus.

À Urumqi vivaient surtout des Ouïghours. Mais pas question pour Pékin de laisser un peuple, qui plus est de religion musulmane, revendiquer la moindre autonomie en cette extrémité de l'Empire. La Chine est trop vaste et trop diverse, habitée de trop de minorités pour laisser prospérer les forces centrifuges. Alors le Comité central, dans son brutal souci d'unité nationale, a employé la même méthode qu'au Tibet : envoyer dans ces confins, sans leur demander leur avis, des millions de Han, Chinois d'origine.

En moins d'une génération, les Ouïghours ont été marginalisés et rejetés dans les périphéries. De temps en temps, ils protestent. Des émeutes éclatent. Ouïghours contre Han. Plusieurs centaines de morts en juillet 2009. Et la croissance de la ville reprend, effrénée.

Il faut dire que le sol de la région, le Xinjiang, regorge de richesses : pétrole, charbon, fer... Et la chaîne de hautes montagnes voisines, le Tianshan, offre toute l'eau nécessaire à l'agriculture. C'est ainsi qu'entre autres titres de gloire économique, Urumqi abrite le deuxième producteur mondial de tomates.

*
* *

Vous étiez venu, appelé par une route.

Dès les premiers kilomètres, vous constatez qu'elle est morte.

Non qu'elle manque d'activité : les caravanes continuent de se succéder et qu'importe si les camions ont remplacé les chameaux, qu'importe si d'autres chargements se sont substitués à la soie. Et la quatre voies, le futur TGV, suivent scrupuleusement le tracé légendaire de sable et de cailloux entre des neiges éternelles.

Une route meurt quand elle s'arrête.

Et la route désormais s'arrête à Urumqi. Au Sud-Ouest elle continue vers Kashgar mais le cœur n'y est plus.

Tout ce qui vient de l'Est ne sert qu'à construire ce bastion de l'Empire.

Autrefois, la route de la Soie était cette grande entreprise de tissage entre les humains qu'on appelle le commerce.

Aujourd'hui, le Comité central l'a mise au service d'une affirmation, celle de la frontière.

Pour un peu, je reprenais l'avion.

Mais la grotte aux trésors m'attendait, la bibliothèque de Dunhuang, si longtemps murée.

Le paradis du passé

Turpan (Chine)

Depuis des heures que nous roulons, personne. Aucun être vivant autre que motorisé.

Quand je pense que les caravanes empruntaient les routes de la Soie pour éviter la rigueur des *déserts*… Comment qualifier cette immense plaine de cailloux, vide ? Je n'ai vu que deux chameaux immobiles au milieu d'un champ d'éoliennes.

Pensent-ils à la vaillance de leurs ancêtres, capables de marcher des semaines durant sur ces étendues infinies, où chaque touffe d'herbe, séparée de la suivante par un bon kilomètre, fait figure d'oasis ?

On se dirait sur le fond de la mer ; d'ailleurs présente il y a trois millions d'années. Et puis l'eau s'est retirée. Si bien qu'aujourd'hui cette région est de toutes celles de la Terre la plus enclavée, la plus éloignée du moindre océan.

Il n'en reste que du sel. Il affleure partout, notamment dans un grand lac blanc qu'on exploite à destination des cuisines.

— Tempête de sable, dit le chauffeur.

Drôle de tempête. L'air me semble d'un calme parfait. Mais il est vrai qu'on n'y voit pas à cent mètres.

C'est bien ma chance ! Je ne verrai pas les sommets promis ni leurs neiges éternelles.

— Hier, le vent a soufflé, explique le chauffeur. Il a soulevé le sable.

J'avoue que je soupçonne les Chinois. Ils ont l'habitude de masquer tous leurs chantiers de toiles ou de palissades. Sans doute usent-ils de ce stratagème, la fausse tempête, pour raser quelques montagnes qui les gênaient dans leurs projets.

Le chauffeur revient à la charge. Il a senti mon ironie, qu'il déteste. Comment un étranger ose-t-il douter de la capacité de la Chine à surpasser dans tous les domaines le reste du monde et notamment en violence climatique ?

— Le mois dernier, j'ai vu une rafale renverser un camion.

Je prends un air affolé, qui le satisfait. Et de nouveau, je repense au temps glorieux de la Route. J'imagine ces caravanes luttant des jours et des jours contre le vide et contre un vent tantôt brûlant, tantôt glacé. Je sais d'expérience, depuis l'Antarctique, qu'il n'est de pire muraille à vaincre qu'un souffle qui vous fait front et vous mord et vous brûle et vous déchiquette et pour finir, vous paralyse.

Alors je comprends le plein sens du mot « gagner ». Gagner une ville, arriver à destination, triompher de toutes les adversités possibles pour *gagner* la prochaine étape de son voyage.

*
* *

Turpan. À première vue, on dirait une ville nouvelle de notre vieille Europe, en beaucoup plus vaste et encore plus mal construite, avec des bâtiments trop cubiques et trop pareils, séparés de temps à autre par un immeuble immense sans raison, avec des rues trop larges et des places trop vides… Bref, rien qui charme, rien qui se distingue. Quelle utilité de s'en aller si loin pour rencontrer cette banalité ?

Ma mine déconfite amusait Catherine Despeux. D'ailleurs tout la réjouissait après qu'elle avait posé le pied sur le sol de son pays d'élection. L'amour lui en était venu par sa grand-mère, elle n'avait pas cinq ans.

Et maintenant elle me répétait de prendre un peu patience.

— Enfin, Erik, ce n'est pas votre premier voyage ! Croyez-vous que la Chine ancienne va se laisser dévorer sans réagir ?

La minute qui suivit lui donna raison.

Il nous suffit de traverser une ultime avenue « moderne » et la vieille oasis surgit. Annoncée par la multiplication soudaine des peupliers.

Un parfum général de raisin. Des treilles ombrageant les ruelles. Des maisons de plain-pied devant lesquelles des enfants jouent avec leurs chats. Des portes entrebâillées par lesquelles on voit les lits alignés dans la cour. Çà et là, une mosquée miniature et multicolore.

Passent et repassent des triporteurs pétaradant conduits par le chef de famille. La femme et les enfants s'entassent derrière, sur des tapis rouges.

Passent et repassent des scooters silencieux car électriques. Ils sont montés soit par des vieillards au visage parcheminé mais à l'œil rieur soit par des toutes jeunes filles, la plupart du temps belles et souvent par deux. Liberté : l'une peut se voiler d'un foulard tandis que l'autre non.

Chers Ouïghours ! Leur islam paraît bien détendu ! Au marché on s'affaire. L'occupation la plus physique consiste à transférer les pastèques d'un lieu à un autre, pour les entasser soigneusement avant de recommencer en sens inverse.

Plus loin, un jeune homme au crâne rasé, force de la nature, touille dans une bassine immense. De temps en temps, pour effrayer les enfants, il en sort de gros morceaux d'intestin blanchâtres.

Les restaurants ont aligné leurs tables sous de petits arbres genre acacias. Les solitaires, hommes ou femmes, s'y assoient les premiers. Les familles viendront plus tard. Les brochettes sont déjà prêtes, il suffit d'activer les braises qui reposent dans des chariots ressemblant à des jouets : on dirait des locomotives. La bonne humeur est générale. Un troupeau de moutons vient d'apparaître. Il bloquera longtemps le carrefour, à la grande joie des bambins. Et au parfum du raisin auquel, vers le soir, les odeurs de viande grillée s'étaient mêlées, voici que s'ajoute une forte senteur de crottes. Pour savoir à quelle vitesse le temps passe dans la vieille ville de Turpan, nul besoin de posséder une montre. Il suffit d'avoir un nez.

Excepté les lampadaires qui viennent de s'allumer, rien dans la vie des gens n'a vraiment changé depuis mille ans.

Il suffit de remplacer par des mules et des chameaux les deux et trois-roues à moteur dont la ronde ne ralentit pas et me voici commerçant du XIIe ou

XIIIe siècle, prenant quelque repos sous les treilles avant de me remettre en route.

*

* *

Le papier s'était fait attendre.

Ma patience allait bientôt trouver sa récompense.

Le musée de Turpan, imposant et flambant neuf, domine l'avenue principale.

Son message est clair, annoncé dès l'entrée en lettres d'or : « Prenons leçon de notre passé glorieux. Tous ces peuples, Ouïghours, Sogdiens, Han, Tibétains, Mongols ont bâti, en s'appuyant sur leur diversité, la plus riche civilisation du monde. Suivons leur exemple au service du développement commun ! »

Laissant la politique, je me suis dirigé sans hésiter vers une petite salle du rez-de-chaussée, au fond à droite.

L'objectif de mon voyage m'attendait : dix vitrines, chacune riche de plusieurs trésors. À commencer par un manuscrit daté du IVe siècle, soit neuf cents ans avant l'apparition du papier en Europe.

Il avait été retrouvé dans une tombe du site funéraire voisin d'Astana. C'était, d'une calligraphie stupéfiante de netteté, la liste des objets appartenant à la défunte, une certaine Mme Peng.

La suite était de cette eau : des soutras bouddhiques ou d'autres textes religieux (y compris manichéens, y compris nestoriens !), mais aussi des documents domestiques, touchant de quotidienneté (les comptes de la maison, le bilan des récoltes, le contrat prouvant l'achat d'un esclave…).

Je me souvenais de l'enseignement de Jean-Pierre Drège.

Constructeurs du Grand Canal, de la Grande Muraille, les Chinois ne sont pas seulement un peuple d'ingénieurs. Ils ont toujours ressenti un impérieux besoin de tenir compte et chronique de tout. Avec le papier, ils ont inventé la matière qui convenait à leur manie obsessionnelle.

Outre les manuscrits, le musée de Turpan nous présentait des chaussures en papier, des vêtements en papier, une canne en papier…

Soudain j'entendis un cri.

Catherine Despeux venait de découvrir une page écrite en… tangout, une langue, justement, qu'elle était en train d'apprendre.

Pour les ignorants (dont j'étais la veille encore), je signale que les Tangouts sont un peuple d'origine sino-tibétaine qui vécut dans ces régions aux Xe et XIe siècles.

Ces reliques ne venaient pas seulement d'Astana. On en avait découvert au fond des grottes creusées dans la Montagne Flamboyante qui domine la dépression de Turpan.

Pour la première fois l'envie me vint de retirer la soie du nom de la Route et de lui proposer un titre plus conforme à sa réalité présente : *La route des Grands Trésors préservés.*

Ce Nord-Ouest de la Chine ne fut pas seulement route commerciale. Mais carrefour. Où tous les peuples de la région se rencontrèrent, se combattirent, cohabitèrent.

Ils y créèrent des royaumes qui durèrent ce que durent les royaumes, parfois quelques décennies, parfois des siècles. Avant que les Han n'imposent leur domination.

C'est dire si le sol regorge de trésors.

En aucun autre endroit de Chine les archéologues n'ont exploré un tel paradis.

D'autant que les pilleurs y avaient été moins actifs qu'ailleurs, rebutés par les difficultés d'accès ; et la sécheresse de la terre alliée à la rigueur du climat garantissait une exceptionnelle qualité de conservation.

En me rendant sur le site de Bezeklik (où m'attendaient quarante grottes), je me rappelais la comparaison du Pr Drège :

— Nos ancêtres marins, pour se concilier la bienveillance de Dieu avant une campagne de pêche, ou pour Le remercier d'avoir échappé à une tempête, confectionnaient des maquettes de bateaux qu'ils offraient à l'église voisine. Les plus riches, les armateurs, construisaient des chapelles. Les pratiques chinoises ne sont pas différentes. Ce sont des ex-voto que vous allez découvrir.

Supposons que vous viviez entre le Ve et le XVe siècle après Jésus-Christ, dans l'une ou l'autre des oasis de la Route ; que vous ne manquiez pas de moyens et que pour protéger votre ville ou développer vos affaires, vous souhaitiez apprivoiser les divinités.

Voici comment vous y prendre.

Vous choisissez une grotte ou mieux, en vous réunissant avec quelques amis, un groupe de grottes.

Afin d'échapper aux voleurs et aux vandales vous les prenez très inaccessibles, perchées à mi-pente d'un flanc de montagne, par exemple et, pour l'agrément, dominant une petite rivière ombragée par des peupliers.

Vous embauchez un peintre et lui donnez vos instructions : « D'abord vous me peignez mille bouddhas. »

L'artiste hoche la tête. Il feint la surprise. Alors que depuis des siècles, on commence toujours par orner le plafond de mille bouddhas avant d'aborder d'autres sujets. Il rassemble les pigments, allume sa bougie. Et se met sans tarder au labeur.

Puis vous attendez trente à quarante ans que l'artiste (ou son fils) achève l'œuvre. Alors, si Dieu a bien voulu vous faire vivre jusque-là, vous grimpez jusqu'à votre grotte (plus probablement : on vous y hisse) et là, dans la pénombre, vous vous émerveillez de vous voir, vous le donateur, représenté comme c'est l'usage, au milieu des divinités. Il se peut, je préfère vous prévenir, qu'à cet instant l'émotion soit trop forte et que votre cœur lâche.

Mais qui regrettera de mourir dans les bras ocre et rouge de la Montagne Flamboyante ?

*
* *

Chemin faisant vers d'autres sites et d'autres manuscrits millénaires, je tentais d'autres noms pour la route de la Soie. Quelle appellation choisir ?

La route de la Possibilité infinie. Pour tous les pays du monde, sauf deux, le désert est une donnée, désagréable, certes, mais devant laquelle on s'incline. Tout ce sable, tous ces cailloux ne servent pas : on n'y fera jamais pousser rien.

Israël et la Chine ne partagent pas cette résignation. Le premier, pour desserrer le carcan d'un territoire exigu. La seconde car telle est sa nature : développer.

La route de la Soie saute d'oasis en oasis comme de pierre en pierre d'un gué. Entre chacune, de vastes étendues vides et stériles. Vision insupportable pour des Chinois. Alors ils irriguent, aménagent, bâtissent des usines, des villes, un centre d'exploration spatiale, d'où partent les fusées. Au-dessus de chaque crevasse, ils lancent un pont. Quand une montagne les gêne, ils la percent de tunnels. Je me souviens d'un échangeur au milieu de nulle part et surmonté d'un panneau géant : à gauche Lhassa, à droite Shangai. Et partout des millions et des millions de jeunes arbres.

Peu à peu, les oasis s'étendent. Il est à parier qu'un jour (prochain) on fera visiter des bacs à sable : « Voyez, c'est tout ce qui reste du désert de Gobi. » Rien ne résiste à la volonté du peuple de Chine.

La route des Chameaux de pierre puisqu'on n'en rencontre plus de vivants. Sans doute pour apprendre aux enfants la forme qu'ils avaient, ces animaux qui ont presque valeur d'ancêtres tant leur apport fut décisif, chaque ville oasis en parsème ses rues de sculptures.

La route des Matières premières. À défaut de chameaux, on croise des chevaux mécaniques : ces têtes de fer qui plongent et replongent vers le sol pour pomper l'énergie fossile. Et tout au long de la route anciennement de la Soie, on voit des usines qui arrachent à la Terre tous ses métaux.

La route des Muqueuses agressées. Plus j'avançais, plus se dégradait la qualité de l'air. Ma sinusite se déclencha à Jiayuguan. Et je doute qu'en soit responsable l'imposante forteresse du même nom, pointe occidentale extrême de la Grande Muraille. Trop de cheminées s'accusaient elles-mêmes, qui dégageaient une fumée âcre et jaunâtre.

On me conseilla de prendre mon mal en patience, je devais m'attendre à respirer pire. On avait raison. À Lanzhou, j'allais suffoquer en même temps qu'une sorte de fierté m'envahirait. J'aime l'expérience des limites, des records, et cette ville est considérée comme la plus polluée au monde.

Le Comité central multiplie les campagnes d'avertissement : la Chine doit mieux respecter l'environnement sous peine de voir remis en cause son développement. Mais rien n'y fait, pas même les punitions pour l'exemple. Beaucoup d'industriels, de mèche avec les autorités locales, continuent de produire au plus bas prix, sans le moindre souci écologique.

La route du Grand Vent permanent puisque, sur ces plateaux de bout du monde, jamais l'air ne se calme. Il n'a de cesse de tout dévaster, villages, villes, plantations et visages ; jusqu'au flanc des hautes montagnes qui lui servent de corridor et qu'il ravine de rides profondes.

La route du Parfum de sable puisque, porté par le vent ci-devant décrit, il s'immisce dans vos narines, s'installe en maître dans le siège de votre odorat, ne laissant guère de place aux autres senteurs pourtant présentes, oignons, raisin, jasmin.

Avec Catherine Despeux, j'ai négocié longuement chaque terme de ces appellations. En bon professeur, redouté, dit-on, de ses élèves, elle ne déteste rien tant que le flou et l'exotisme.

— La Chine mérite de la précision, répète-t-elle. Comment ne pas lui donner raison ?

La bibliothèque murée

Dunhuang (Chine)

Si vous souffrez de dépression, épargnez-vous
l'étape de Liu Yuan (en français : « le jardin des saules
pleureurs »). De toutes les localités que j'ai traversées
dans ma vie, celle-ci restera comme une capitale de
la désespérance. Façades dégradées, couleurs pis-
seuses, trottoirs troués, chaussée ravinée. On comprend le chagrin des saules. Quant au jardin annoncé,
aucune trace. Dans son grand plan de développement
national, le Comité central a dû oublier Liu Yuan.
Sans doute en punition de quelque grave péché de la
population contre cette religion aujourd'hui oubliée
qu'on appelait marxisme. Et ne croyez pas trouver
quelque gaieté dans les alentours. Des terrils, des
dizaines de terrils d'une mine de cuivre se sont donné
le mot pour rappeler au voyageur que poussière
(grise) il est et donc qu'il redeviendra poussière.

À la descente du train, avions-nous choisi le bon
taxi ?
Pour sa défense, on peut dire qu'il nous conduisit
tout au bout de cette route de cent vingt kilomètres

sans aucun village ni aucun divertissement sauf à un moment, sur la gauche, le mirage d'une ville qui se révéla gigantesque forêt d'éoliennes.

Mais il ne ménagea pas nos nerfs : il ne cessait de ralentir. Manquait-il d'essence ou respectait-il une limitation de vitesse particulièrement sévère ? Entre des vignes et du coton, le second poussant entre les premières, nous arrivâmes si lentement que les charrettes nous dépassaient.

*
* *

Dun veut dire « étincelant ».

Huang veut dire un « lieu élevé ».

Qu'est-ce qu'un « lieu élevé qui étincelle » ?

La première réponse qui vient au marin est : un phare.

Et tel est bien le rôle de Dunhuang.

Dernière ville vraiment chinoise de la route de la Soie avant d'affronter le terrible désert du Taklamakan. Ou, en revenant, première lueur aperçue, premier signe de présence humaine et première preuve qu'on a échappé aux périls et réussi la traversée.

Le Taklamakan vaut bien un océan pour l'épouvante qu'il inspire.

Le vent souffle aussi fort. Les vagues de sable sont aussi hautes et presque aussi mouvantes que celles de la mer. Ce qui fait que les caravanes y peuvent disparaître aussi sûrement et corps et biens que les bateaux dans la tempête. Voilà pourquoi Dunhuang mérite son nom de phare.

Je souffre d'un mal qu'on pourrait qualifier de *géographique*. Certains lieux exercent sur moi une telle fascination qu'il me faut urgemment et sous peine de dérèglements graves aller les saluer. Ainsi le cap Horn, le détroit de Behring.

Mais pourquoi Dunhuang ?

Écoutez l'histoire suivante :

À peine arrivé, le 12 mars 1907, l'explorateur anglais Aurel Stein entend courir le bruit selon lequel un certain Wang Yuanlu, petit paysan devenu soldat puis moine taoïste, serait tombé par hasard sur un trésor. Il balayait l'une des innombrables grottes (quatre cent quatre-vingt-douze) creusées dans la montagne voisine de Mogao. Selon l'usage, elles avaient été peintes et ornées de sculptures. Et voici qu'un morceau de fresque s'était détaché, révélant un mur. Wang déplace les pierres. Et découvre un réduit où s'entassent des milliers de manuscrits.

— Où est ce Wang ? demande Stein.

— Parti mendier pour financer les restaurations qu'il mène.

— Quand reviendra-t-il ?

— Peut-être d'ici trois semaines, peut-être bien davantage.

Pour tuer le temps, l'infatigable Stein met au jour des tours de guet.

Enfin Wang paraît.

Comment convaincre le petit homme de montrer ses merveilles ?

Stein appelle à son secours un personnage considérable, mort douze siècles plus tôt, le Grand Voyageur mythique Xuanzang, celui qui réussit à faire sortir de l'Inde, sur le dos de vingt poneys, les manuscrits bouddhiques les plus précieux.

Mis en confiance par cette vénération commune, Wang accepte de montrer un manuscrit.

Chiang, l'assistant de Stein, l'étudie durant la nuit. C'est un lettré de grand savoir.

Il arrive au matin, l'air illuminé :

— Ce texte, je pourrais en jurer, a été traduit par… Xuanzang lui-même.

Wang titube, Stein enchaîne :

— Voici la preuve que, de sa tombe, le Grand Voyageur a choisi le moment de la Révélation et celui (moi, Stein !) qui doit la porter !

Devant de tels présages, Wang n'a plus d'autre choix que de céder. Il conduit les deux hommes dans son sanctuaire.

*
* *

Où je me rends aujourd'hui, dimanche 18 septembre 2011.

Notre chauffeur de taxi est belle, bavarde, âgée de vingt-cinq ans, mariée, mère d'un garçon de huit ans car, dit-elle, « je déteste perdre mon temps ».

Voilà sans doute la raison pour laquelle, dédaignant les consignes, elle conduit comme une folle.

Désinvolture qui laisse augurer certaines protections haut placées et sans doute fascinées, comme moi, par son visage.

C'est donc en survivant qu'après avoir évité (au dernier moment) je ne sais combien de triporteurs et slalomé, façon Formule 1, entre un car et un camion, je parvins sur le site de Mogao, encore tremblant et rendant grâce à Dieu de m'avoir, une fois de plus, épargné.

Pour apprécier la force originelle du lieu, divers exercices mentaux sont nécessaires :

1) faire semblant de n'avoir pas remarqué les deux hôtels (géants), ni la gare (géante), ni l'aéroport (encore modeste mais où les gros appareils déjà se succèdent) ;

2) oublier la foule qui à vos côtés se presse, joyeuse de fêter la lune d'automne en allant saluer le glorieux passé de son pays ;

3) tenter d'entendre le chant de quelques oiseaux sous la musique d'ambiance que les aménageurs ont choisi planante, genre Pink Floyd ;

4) réprimer un haut-le-cœur quand vous découvrez que le flanc de la colline légendaire a été recouvert sur toute sa hauteur, sur toute son interminable longueur, d'un enduit beige et grumeleux, type ravalement et que chacune des quatre cent quatre-vingt-douze grottes est fermée par une porte (à l'évidence nécessaire), surmontée d'un numéro (on peut le comprendre, étant donné le nombre ci-dessus rappelé). On dirait des cellules de prison, entassées sur trois étages. On y accède par des escaliers de béton.

Alors le regret vous mord de n'être pas venu cent ans plus tôt, non pas en touriste mais en explorateur, seul ou presque, au pas de votre mule.

Vous n'auriez vu, comme en témoignent certaines vieilles photos, qu'une montagne percée de trous, parsemée de pagodes accrochées tant bien que mal au-dessus du vide et reliées les unes aux autres par des échelles ou des sentiers de chèvres.

Qu'importe la nostalgie !

L'émotion vous étreint.

Nous avons commencé par la grotte 257, accueillis par Maitreya, le bouddha du futur. Tout autour du pilier central, diverses histoires étaient peintes sur le mur, dont celle du daim aux neuf couleurs, trahi par un homme alors qu'il l'avait, autrefois, sauvé de la noyade.

Et nous avons continué, grottes 156, 296, 419… Et chaque fois j'étais plongé dans une nouvelle dimension de l'univers bouddhique, chaque fois bercé par de nouvelles histoires.

Et chaque fois, je me serais cru invité dans une réunion de famille. Catherine Despeux saluait tout le monde :

— Tiens, voilà Sakyamuni et Prabhutaratna ! Celui-là, c'est Ananda ! Ah, ces deux bodhisattvas, comme ils sont gracieux !

Et j'avais l'impression que toutes ces divinités lui répondaient : « Bonjour Catherine, merci de votre visite ! Comment va votre École des langues orientales ? Est-ce vrai qu'on l'a rebaptisée du nom hideux d'Inalco ? »

*
* *

— On dirait que vous avez oublié votre bibliothèque !

Heureusement que Mme Despeux, toujours vigilante, m'avait rappelé à l'ordre.

Passant de grotte en grotte, je serais bien demeuré là des jours, voire le restant de ma vie, retrouvant le temps où, blotti contre ma mère, j'écoutais avec passion, comme en une sorte de tétée, les histoires qu'elle me racontait.

Et je songeais à ces deux manières, opposées, de vivre sa vie : immobile, peindre et sculpter sans fin des histoires, au creux de la montagne mère. Ou prendre la route et traverser, silencieux, des déserts infinis.

*
* *

La grotte 17, but ultime de mon voyage, n'est qu'une modeste excavation. Trois mètres carrés au sol, trois mètres de hauteur. Elle est creusée dans le mur de la grotte 16, à droite en entrant.

Elle n'est aujourd'hui occupée que par la statue du moine Hong Bian, prêtre militaire de la période Tang, au IXe siècle après Jésus-Christ.

Mais lorsque Wang en découvrit l'entrée, elle débordait de manuscrits.

À la hâte et dans la plus grande discrétion, Stein et Chiang sélectionnent. Il faut faire vite car le vice-roi local a ordonné le transfert à Lanzhou de la bibliothèque.

Wang accepterait-il que certains de ses textes soient transférés dans la lointaine Angleterre, où se trouve un Grand Temple de l'Étude ?

Le petit moine n'hésite pas longtemps. Stein vient de lui proposer une somme énorme qui lui permettra de mener à bien ses travaux de restauration.

Plus tard, quand, après mille péripéties, vingt-quatre caisses pleines de manuscrits arrivèrent saines et sauves au British Museum accompagnées de cinq autres contenant des peintures et des dizaines de sculptures, vases, bijoux et broderies, Stein déclara, tout fier, à la reine, qu'il n'en avait coûté aux Finances de Sa Majesté que 130 livres sterling.

Le Français Paul Pelliot arrive l'année suivante (1908) à Dunhuang. On lui doit un premier inventaire. Car son érudition est largement supérieure à celle de Stein. Il parle treize langues orientales, dont... le chinois.

C'est lui qui déduit de savants recoupements la date probable de ce mur élevé pour protéger un tel trésor : l'an 1000, peu ou prou.

D'autres explorateurs se présenteront, au fil des années. Un Japonais, Yoshikawa Koïshiro (1911), un Russe, Oldenburg (1915), un Américain, Langdon Warner (1924)...

Tous ils découpèrent des fresques, tous ils emportèrent des statues et d'autres milliers de manuscrits.

Ainsi fut dispersée aux quatre coins du monde la bibliothèque restée unie et cachée mille ans.

Ainsi fut-elle en partie préservée d'autres détériorations diverses : durant les années 1920, des soldats russes blancs furent emprisonnés dans ces grottes, avec les dégradations qu'on imagine.

Le vandalisme ne cessa vraiment qu'en 1943, avec la création par les autorités chinoises d'un Institut national de recherche où fut rassemblé tout ce qui demeurait.

Le temps des Arabes

Samarcande (Ouzbékistan)

Durant des siècles, le papier reste en Chine. Puis, peu à peu, apporté par des marchands, il gagne le reste de l'Asie.

À l'Ouest de l'Indus, on n'utilise encore que le papyrus et le parchemin.

Et puis arrive juillet 751.

Cette date est décisive.

Pour le papier et pour l'histoire du monde.

Depuis quelque temps déjà, les Arabes et les Chinois se disputent le contrôle de l'Asie centrale.

Lorsque les Tibétains, qui se sont alliés aux Arabes, commencent à menacer les routes commerciales chinoises, l'administration Tang décide de réagir.

Les deux armées se rencontrent sur les bords de la rivière Talas, non loin de Samarcande.

Au bout de cinq jours de combats violents, les Chinois cèdent. L'empire du Milieu a fini de s'étendre. Il vient d'atteindre sa limite occidentale, qu'il ne dépassera plus.

Pour les Arabes, 751 venge 732 ; la victoire de

Talas répond à la défaite de Poitiers. Stoppée en France, leur expansion s'affirme en Extrême-Orient.

Bonne nouvelle pour le papier : il va conquérir un nouvel univers.

*
* *

Sitôt Samarcande conquise, sitôt découverte cette matière miraculeuse que les artisans chinois y fabriquent, les Arabes ne veulent plus rien d'autre pour écrire.

Le calife abbasside Al-Mansour vient de choisir Bagdad pour capitale (762). S'il apprécie le papier, ce n'est pas seulement pour ses qualités mais aussi pour sa fragilité : elle l'oblige à l'honnêteté. Une autre surface peut être grattée sans dommage. Les noms ou les chiffres et même les signatures se remplacent en un tournemain et personne n'y voit que du feu. Cette facilité pour fabriquer des faux n'est pas tolérable pour qui administre un vaste empire. Le calife doit pouvoir faire confiance aux documents qu'il envoie ou qu'il transmet.

Le papier commence sa conquête de l'Ouest. Elle va prendre du temps car une fois son utilisation décidée, il ne suffit plus d'acheter le papier, il faut en fabriquer soi-même de grandes quantités.

Dans tout le Moyen-Orient, les centres de production se multiplient, notamment tout le long du Tigre.

L'Égypte elle-même finit par rendre les armes.

Quand le papier arabe atteint la Méditerranée, on lui trouve beaucoup de ressemblances avec ce bon vieux papyrus qu'on utilise depuis plus de trois mille ans. Les deux matières sont issues de végétaux.

Mais si le papier est fabriqué à partir d'une pâte liquide, un mélange homogène, le papyrus vient d'un *tissage* de fibres. Elles proviennent d'une espèce de roseaux abondante sur les rives du Nil. À l'intérieur de la tige est une moelle fibreuse que l'on découpe en lamelles.

Une première couche est constituée de ces lamelles alignées côte à côte et verticalement.

On lui superpose une seconde couche, formée de semblables lamelles, mais placées horizontalement.

On arrose avec l'eau du fleuve.

Puis on martèle longuement l'ensemble pour que les lamelles horizontales et verticales s'imbriquent.

Il ne reste plus qu'à laisser sécher et blanchir au soleil d'Égypte.

On peut lisser la surface avec une pierre, on peut aussi lui ajouter de l'amidon pour y faciliter l'écriture.

En cousant diverses feuilles, on fabrique des rouleaux.

Cette ressemblance entre les deux supports d'écriture pousse beaucoup de langues à donner au nouvel arrivant un nom très proche de papyrus : papier, papier (en allemand), paper...

Notons qu'on lui reconnaît ainsi un caractère sacré, et royal.

« Papyrus » et « pharaon » ont même origine étymologique : *papouro* ; « ce qui est de nature royale ».

Le dernier papyrus utilisé en Égypte date de 935.

*
* *

L'expansion du papier continue. Le Maghreb est à son tour conquis.

D'abord Kairouan, en Tunisie. Puis Fès, au Maroc, où, dès le début du XIIe siècle, on ne compte pas moins de quatre cents meules à papier.

La Sicile, envahie par les musulmans vers 860, puis conquise par les Normands en 1072, devient un foyer d'échanges culturels et techniques. C'est via Palerme que le papier gagnera l'Italie.

Pendant ce temps-là, l'Espagne n'est pas en reste. Des artisans juifs y tiennent le rôle des Chinois à Samarcande : ce sont eux qui fabriquent et vendent le papier. Ce faisant ils participent à l'âge d'or. Tant que règnent les Omeyyades, dynastie éclairée et tolérante, l'Andalousie brille de tous ses feux économiques et intellectuels. Lorsque les Almohades arrivent, intégristes avant l'heure, les Juifs sont chassés de leur principale demeure, Cordoue. Ils remontent vers le Nord, emportant avec eux leurs savoirs, dont celui du papier.

*
* *

Pour les Arabes, le papier n'est pas seulement un outil pratique de gestion administrative et commerciale, c'est le support privilégié de tous les savoirs.

Nous autres Français, dont la morgue est une seconde nature, aimons croire que l'encyclopédisme est notre monopole, que les Lumières de notre cher XVIIIe siècle sont sans égal dans l'histoire intellectuelle du monde.

La seule consultation des titres de quelques ouvrages écrits par des… Arabes entre 750 et 1200 suffit à rabattre notre caquet.

Le Livre des animaux d'Al-Jahiz : synthèse de toutes les connaissances y compris poétiques.

La Mise à disposition pour qui ne peut consulter d'Abdulasis : recueil en trente volumes de tout le savoir médical.

Le Livre qui contient tout de Rhazis.

Sans oublier Avicenne, Averroès, Maïmonide… et, un peu plus tard, l'érudit persan Dawud al-Banakiti et son *Jardin de l'intelligent* (1317).

Cette fièvre d'apprendre et de transmettre a un complice, obligé, le papier.

Un rôle plus noble encore l'occupe : celui d'accueillir la parole divine.

Les musulmans, comme les juifs et les chrétiens sont *gens* du Livre. Le Livre est le lieu de la vérité révélée. Et le papier, matière du Livre, participe à cette Révélation.

Légende ou vérité ?

Je pense à ces cent soixante-dix femmes qui, dans une grande maison de Cordoue, recopiaient jour et nuit le Coran.

Jusqu'au XIXe siècle, les autorités de l'Islam refusèrent toujours l'imprimerie. La parole du Prophète ne pouvait être confiée à des mécaniques aveugles et impersonnelles.

De même qu'il est païen de reproduire des images, de même la parole divine ne peut être portée que par une main humaine.

D'où le caractère sacré de la calligraphie.

D'où son extrême sophistication, puisque écrire c'est prier.

D'où le luxe infini des papiers employés. Rien n'est trop beau pour eux, ni l'or, ni les marbrures, ni les teintures les plus précieuses, puisqu'ils sont demeures de Sa parole.

Tout livre est accueil de Sa présence, une mosquée horizontale[1].

---

1. Si vous souhaitez de plus amples développements, je vous conseille *La Saga du papier* de Pierre-Marc de Biasi et Karine Douplitzky (Adam Biro-Arte Éditions, 2002). Ces pages historiques doivent beaucoup à ce livre passionnant.

Éloge des Marches et de l'Ombrie

Fabriano (Italie)

Un peu las de lire, j'avais repris la route. Non plus celle de la Soie, mais celle de la peinture et des paysages, des pâtes, de l'huile d'olive et du vin.

Vous avez deviné : c'est en Italie que maintenant je poursuivais ma recherche.

L'Asie depuis longtemps conquise, le monde arabe à son tour séduit, pour quelle raison l'Europe avait-elle tant tardé à succomber au charme et aux avantages du papier ?

La première réponse est désolante : la chrétienté ne s'y intéressait pas car elle ne jugeait pas en avoir besoin. Au Moyen Âge, les moines détiennent le quasi-monopole de la lecture et de l'écriture. Le parchemin[1] suffit à leur activité de copie et d'enluminure.

Choisir un animal jeune et qu'importe qu'il soit agneau, chevreau, veau ou même chamelon pourvu que sa peau soit tendre. À cet égard, rien ne vaut un mort-né.

---

1. L'étymologie nous apprend que le mot veut dire « peau de Pergame », localité d'Asie Mineure où il fut, dit-on, inventé.

Ensuite, la peau doit être étirée jusqu'à la limite de la rupture pour que ses fibres s'alignent.

Vient alors le temps du bain. On nettoie la peau à l'eau vive puis on la plonge plusieurs jours dans une solution de chaux.

Une fois sortie, on l'étire à nouveau sur un chevalet, on l'assouplit avec un couteau, on la frotte à la craie…

Vous obtenez alors un parchemin d'une douceur, d'une souplesse et d'une robustesse qui vous récompenseront de tous vos efforts.

L'autre explication du retard de l'Europe est plus amusante. Puisqu'il paraît venir des Arabes, le papier est impie, l'œuvre du diable. Un support qui accueille avec tant de bonne grâce le Coran n'est pas acceptable pour l'Évangile.

Ainsi, en 1221, un décret de l'empereur Frédéric interdit l'emploi de la substance impie pour tous les actes administratifs.

Ces barrières ne suffiront pas. D'abord par les voies habituelles du commerce, et notamment par les ports Venise et Gênes, puis par la production italienne, le papier gagne l'ensemble de l'Europe.

Roulant dans ma tête ces données historiques, je me rapprochais de mon but. Après Arezzo et Perugia, Assise.

Au milieu de l'Italie, l'Ombrie et les Marches n'ont pas la douceur de leur plus célèbre voisine : la Toscane. La Nature y est plus rude, sévère, parfois montagneuse, souvent secrète.

C'est là qu'au XIIIe siècle saint François va jeter les bases d'un nouvel humanisme en prêchant le retour à l'enseignement premier du Christ : l'amour. L'amour pour toutes les créatures. Et le dédain pour tout ce qui n'est pas aimer.

C'est aussi là que va naître l'industrie européenne du papier, une matière qui jouera son rôle dans la transmission des valeurs précitées.

Loin de moi l'idée de comparer mon mérite avec celui des pèlerins qui viennent du monde entier jusqu'à la basilique pour s'incliner devant le tombeau du *Poverello*.

Mais pour gagner l'ancienne capitale papetière, il faut le vouloir. S'engager dans une étroite vallée. Échapper à la hâte des camions qui se pressent vers le port d'Ancône. Résister à la tentation d'aller chercher des cèpes qui, me dit-on, abondent dans ces forêts (de chênes, de hêtres et de châtaigniers).

Enfin l'espace s'élargit et paraît Fabriano, une petite localité à la fois industrieuse et tranquille (30 000 habitants). De la gloire passée ne demeure qu'une longue usine qui fabrique principalement du papier-monnaie.

Comment expliquer qu'ici, en ce lieu reculé, aient choisi de s'installer, à partir des années 1250, un, puis dix et jusqu'à soixante moulins qui fournirent une bonne partie de l'Europe ?

Une légende répond.

Il était une fois un groupe de pirates arabes, parmi tous ceux qui infestaient la mer Tyrrhénienne. Leur bateau fut arraisonné par des marins d'Ancône. Ils furent emprisonnés et emmenés en un lieu perdu d'où ils pourraient difficilement s'enfuir : Fabriano.

Or certains de ces Arabes avaient, avant la piraterie, exercé le noble métier de papetier. Ils échangèrent leur compétence contre une amélioration de leur sort.

Claudia, la dame qui me raconte, ne s'arrête pas à cette explication romanesque. Elle connaît trop bien l'économie. Ce n'est pas pour rien qu'on lui a confié la responsabilité du musée le plus important de la ville, dédié, comme on pouvait s'y attendre, au... papier. Il occupe un élégant bâtiment de briques, ancien couvent de dominicains. Depuis sept siècles et demi, le goût du savoir n'a donc pas quitté ces murs rouges.

— Contrairement à ce qu'on croit, Fabriano n'est pas né avec le papier. Depuis longtemps, des tisseurs et des tanneurs profitaient de notre rivière, le Giano. Des forgerons aussi avaient inventé divers moyens pour user de cette énergie gratuite. Le terrain était prêt.

Claudia m'entraîne vers une bitte en bois plutôt terrifiante, un gros corps rond d'où partent de multiples pattes.

— Certains le contestent, mais je crois que le monde nous doit cette machine. Regardez : les cinq maillets plongent dans la cuve et, animés par la force de la rivière, y broient les morceaux de textile, notre matière première. Auparavant cette tâche pénible et lente était le lot d'ouvriers.

J'applaudis.

— Deuxième progrès dû à notre ville. Pour pouvoir écrire sur le papier, il faut traiter sa surface. Autrement, la pâte boit l'encre. Les Chinois utilisaient certaines décoctions végétales. Les Arabes employaient des amidons, eux aussi végétaux. Nous, nous avons eu l'idée de demander à nos tanneurs : nous feraient-ils cadeau de leur jus de cuisson, quand ils préparent les peaux ? Miracle. Dès le premier essai, cette gélatine

54

animale donna des résultats inespérés. Grâce à cette colle, appliquée facilement, les feuilles n'étaient pas seulement protégées, elles accueillaient toutes les écritures possibles. À croire que les fibres des plantes attendaient la collaboration des animaux pour mieux répondre aux besoins des humains.

Je ne pus m'empêcher de sourire. À son tour, Claudia tombait dans le piège.

On avait beau lutter, se préserver des dérives mentales, se concentrer sur les réalités techniques, à un moment ou à un autre on se laissait emporter vers le symbolique, la poésie, voire la religion.

Mais déjà Claudia s'était reprise.

— Nos ingénieurs ont continué d'inventer, contraints par la concurrence.

Les moulins se multipliaient, en Italie et bientôt partout en Europe. Pour conserver ses secrets de fabrication, Fabriano décida d'interdire de les enseigner aux étrangers. Et ceux qui passaient outre étaient sévèrement punis, condamnés à l'exil avec leurs familles et leurs biens confisqués. Mais comment se protéger des imitations ?

Fabriano eut l'idée de petites figures faites d'un fil de cuivre, cousu sur le tamis de cuivre où se dépose la pâte. La trace se voit en élevant la feuille vers une source de lumière. Ainsi naquit le filigrane. Ainsi chaque papeterie avait sa signature, à valeur de marque. Ne croyez pas tous les jaloux et menteurs : son lieu de naissance est ici. Et nulle part ailleurs !

Je serais volontiers demeuré quelque temps dans cette ville charmante. J'aurais flâné plus à loisir entre les trésors du centre historique : le Palazzo del

Podestà, l'oratorio della Carità, le Teatro Gentile. J'aurais rendu l'hommage qu'il mérite au formidable musée de la Bicyclette (ah, le vélo jaune pâle du vendeur de glaces ! Ah, le vélo-cinématographe…). Je serais peut-être devenu l'ami de la famille Monteverde, en tout cas revenu déjeuner et dîner dans ce Regalo Bello, 31, via Balbo (Tél. 07323018), anciennement Palazzo Montini (du XIIe siècle), aujourd'hui restaurant (délicieux), commerce (de papiers rares et de céramiques modernes) et magasin de jouets (en bois et en peluche) ; ces gens-là, en vous servant des parpadelles, vous parlent d'architecture, vous citent Leopardi et dans un sourire vous certifient que le monde peut être amélioré par des hommes de bonne volonté.

J'aurais mieux, plus souvent et plus attentivement goûté l'autre spécialité du cru : un exceptionnel salami pour lequel, dit-on, Garibaldi soi-même faisait le voyage.

Ce n'est pas sans déchirure qu'on quitte un tel souriant génie de vivre.

Mais la route m'attendait.

Je jure de revenir à Fabriano.

Ne serait-ce que pour en apprendre plus sur trois célébrités locales.

Francesco Stelluti (1577-1652), poète, mathématicien, astronome, naturaliste, ami de Galilée.

Pietro Miliani (1744-1817), créateur de la principale entreprise papetière, toujours vivante aujourd'hui.

Et, *last but not least*, Reginaldo Sentinelli (1854-1913), rénovateur incontesté de ce péché de gourmandise : l'incomparable salami précédemment évoqué.

On se demande pourquoi et comment l'Italie résiste à tout. À cette alternance, en politique, de ces *combinazioni* médiocres et de ces *cavalieri* obscènes. À la performance des mafias. À ce désordre joyeux et général…

Fabriano donne une partie de la réponse.

Les cités italiennes, petites ou grandes, ont su depuis le Moyen Âge conserver leur industrie, leur inventivité et leur capacité à produire.

Connaissant la faiblesse congénitale de leur État, et d'ailleurs jalouses de leur indépendance, elles ne comptent que sur elles-mêmes.

Et c'est ainsi qu'indifférente aux moqueries françaises et au mépris allemand perdure l'Italie.

Petit lexique des moulins

Europe

XIVe siècle.

L'Europe se réveille.

Et l'intérêt grandit pour cette belle matière étrangère sur laquelle il est si bon, si doux, si facile d'écrire.

Pourquoi continuer de l'acheter aux Arabes ?

Ne pourrait-on pas la fabriquer nous-mêmes ?

L'idée vient d'aménager les moulins.

Ils s'ennuient l'hiver, quand ils n'ont plus rien à moudre, plus de blé, plus d'olives.

On va les occuper à faire du papier, l'autre farine, la « farine de l'esprit ».

Pénétrons dans l'un de ces moulins et faisons connaissance avec le petit peuple qui y travaille sous la conduite d'un *gouverneur*[1].

Premier salut aux *délisseuses*. Ces femmes ont la charge de préparer la matière première, c'est-à-dire les chiffons. Elles les trient, les brossent, les décousent, les exposent au soleil pour les blanchir. Elles les

----

1. Pierre-Marc de Biasi et Karine Douplitzky, *La Saga du papier*, *op. cit.*

découpent (les délissent) en lanières. Puis elles les portent au *pourrissoir*, de grandes cuves pleines d'eau où ils vont séjourner quelques semaines, le temps de bien macérer. La torture de ces malheureux chiffons ne fait que commencer.

Car voici qu'on les jette sous des marteaux de bois plantés de clous.

Au bout de quelques heures de ce traitement violent ne reste plus qu'une pâte. On la verse dans un bac où, pour la délayer, l'attend de l'eau claire.

Alors intervient l'*ouvreur*.

Il tient en main deux instruments :

– une *forme*, c'est-à-dire un châssis rectangulaire où se croisent les *pontuseaux*, des tiges de sapin, et les *vergeures*, des fils de laiton. L'ensemble fait tamis ;

– une *couverte*, un cadre de bois dans lequel s'emboîte exactement la forme.

L'ouvreur est aidé d'un compagnon, le *coucheur*. Ils plongent la forme dans la cuve pleine de pâte liquide.

Quand ils la retirent, l'eau s'écoule par les ouvertures du tamis. Reste la matière.

Pour égaliser sa surface, l'ouvreur remue la forme d'avant en arrière et de droite à gauche. Dans la forme, la pâte est devenue feuille. L'ouvreur pose l'ensemble sur une table. Il applique un feutre. Puis, d'un geste vif, il retourne l'ensemble. La feuille repose désormais sur le feutre et commence à s'égoutter. La forme peut être enlevée. Elle a rempli sa tâche. La fabrication d'une autre feuille l'attend.

Lorsque la feuille aura séché, on pourra y voir la marque des fils, les *vergeures*. D'où l'appellation de papier *vergé*. Au XVIIIe siècle, on inventera le *velin*, obtenu grâce à des réseaux de plus en plus fins.

Deux bons ouvriers, un ouvreur et un coucheur, peuvent produire huit feuilles à la minute.

Intervient le *leveur*.

Car les feuilles regorgent d'eau.

Quand on en a empilé vingt-cinq, chacune séparée de la suivante par un feutre, le trio porte la pile sous une presse.

L'eau jaillit.

Au leveur maintenant de séparer les feuilles, aidé par un *vireur*.

Le vrai séchage commence.

De nouvelles femmes apparaissent.

On les appelle des *étendeuses* car elles fixent les feuilles comme du linge, sur des cordes.

Dernière étape : le collage. Il s'agit d'enduire les feuilles d'une substance sur laquelle on puisse écrire, qui empêche le papier de boire l'encre.

La colle est de la gélatine, un bouillon d'os et de peaux qui mijotent dans un chaudron. Un *colleur* y plonge, sans s'attarder, un paquet de feuilles.

Nouveau pressage.

Nouveau séchage.

Bienvenue au papier !

Qui, plongé dans un vieux livre, sait encore le nombre de métiers nécessaires pour fabriquer la « farine de l'esprit » ?

Hommage aux délisseuses, aux ouvreurs, aux coucheurs, aux leveurs, aux colleurs, aux étendeurs… Hommage aux gouverneurs de moulins !

Un certain nombre de passionnés perpétuent la

tradition. Vous pouvez y apprendre à fabriquer le papier selon les anciennes méthodes.

En Auvergne, par exemple, ne manquez pas la visite, près d'Ambert, du moulin Richard de Bas. On dit que c'est le plus ancien de France.

Plus à l'Ouest, Jacques Bréjoux vous accueille en son moulin du Verger[1], commune de Puymoyen (Charente), sur les bords d'une rivière qui mérite son nom : Eaux claires.

Cet homme-là est maître de son art. On l'invite dans le monde entier. Je n'ai rencontré qu'au Japon des connaissances et une exigence *semblables*. Sa compagne Nadine Dumain enseigne la reliure.

---

1. BP 7 – 16400 Puymoyen – Tél. 05 45 65 37 33.

Bureaucratie

La passion de l'Administration française ne date pas d'aujourd'hui.

LE PAPIER.

hauteurs & poids , que celles fixées par le Tarif attaché fous le contre-fcel du préfent Arrêt , & que lefdits Papiers ne foient conformes à ce qui y eft prefcrit ; & à tous Marchands , d'acheter , vendre ni débiter aucunes des différentes fortes defdits Papiers , qu'ils ne foient defdites largeurs , hauteurs & poids , & conformes à ce qui eft porté par ledit Arrêt : comme aufli aufdits Maîtres Fabriquans & Marchands , de vendre , acheter , ni débiter , fous quelque prétexte que ce foit , les papiers caffés & de rebut; autrement qu'en la maniere prefcrite par l'article VI. ci-deffus ; le tout , à peine , en cas de contravention , de confifcation defdits Papiers , & de cent livres d'amende.

VIII. Tous les cartons feront faits des largeur , hauteur & poids qui feront demandés par les Ouvriers , à l'ufage defquels ils feront deftinés ; & feront compofés , foit de vieux papiers , ou de rogures de cartes & de celles des papiers , foit de *drapeaux* , *chiffons, peilles ou drilles* (a).

IX. Déroge Sa Majefté aux Articles VIII. IX. XVI. XIX. XX. XXI. XXII & XXVI de l'Arrêt du Confeil du 27 Janvier 1739 , en ce qui y eft de contraire au préfent Arrêt ; comme aufli au Tarif attaché fous le contre-fcel dudit Arrêt du 27 Janvier 1739 , qui fera au furplus exécuté felon fa forme & teneur.

X. Enjoint Sa Majefté au fieur Lieutenant Général de Police de la Ville de Paris , & aux fieurs Intendans & Commiffaires départis dans les Provinces & Généralités du Royaume (b) , de tenir la main à l'exécution du préfent Arrêt , qui fera lû , publié & affiché par-tout où befoin fera. FAIT au Confeil d'Etat du Roi , Sa Majefté y étant , tenu à Verfailles le dix-huitieme jour de Septembre mil fept cent quarante-un.

Signé , PHELYPEAUX.

(a) La liberté d'employer les chiffons à la fabrique du carton , ôtée par l'Arrêt de 1739 , eft rendue par cet Art. VIII, qui déroge à l'Art. XXVI du précédent Arrêt.

(b) Cette attribution a été prolongée de cinq en cinq ans par divers Arrêts du Confeil , jufqu'au 4 Mai 1760.

TARIF du poids que Sa Majesté veut que pesent les Rames des différentes sortes de Papiers qui se fabriquent dans le Royaume, sur le pied de la livre pesant seize onces poids de marc; comme aussi des largeurs & hauteurs que doivent avoir les feuilles de papier des différentes sortes ci-après spécifiées.

Le poids fixé pour les Rames des différentes sortes de papiers comprises dans le présent Tarif, sera le même pour les Papiers des différentes qualités d'une même sorte, soit Fin, Moyen, Bulle, Vanant ou Gros-bon.

Le Papier dénommé GRAND-AIGLE, aura trente-six pouces six lignes de largeur, sur vingt-quatre pouces neuf lignes de hauteur; la rame pesera cent trente-une livres & au-dessus, & ne pourra peser moins de cent vingt-six livres.

Le papier dénommé GRAND-SOLEIL, aura trente-six pouces de largeur, sur vingt-quatre pouces dix lignes de hauteur; la rame pesera cent douze livres, & ne pourra peser plus de cent vingt, ni moins de cent cinq livres.

Le Papier dénommé AU SOLEIL, aura vingt-neuf pouces six lignes de largeur, sur vingt pouces quatre lignes de hauteur; la rame pesera quatre-vingt-six livres & au-dessus, & ne pourra peser moins de quatre-vingt livres.

Le Papier dénommé PETIT-SOLEIL, aura vingt-cinq pouces de largeur, sur dix-sept pouces dix lignes de hauteur; la rame pesera soixante-cinq livres & au-dessus, & ne pourra peser moins de cinquante-six livres.

Le Papier dénommé GRANDE-FLEUR DE LIS, aura trente-un pouces de largeur, sur vingt-deux pouces de hauteur; la rame pesera soixante-dix livres, & ne pourra peser plus de soixante-quatorze, ni moins de soixante-six livres.

Le Papier dénommé GRAND-COLOMBIER ou IMPÉRIAL, aura trente-un pouces neuf lignes de largeur, sur vingt-un pouces trois lignes de hauteur; la rame pesera quatre-vingt-huit livres & au-dessus, & ne pourra peser moins de quatre-vingt-quatre livres.

Le Papier dénommé A L'ELEPHANT, aura trente pouces de largeur, sur vingt-quatre pouces de hauteur; la rame pesera quatre-vingt-cinq livres & au-dessus, & ne pourra peser moins de quatre-vingt livres.

Le Papier dénommé PETITE FLEUR DE LIS, aura vingt-quatre pouces de largeur, sur dix-neuf pouces de hauteur; la rame pesera trente-six livres & au-dessus, & ne pourra peser moins de trente-trois livres.

Le Papier dénommé GRAND-LOMBARD, aura vingt-quatre pouces six lignes de largeur, sur vingt pouces de hauteur; la rame pesera trente-six livres, & ne pourra peser plus de quarante-livres, ni moins de trente-deux livres.

Le Papier dénommé CAVALIER, aura dix-neuf pouces six lignes de largeur, sur seize pouces deux lignes de hauteur; la rame pesera seize livres & au-dessus, & ne pourra peser moins de quinze livres.

Le Papier dénommé PETIT-CAVALIER, aura dix-sept pouces six lignes de largeur, sur quinze pouces deux lignes de hauteur; la rame pesera quinze livres & au-dessus, & ne pourra peser moins de quatorze livres.

Le Papier dénommé DOUBLE-CLOCHE, aura vingt-un pouces six lignes de largeur, sur quatorze pouces six lignes de hauteur; la rame pesera dix-huit livres & au-dessus, & ne pourra peser moins de seize livres.

Le Papier dénommé GRAND CORNET, aura dix-sept pouces neuf lignes de largeur, sur treize pouces six lignes de hauteur; la rame pesera douze livres, & ne pourra peser plus de quatorze ni moins de dix livres.

Le Papier dénommé GRAND-CORNET *très-mince*, aura les mêmes largeur & hauteur que le Grand-Cornet; & la rame ne pourra peser que huit livres & au-dessous.

Le Papier dénommé CHAMPY ou BASTARD, aura seize pouces onze lignes de largeur, sur treize pouces deux lignes de hauteur; la rame pesera onze à douze livres & au-dessus, & ne pourra peser moins de onze livres.

Le Papier dénommé PANTALON, aura seize pouces de largeur, sur douze pouces six lignes de hauteur; la rame pesera onze livres & au-dessus, & ne pourra peser moins de dix livres.

Le Papier dénommé PETIT A LA MAIN ou MAIN FLEURIE, aura treize pouces huit lignes de largeur, sur dix pouces huit lignes de hauteur; la rame pesera huit livres & au-dessus, & ne pourra peser moins de sept livres & demie.

Le Papier appellé PETIT - JESUS, aura treize pouces trois lignes de largeur, sur neuf pouces six lignes de hauteur; la rame pesera six livres & au-dessus, & ne pourra peser moins de cinq livres & demie.

Toutes les différentes sortes de Papiers au - dessous de neuf pouces six lignes de hauteur, seront des largeurs, hauteurs & poids qui seront demandés.

Le Papier appellé TRACE, ou TRESSE, ou ETRESSE, ou MAIN-BRUNE, le Papier BROUILLARD ou A LA DEMOISELLE, & les Papiers GRIS & de COULEUR, seront des largeurs, hauteurs & poids qui seront demandés.

Suivent cinquante autres catégories de papier[1] !

1. Cette liste est extraite de *L'Art de faire le papier*, par M. de Lalande, édition de J.-E. Bertrand, J. Moronval imprimeur-libraire, Paris, 1820.

La guerre des chiffons

Moernach (France)

Au Sud de la belle région française d'Alsace, une petite contrée secrète nommée Sundgau mériterait d'entrer au catalogue des paradis terrestres, au même titre que l'île de Chiloé (Chili), le Lake District (Angleterre), le col des Nuages (Vietnam) ou les abords d'Arezzo (Italie).

Les vallées y sont peu profondes, envahies deux fois l'an par les crocus, les collines arrondies, les troupeaux, plus nombreux que les humains, les forêts juste assez noires pour faire peur aux enfants.

Je connais bien l'endroit. Ma mère m'y emmenait souvent pour une raison que j'avais vite devinée : elle entretenait une relation passionnée avec un médecin du coin, russe d'origine et ancien légionnaire, par ailleurs fils de l'imprésario du grand chanteur Chaliapine et formidable conteur.

Aimant écouter, j'avais déjà le talent de me faire oublier. Avant de m'endormir front sur la table entre les restes de carpe frite, je me délectais de ces récits où abondaient les contrebandiers.

C'est que ce Sundgau longe la Suisse et de ce voisinage tire, depuis longtemps, une bonne part de ses ressources ainsi que son amusement principal. Sans ce jeu permanent du chat et de la souris entre douaniers et contrebandiers, l'amusement de vivre baisserait sensiblement et il y a fort à parier que l'ivrognerie locale[1], déjà bien développée, gagnerait encore du terrain.

C'est là, vers mes dix ans, dans l'établissement qui nous accueillait, l'auberge des Deux-Clés, à Moernach, restaurant-ferme à l'époque[2], que j'entendis pour la première fois parler de la « guerre du chiffon ».

Intrigué depuis lors, j'ai décidé récemment de mener l'enquête. Un livre (rare) m'y a aidé : *Essai sur l'histoire du papier en Alsace*, auteur Pierre Schmitt, hélas décédé[3]. Qu'il en soit posthumement remercié !

Sans chiffons, pas de papier, puisque le chiffon était, jusqu'à l'utilisation du bois, la principale matière première.

Chiffonniers.

On a oublié ce petit peuple qui, avant l'invention des poubelles et le passage régulier des éboueurs, vivait du ramassage.

Seule la langue française rend encore hommage à ces pauvres hères : biffins, crocheteurs, pattiers, dril-

---

1. C'est un Breton adoptif qui parle, donc quelqu'un qui, sur ce sujet notamment, n'a aucune leçon à donner.

2. La ferme n'est plus mais l'auberge demeure. La même famille Enderlin vous y attend. Vous ne serez pas déçu par la table : truites, carpes, grenouilles et gibier en saison (téléphonez de ma part : 03 89 40 80 56).

3. Lénaïk Le Duigou, Christel Seidensticker et Pierre Schmitt, *Histoires de papier*, Éditions Ronald Hirlé, 1993.

liers, pelharots, marchands d'oches, pillarots, mégotiers, dégotiers, crieurs de vieux fers… Sans eux, les moulins à papier n'auraient jamais tourné. Et comme depuis l'invention de l'imprimerie, la demande ne cessait d'augmenter, la guerre faisait rage avec, pour se procurer de la ressource, des « caresses de serpettes ».

L'expression « se battre comme des chiffonniers » n'est pas née par hasard.

La disette de chiffons était si grande qu'en Angleterre, un décret interdit d'ensevelir les morts dans des linceuls pour récupérer la toile. Et les moines devaient lutter pour sauvegarder leurs incunables : des chiffonniers voulaient les charger dans leurs charrettes, direction le moulin.

En Alsace, dès le milieu du XVIIIe siècle, on dut prendre des mesures : les industriels voisins, allemands et suisses, payaient si bien que tous les chiffons passaient la frontière.

L'Intendant fit donc défense :

« à toutes personnes, de quelque état qu'elles soient, de faire, dans l'étendue de la haute et basse Alsace, aucun amas de vieux linges, vieux drapeaux, drilles et pattes, rognures de peaux et de parchemins, et autres semblables matières, servant à la fabrication du papier, pour les faire sortir du royaume et à tous les voituriers, bateliers et colporteurs de les charger pour les enlever, voiturer et transporter hors des limites de ladite Province d'Alsace, du côté de l'étranger, sous peine de confiscation desdites matières, ensemble de chevaux, charrettes et bateaux qui auront servi ou serviront audit transport, et de trois mille livres d'amende, dont un quart applicable au profit du dénonciateur. »

Cette interdiction n'eut pour effet que de développer la contrebande, malgré une surveillance de plus en plus sévère avec grosses amendes à la clé pour ceux qui étaient attrapés leurs balluchons sur le dos.

Certains villages frontaliers du Sud de Mulhouse en firent leur activité principale.

Joseph Kempf habitait l'un de ces villages, Schlierbach. Il était « garde à bandoulière aux armes du roy pour veiller à empêcher la contrebande du vieux linge dans le Sundgau et le long du Rhin ».

Un jour de mai 1760, ce sieur Kempf surprend une petite troupe de seize (!) concitoyens chargés de guenilles et marchant vers la frontière. Au lieu de les arrêter sur-le-champ, il les avertit que d'autres gardes sont sur leur piste. Ils ont tout intérêt à déposer leur charge dans une grange qu'il leur indique. Deux jours plus tard, ces mêmes contrebandiers reviennent tout casser dans la maison de Kempf. Lequel ne saisit pas la justice. Et pour cause… Il avait revendu sa prise à d'autres chiffonniers en commerce avec les Bâlois.

Autres temps, mêmes pratiques, autre objet du commerce. Au début mai 1981, entre les deux tours de l'élection présidentielle, j'étais venu dormir vingt-quatre heures dans le grand calme du Sundgau. Petit grouillot du candidat Mitterrand, j'avais beaucoup, beaucoup répondu aux lettres qu'on lui adressait. Je me promenai longuement dans ces paysages que j'aime tant, à l'Est de Ferrette : Linsdorf, Saint-Blaise, Liebenswiller, Leymen… Plus le jour tombait, plus la circulation automobile devenait dense. Je n'avais jamais connu pareille agitation sur ces chemins le plus souvent déserts.

De retour à Moernach, je m'informai auprès de mes amies de l'auberge des Deux-Clés :

— Que se passe-t-il chez vous ?

Dédé et Gaby Enderlin, mes amies d'enfance, m'ont souri avec indulgence : « Décidément, Erik, tu n'as pas changé depuis le temps où tu demandais ce que le taureau faisait à la vache quand il lui montait sur le dos. Ta naïveté n'est pas soignée ! Ces braves gens redoutent la victoire de la gauche. Ils viennent évader leur argent en Suisse. »

On goûtera d'autant mieux cette ressemblance en ce même lieu, entre les deux époques, qu'on se souviendra que le papier des billets de banque est toujours fabriqué à l'ancienne, de coton et de… chiffons.

Histoire d'une ascension

Vidalon-lès-Annonay (France)

Mystère du climat.

Depuis quelques semaines, malgré le réchauffement général, la vieille Europe frissonnait. De nouveau, il neigeait et j'avais du chagrin. Ma si chère Jacqueline de Romilly venait de nous quitter. Je me souvenais de sa colère quand je lui avais avoué mon intérêt pour l'ancienne Égypte : « Comment pouvez-vous ? Cette civilisation obnubilée par la mort… Les Grecs, eux, ne pensaient qu'à la vie. »

C'est dans ces dispositions tristes, froides et blanches que je pris en gare de Lyon le train 6609 pour aller saluer l'Ardèche et les pionniers de l'aviation.

Le papier est l'allié de la mémoire, le dépositaire de tous les anciens temps.

Si vous voulez retrouver une époque révolue, il suffit de lui demander. Pas plus complaisant que le papier. Et complaisant n'est pas le mot. Il y a en lui de la vraie bienveillance. Peut-être parce qu'il est fait de vieux chiffons : il comprend la nostalgie. Alors il se mettra en quatre, en huit pour vous ouvrir la porte du siècle que vous regrettez de n'avoir pas connu.

Comme chacun sait, l'autoroute A7 avance vers le soleil. Elle longe le Rhône et des usines de chimie.

Ce jour-là, je n'avais pas rendez-vous avec la Méditerranée mais avec le XVIIIe siècle. Au téléphone, Marie-Hélène Reynaud m'avait indiqué la route : « Vous sortirez à Péage-de-Roussillon, Annonay n'est qu'à quinze kilomètres. Les ronds-points sont nombreux. Mais vous ne pouvez pas vous tromper. »

Marie-Hélène avait raison. Je n'ai eu qu'à suivre les flèches : musée Canson-Montgolfier. Et je me suis retrouvé au fond d'un vallon.

Marie-Hélène attendait sur le pas d'une grande maison.

— Oui, c'est ici qu'habitait la famille Montgolfier. Il leur fallait de la place. Pierre, le père, avait seize enfants, presque tous papetiers.

Sur la droite s'étendaient de vastes bâtiments dont le principal portait la plaque prestigieuse « Manufacture royale ».

Marie-Hélène hocha la tête.

— C'était la papeterie. Jusqu'à mille employés y travaillèrent. Il ne reste que des bureaux. Le conseil général veut en faire une pépinière d'entreprises. Quelles entreprises ? Enfin, espérons. Les Montgolfier avaient choisi l'endroit à cause de la rivière. Elle s'appelle la Deûme. Nous irons la saluer tout à l'heure. Vous l'entendez ?

Comment l'oublier ? Sa rumeur emplissait la vallée. À qui ne l'aurait pas compris elle rappelait qu'elle était le personnage principal.

Nous sommes entrés. Marie-Hélène m'a présenté son père, un vieux monsieur solide, à l'œil vif.

— Sans lui, plus rien n'existerait. Il a travaillé quarante ans à l'usine, c'est dire s'il connaît le papier. Il a reconstitué les machines une à une.

Puis, Marie-Hélène a commencé la visite.

— Je sais que vous êtes d'abord venu pour les ballons, mais chaque chose en son temps. Prenez patience. Je doute que ce soit votre qualité principale. Mais les Montgolfier étaient d'abord des gens de papier.

Et nous sommes passés de salle en salle de ce merveilleux petit musée.

J'en ai appris trois choses.

D'abord, une confirmation : sans rivière, pas de papier. La Deûme était bien la mère de toutes les usines. Elle les alimentait en eau (le papier, c'est d'abord de l'eau) et en énergie.

Ensuite, une évidence. Le papier était une affaire de famille. L'arbre généalogique des Montgolfier était à lui seul une forêt. Mais le sieur Canson qui devait reprendre la papeterie avait épousé l'une des innombrables demoiselles Montgolfier. Et les féroces concurrents Johannot étaient (plusieurs fois) cousins. Cette dimension familiale s'étendait au personnel : tout le monde, maîtres et ouvriers, déjeunait à la même table, assistait aux mêmes messes, dans la même église (de l'usine) et habitait le même site (pas dans la même sorte de logement).

Enfin, une admiration. Trois siècles durant, les Montgolfier, les Johannot et les Canson ne cessèrent d'inventer. Et d'investir pour donner réalité à leurs idées.

Dans le bureau désordonné de Marie-Hélène, j'ai pu consulter les correspondances familiales : dans un état de fièvre perpétuel, ils s'échangent des chiffres, des schémas, des projets…

Voilà pourquoi ils ont duré.

Marie-Hélène a rangé ces trésors dans son coffre. Elle est revenue s'asseoir en face de moi. Un air de vacances a flotté dans le bureau. Il me rappelait le dernier jour de classe quand le professeur est satisfait car il a réussi à finir le programme. Vous ai-je confié qu'outre ses activités de conservatrice de musée, d'assesseur au tribunal pour enfants, d'élue (dix ans maire de Davézieux, aujourd'hui première adjointe) et d'animatrice d'associations diverses, Marie-Hélène Reynaud est professeur d'histoire au collège ?

Le moment était venu. Elle m'a raconté l'aventure du premier vol habité.

*
* *

Qui à Seattle, siège de Boeing, ou même à Toulouse, patrie d'Airbus, connaît Vidalon-lès-Annonay ? Et pourtant, c'est dans ce petit bourg ardéchois que deux frères ont commencé à prouver la possibilité d'un transport aérien.

Nous voici au XVIIIe. La papeterie, toujours possédée par la même famille, emploie maintenant trois cents ouvriers. Pierre Montgolfier la dirige.

C'est Étienne, son quinzième, qui va reprendre l'entreprise. D'abord architecte, il ne quitte pas le secteur puisqu'il dessine à Paris des bâtiments pour la papeterie Réveillon. Quand son frère aîné meurt, son père le rappelle au pays. Nous sommes en 1774.

Pendant ce temps-là, Joseph, douzième de la fratrie Montgolfier, se passionne pour la science et notamment pour les découvertes d'Henry Cavendish : « l'air inflammable » est un gaz douze fois plus léger que l'air. Il s'agit de l'hydrogène. On peut le produire en versant du vitriol sur des morceaux de fer.

Pour ses affaires, Joseph se rend souvent en Avignon qui, à l'époque, dépend du pape. Pour cette raison, les imprimeries y sont nombreuses : elles échappent à la censure de l'Administration française et à sa fiscalité.

D'après l'Histoire, c'est dans cette ville que Joseph connaît son premier succès « aéronautique » : ayant chauffé l'air sous un cube de soie ouvert à sa base, celui-ci s'élève jusqu'au plafond.

Dès lors, les deux frères multiplient les expériences. Avec de la toile de coton *doublée de papier*, ils fabriquent des ballons de plus en plus gros, qui atteignent des altitudes de plus en plus impressionnantes : quatre cents mètres en avril 1783, mille en juin pour un vol qui dure dix minutes et s'achève à plus de deux kilomètres du point de départ.

Il faut maintenant monter à Paris convaincre le roi car jusqu'à présent les Montgolfier ont financé seuls le projet.

Les frères s'installent à la Folie-Titon, dans l'actuelle rue de Montreuil (n° 31 *bis*). C'est le siège de la Manufacture royale des papiers. Elle est dirigée par leur ami et client Réveillon.

Le 19 septembre 1783, après divers incidents, un ballon de vingt mètres de haut est présenté à Louis XVI. Il va emporter à quatre cents mètres trois animaux : un mouton, un coq et un canard.

Le test est concluant : les êtres vivants supportent l'altitude.

Au tour des humains de voler.

Le roi hésite à donner son autorisation. Il préférerait qu'on fasse courir le risque à des condamnés à mort. Pour sa part, M. Montgolfier père interdit formellement à ses fils ce jeu trop dangereux. Un physicien, Jean-François Pilâtre de Rozier, se porte volontaire ; suivant le projet depuis des mois, il sait maintenant moduler les montées et les descentes en alimentant comme il faut le foyer de paille. Un passager courageux va l'accompagner. Son nom a bien mérité d'être retenu : François Laurent, marquis d'Arlandes.

Le 21 novembre 1783, le ballon décolle du château de la Muette (Paris XVIe). Il atterrira neuf kilomètres plus loin et vingt-cinq minutes plus tard à la Butte-aux-Cailles, aujourd'hui place Paul-Verlaine (Paris XIIIe).

Tout le monde s'émerveille. Les Montgolfier sont anoblis. Ils entendent bien poursuivre leurs recherches et « aller ainsi jusqu'aux astres » (*Sic itur ad astra*), puisque telle est désormais leur devise.

Mais les crédits manquent. Et bientôt la Révolution éclate. Notons que les ouvriers de la Folie-Titon, ceux-là mêmes qui ont participé à la fabrication du ballon, vont jouer un rôle crucial dans la prise de la Bastille. Réveillon leur ayant imposé une nouvelle taxe, ils vont se révolter durement.

Étienne reviendra en Ardèche pour reprendre en main la papeterie familiale depuis longtemps délaissée. Joseph, toujours ingénieur dans l'âme, participera à la création de la Société d'encouragement pour l'industrie nationale et Napoléon le récompensera par la Légion d'honneur.

Les souffrances de l'Inventeur

Louis Nicolas Robert naît à Paris le 2 décembre 1761. Épris de liberté, il traverse l'Atlantique à l'âge de dix-neuf ans pour participer à la guerre d'indépendance américaine. De retour en France, il se trouve une autre cause : le papier.

De père en fils et depuis le XVIIe siècle, les Didot sont imprimeurs, éditeurs, graveurs, libraires et fondeurs de caractères.

Poursuivant cette tradition, Pierre-François Didot vient de créer la papeterie d'Essonne. Il engage le jeune homme.

Le principal client de la société est l'administration, notamment celle des Finances. La Révolution a vidé les caisses de la France. Il faut faire tourner plus vite la caisse à billets. Didot charge Louis Nicolas de trouver le moyen d'accélérer la production.

Sa réponse ne tarde pas. Le 18 janvier 1799, notre héros dépose un brevet présentant une machine capable de fabriquer « un papier d'une étendue extraordinaire sans le recours d'aucun ouvrier et par des moyens purement mécaniques ».

La machine reprend, en les mécanisant, les étapes habituelles.

La pâte contenue dans une cuve est versée par une écope sur un tapis roulant constitué d'un treillis de fils de cuivre. En même temps qu'il avance, le tapis est secoué, « branlé » latéralement pour bien répartir la pâte.

L'eau s'écoule d'abord par gravitation. Puis la bande de pâte passe entre des rouleaux qui continuent l'assèchement.

Au sortir de cette presse, on recueille une feuille qui peut, comme l'annonce Robert, « s'étendre infiniment ».

Didot rachète le brevet à son employé. Au lieu de le payer sur-le-champ, il lui promet de généreux intéressements aux bénéfices futurs de la papeterie.

Entre en scène un Anglais appelé *Gamble* (le pari), mari d'une des sœurs de Didot.

Les deux beaux-frères ont-ils décidé de collaborer pour développer l'invention ?

Ou, plus probablement, ce Gamble a-t-il volé les plans ? Il traverse la Manche, s'associe à d'autres papetiers, les Fourdrinier. D'autres brevets, anglais, sont déposés.

Louis Nicolas Robert ne s'avoue pas vaincu. D'autant qu'il n'a encore rien touché. Il intente un procès contre Didot qui finit par lui rendre la propriété de son invention.

Maintenant, il lui faut aller se faire rendre justice en Angleterre. L'affaire est d'une tout autre complexité, les Fourdrinier n'ont pas traîné.

Autour de Gamble, une équipe s'est constituée avec deux techniciens de grande ingéniosité, John Hall et Bryan Donkin. Ils ne cessent d'apporter des améliorations au dispositif de Robert : accélération de l'écopage, meilleur contrôle des mouvements du tapis, élargissement de la bande, pression accrue des rouleaux d'assèchement. L'étape des prototypes s'achève. La première machine opérationnelle sort ses premières feuilles en 1803. Ses résultats ne laissent d'impressionner : elle produit autant que six cuves !

D'autres installations vont suivre, de plus en plus performantes.

La fabrication manuelle a vécu. Un nouveau monde commence.

En 1810, notre Didot fait faillite. Robert se retrouve au chômage.

Quatre ans plus tard, une décision des tribunaux reconnaît sa paternité de la machine. Il la propose à diverses papeteries, dont celle de Mesnil-sur-l'Estrée. Refus.

Découragé, il décide de tourner la page et s'emploie à d'autres occupations, dont l'enseignement et quelques nouvelles inventions, parmi lesquelles une machine à écrire.

Le destin lui assènera un coup ultime.

En 1826, Firmin Didot, cousin du précédent, achète la papeterie du Mesnil et l'équipe… de machines anglaises, celles que commercialise maintenant Donkin.

Louis Nicolas Robert détruit ses « ustensiles », prend congé de toutes les formes possibles d'entreprises et meurt deux ans plus tard.

Son destin rappelle celui de tant d'inventeurs français. Ils découvrent et, faute de confiance et de financements, laissent à d'autres la joie et les bénéfices de la mise en œuvre.

« Entre les soussignés, etc.

« Monsieur David Séchard fils, imprimeur à Angoulême, affirmant avoir trouvé le moyen de coller également le papier en cuve, et le moyen de réduire le prix de fabrication de toute espèce de papier de plus de cinquante pour cent par l'introduction de matières végétales dans la pâte, soit en les mêlant aux chiffons employés jusqu'à présent, soit en les employant sans adjonction de chiffon, une Société pour l'exploitation du brevet d'invention à prendre en raison de ses procédés, est formée entre Monsieur David Séchard fils et messieurs Cointet frères, aux clauses et conditions suivantes… »

« […]

« Pendant les six premiers mois de l'année 1823, David Séchard vécut dans la papeterie avec Kolb, si ce fut vivre que de négliger sa nourriture, son vêtement et sa personne. Il se battit si désespérément avec les difficultés, que c'eût été pour d'autres hommes que les Cointet un spectacle sublime, car aucune pensée d'intérêt ne préoccupait ce hardi lutteur. […] Il épiait avec une sagacité merveilleuse les effets si bizarres des substances transformées par l'homme en produits à sa convenance, où la nature est en quelque sorte domptée dans ses résistances secrètes, et il en déduisit de belles lois d'industrie, en observant qu'on ne pouvait obtenir ces sortes de créations, qu'en obéissant qu'au rapport ultérieur des choses, à ce qu'il appela la seconde nature des substances. Enfin, il arriva, vers le mois d'août, à obtenir un papier collé en cuve, absolument semblable à celui que l'industrie fabrique en ce moment. […] Les autres fabricants effrayés s'en tenaient à leurs anciens procédés ; et, jaloux des Cointet, ils répandaient le bruit de la ruine prochaine de cette ambitieuse maison. […]

« Au mois de septembre, le grand Cointet prit David Séchard à part ; et, en apprenant de lui qu'il méditait une triomphante expérience, il le dissuada de continuer cette lutte.

« — Mon cher David, allez à Marsac voir votre femme et vous reposer de vos fatigues, nous ne voulons pas nous ruiner, dit-il amicalement.

« […]

« La découverte de David Séchard a passé dans la fabrication française comme la nourriture dans un grand corps. Grâce à l'introduction de matières autres que le chiffon, la France peut fabriquer le papier à meilleur marché qu'en aucun pays de l'Europe[1]. […]

« David Séchard, aimé par sa femme, père de deux fils et d'une fille, […] cultive les lettres par délassement, mais il mène la vie heureuse et paresseuse du propriétaire faisant valoir. Après avoir dit adieu sans retour à la gloire, il s'est bravement rangé dans la classe des rêveurs et des collectionneurs ; il s'adonne à l'entomologie, et recherche les transformations jusqu'à présent si secrètes des insectes que la science ne connaît que dans leur dernier état. »

En appelant son malheureux inventeur Séchard, Balzac prouvait qu'il avait tout compris de la technique. Qu'est-ce qu'une usine à papier sinon une grande sécherie ? Il faut par pression ou évaporation retirer de la pâte toute l'eau qui a permis de libérer les fibres.

Et vive la littérature quand elle s'intéresse à *tous* les univers du Réel, y compris l'industrie !

---

1. Balzac annonce ainsi l'autre révolution : puisque le chiffon manque, on va utiliser le bois comme matière première.

Dans l'intimité des Grands Hommes

Bibliothèque nationale de France, Paris (France)

Ce matin-là, jeudi 27 janvier, descendant du métro à la station Palais-Royal et remontant vers le Nord par le jardin du même nom, j'avais rendez-vous avec le fond des âges.

Michèle Le Pavec, conservateur en chef, m'attendait au 5 de la rue Vivienne, juste en face de la boutique du couturier favori de Madonna, Jean-Paul Gaultier.

À cause des travaux interminables en cours, mon voyage vers le passé me fit d'abord slalomer entre les baraques de chantier, puis traverser, sur la pointe des pieds, la salle (ovale) des périodiques, escalader un escalier de fer, tourner à gauche et de nouveau à gauche pour enfiler un long couloir aux murs défraîchis, pousser la porte d'un bureau (provisoire). Une autre dame également conservateur en chef m'accueillit, Marie-Laure Prévost. Comme on porte le Saint-Sacrement, elle tenait à bout de bras une forme, longue d'environ soixante centimètres et large de vingt, emmaillotée dans un emballage plastique à bulles.

Elle me pria de m'asseoir.

Et je me trouvai transporté quatre mille années en arrière.

J'avais devant moi un rouleau composé de feuilles de papyrus collées les unes aux autres.

Tandis que Marie-Laure, lentement, déroulait, une jeune normalienne, Chloé Ragazzoli, me chuchotait à l'oreille les informations nécessaires.

Elle travaille à une thèse sur la pratique scripturale des scribes et connaît tout d'Émile Prisse d'Avennes, l'égyptologue qui a découvert ce trésor.

— Regardez, le texte est composé en hiératique, la version « simple » des hiéroglyphes. Et les signes sont disposés en lignes plutôt qu'en colonnes. Les scribes trouvaient l'écriture plus facile.

De temps en temps, la jeune femme traduisait.

— Il s'agit de conseils de bonne vie donnés par un vizir à son fils destiné à lui succéder à la cour du pharaon. D'où le titre : *L'Enseignement de Ptahhotep.*

> « Le grand âge est arrivé… la décrépitude est venue… la vue a baissé, l'ouïe est dure… ce que fait la vieillesse aux hommes : du mal en toute chose… »

Tout à son exercice et sans se rendre compte, elle continuait de me décrire mon futur proche.

Qu'importe, après tout, puisqu'à ses côtés, je remontais le temps.

Je revins non sans peine de cette lointaine Égypte.

Mes trois fées, les érudites, discutaient entre elles et finirent par tomber d'accord. Marie-Laure, désignée comme porte-parole, déclara un peu gênée :

— Même si rien ne peut l'établir scientifiquement, nous avons quelques raisons de penser que vous venez de saluer le plus vieux livre du monde.

De manuscrit en manuscrit, j'allais ainsi descendre, en une seule petite matinée, une bonne partie du temps des hommes. Ma montre ne savait plus où donner de la tête. Sadiquement, je la consultais à intervalles réguliers pour profiter de son égarement.

Songez qu'à 10 h 15, j'étais en Chine, dans une des grottes de Dunhuang, devant le soutra dit du lotus, émerveillé par la régularité du papier et par la clarté de la calligraphie. On aurait dit des idéogrammes récents.

Ce rouleau, et c'est l'une de ses raretés, possède un colophon, une note finale où l'on indique sa date exacte (675) et le nom du scribe (Yuan Yuan Zhe). À mille trois cent trente-cinq ans de distance, j'ai fait part à ce dernier de mon admiration.

Mme Le Pavec m'a interrompu net : pas le jour pour des salamalecs, il fallait respecter l'horaire.

Il était déjà 10 h 45. Le XIIe siècle européen m'attendait avec un glossaire latin dans lequel j'aurais pu flâner des jours : il était pour partie parchemin et déjà papier pour le reste, l'incarnation même de la transition.

Le moment d'après, brûlant les étapes, je me retrouvai au XVIIIe siècle, en la compagnie sulfureuse de Casanova, me demandant comment j'allais pouvoir m'évader de cette terrible prison vénitienne qu'on appelait Les Plombs.

C'est dans de grands registres qu'on dirait de comptable, d'une écriture haute et tranquille, la plus maîtrisée qui soit, que le séducteur légendaire raconte sa vie, la plus aventureuse qui se puisse imaginer.

Rien de plus troublant que ce contraste entre l'ordre parfait de ses lignes et les désordres qu'elles disent. Jusque dans l'abandon cet homme-là devait garder un contrôle qui subjuguait. Heureusement que Mme Le Pavec veillait. Je me serais laissé à mon tour envoûter.

À peine avais-je pu renouveler ma gratitude au papier, incomparable révélateur des secrets de l'auteur, que Victor Hugo m'attendait avec ses manuscrits d'exil, *L'Homme qui rit*, *Les Travailleurs de la mer*...

On aurait pu croire Victor Hugo indifférent à la surface sur laquelle il jetterait ses phrases. Et c'est vrai qu'il a écrit, dessiné, peint sur tout ce qui se trouvait à portée de sa main : soie, galet, sable...

En fait, nul n'était plus maniaque.

Pour les notes, tout est bon. On retrouve par exemple des ébauches de phrases au dos d'une lettre de Gérard de Nerval.

Mais pour les manuscrits, il choisit avec soin en fonction de l'œuvre projetée.

La couleur, par exemple, ne doit rien au hasard.

Il n'écrira *Les Travailleurs de la mer* que sur du papier blanc tandis que pour *Les Misérables*, quels que soient les lieux où il travaille, Bruxelles ou Guernesey, et quelles que soient les époques (d'abord deux ans et demi d'affilée ; puis reprise après une interruption de treize ans), il s'arrangera pour retrouver toujours le même papier : azuré.

Comme si cette teinte était la maison de cette histoire-là.

On dirait aussi que la quantité de papier acheté pour chaque projet va déterminer la taille du livre. Achevant en avril 1866 *Les Travailleurs de la mer*, il note : « J'écris la dernière page sur la dernière feuille de papier Charles acheté deux ans plus tôt. »

Il prend même garde à créer entre le texte et son support des échos, des correspondances : l'un des poèmes des *Voix intérieures* est écrit au verso du faire-part de décès de son frère.

Et ses livres « anglais », *William Shakespeare*, *Les Travailleurs de la mer*, *L'Homme qui rit* ne pouvaient être écrits que sur du papier venu de Londres alors que *Quatre-vingt-treize* a besoin de papier français !

Leur travail étant par nature libre, libre de toute autorité extérieure, libre de toute obligation de pointer, c'est-à-dire libre de ne rien faire aujourd'hui, libre de céder à toutes les innombrables tentations et justifications de la paresse, la plupart des écrivains désireux d'avancer néanmoins dans leur œuvre s'imposent des rituels.

Et comme la solitude est leur première, nécessaire et implacable compagne, ils se cherchent d'autres présences.

Pour jouer ce rôle, le papier s'impose.

On dirait, à lire les déclarations d'amour à lui adressées par certains écrivains, qu'ils se confient à leurs femmes ou maîtresses.

Ainsi Victor Segalen célébrant le papier de Corée : « Corée de rêve, Corée hollande, Corée velours, Corée nacrée… »

Ou, plus lyrique encore, Paul Claudel : « Quel papier ! Où l'avez-vous trouvé ? Cette espèce de feutre nacré où l'on voit par transparence des algues, des cheveux de femme, des nerfs de poisson, des cultures d'étoiles et de bacilles, la vapeur et tout un monde en transformation et ces visions nostalgiques de la vieille Chine qui recueillent en moi quinze années ou quinze mille siècles de souvenir… »

Et voilà que j'arrivais à la fin du voyage commencé deux heures trente et quatre mille ans plus tôt.

Mme Le Pavec me tendait l'ultime cahier (n° 20) du dernier tome de *La Recherche*, *Le Temps retrouvé*.

La couverture, d'un bleu sombre, n'annonçait rien de particulier.

Le vertige commença peu après.

Sur presque chaque page étaient collés des papiers, des morceaux de toutes tailles et formes, les uns plus petits qu'une carte de visite, les autres longs de un mètre quand on les déplie. On aurait dit des prières, des ex-voto. C'étaient simplement des ajouts.

L'envie me prit de refermer le cahier, soudain confus de violer une intimité. Car il s'agissait bien de cela : j'avais l'impression d'avoir pénétré bien plus que dans les coulisses de la création, dans le cerveau même de Proust, je voyais ses phrases juste comme elles sortaient de sa tête, passaient dans sa plume, étaient jetées sur ces *paperolles*.

Et j'arrivais à la page ultime de l'œuvre, feuillet 125. Proust n'en a gardé que trois lignes. Toutes les autres sont rayées et aussi celles qu'il avait griffonnées dans les marges.

Les premiers mots, *une place considérable*, continuaient à l'évidence une phrase commencée au feuillet précédent.

— Puis-je ?

Marie-Laure Prévost, d'un hochement de tête, me permit de retourner au feuillet 124.

Je déchiffrai tant bien que mal :

« Du moins si la force m'était laissée assez longtemps pour accomplir mon œuvre ne manquerais pas d'abord de décrire les hommes… comme occupant […] »

Et je revins à la dernière page.

« [...] une place si considérable, à côté de celle si restreinte qui leur est réservée dans l'espace, une place au contraire prolongée sans mesure – puisqu'ils touchent simultanément comme des géants plongés dans les années, à des époques si distantes, entre lesquels tant de jours sont venus se placer – dans le Temps.

Fin »

Alors dans le bureau sinistre je ne fus pas loin de pleurer d'émotion.

Grâce au papier, j'étais témoin des ultimes moments de Proust. Une dernière fois, il a pris sa plume. Il ne va pas tarder à mourir.

Mais voici que saisi sans doute par la contagion proustienne, des souvenirs me reviennent.

Il commence *La Recherche* vers 1911. Un an plus tard, il en a écrit mille quatre cents pages, qu'il voudrait publier en une seule fois. Tous les éditeurs approchés, dont *La Nouvelle Revue française* de Gide, refusent le texte. Proust se voit donc contraint de n'en présenter qu'une (petite) partie, *Du côté de chez Swann*. À compte d'auteur.

Je me rappelle maintenant que cette dernière page, celle que j'ai devant moi, ces trois lignes sauvées, ce mot « Fin », datent de... 1913.

Durant *neuf* années, jusqu'à sa mort le 18 novembre 1922, Proust ne va pas s'arrêter de revenir sur une œuvre déjà *finie*. Les « paperolles », les « ajoutages » sont les manifestations de ces retours perpétuels, quasi éternels, de cette pensée qui n'avance qu'en spirales.

Alors le cœur me serre plus fort, je partage l'angoisse de l'auteur malade qui ne sait s'il aura le temps d'achever cette œuvre, déjà proclamée comme *finie*, sans doute pour conjurer le sort.

Et les scientifiques ?

Pour ne pas les oublier, je suis revenu un autre jour importuner le Département des manuscrits.

Comme un boucher se croit seul habilité à découper la viande de la manière qu'elle mérite, un écrivain a tendance à croire le papier sa propriété et à considérer tous les autres qui l'utilisent pour des imposteurs, au mieux des amateurs.

D'où ma honte en parcourant d'autres cahiers, ceux de Louis Pasteur. Bien plus que des pense-bêtes ou des archives, ils sont, durant quarante ans (1848-1888), ses véritables confidents, les alliés de ses innombrables recherches, de la cristallographie à la fermentation, en passant par le métabolisme du ver à soie, pour finir par l'étude et la thérapeutique des maladies virulentes.

Jour après jour, il y note avec un soin méticuleux tous les événements survenus, les idées comme les faits, les hypothèses comme les vérifications.

— Quel registre voulez-vous consulter ? me demande Marie-Laure. Nous en avons plus de cent !

Comme j'hésite, elle m'apporte d'autorité le n° 13. Et elle l'ouvre à la date du 6 juillet 1885.

Ces quelques lignes d'apparence anodine permettent d'entrer au cœur d'une des inventions majeures de l'histoire de la médecine. En même temps que nous suivons pas à pas, de l'intérieur, une aventure humaine bouleversante : on y voit toute la gamme des sentiments du savant soudain responsable direct de la vie d'un jeune garçon. Voici l'audace, le doute, l'angoisse, l'obstination, le soulagement, voici l'orgueil…

N.a.fr. 18019, f° 87 (folioté 83 par Pasteur)

rage.	Premier sujet humain traité	Production de l'état réfractaire sur un enfant très dangereusement mordu par un chien rabique.

le 6 juillet 1885, je reçois la visite de trois personnes :

1° Sieur Vone, Théodore, m^d épicier à Meissengott

(Bas-Rhin) mordu au bras le 4 juillet par son propre chien, mais sur vêtement sans plaie vive, sans chemise percée.

Je le renvoie chez lui en l'assurant qu'il ne prendrait pas la rage, que c'était impossible.

2° Joseph Meister, âgé de 9 ans depuis le 21 février — amené par sa mère, de Steige, près Villé - son père garçon boulanger,

dernier, fortement mordu au doigt medium de la main droite aux cuisses et à la jambe, par le même chien rabique qui a déchiré son pantalon, l'a terrassé et l'aurait dévoré sans l'arrivée d'un maçon muni de deux barres de fer qui a frappé le chien.

Celui-ci, à l'autopsie avait foin, paille et fragments de bois dans l'estomac.

Voir la constatation des blessures par MM. Vulpian et Grancher. Dossier à part.

J'installe la mère et l'enfant à Vauquelin. Il lui répugne d'aller à l'hôpital.

L'enfant reçoit autour des hanches, un peu plus haut que l'abdomen, aux hypocondres :

6 juillet à 6/8^h20' soir — 1/2 ser. moelle du 21 juin - moelle de 15 jours

– Le soir, on trépane 2 lapins avec cette moelle du 25 - vont bien encore le 30 juillet idem le 2 août. idem le 11 août idem le 19 août.	7	9^h	matin	id	23	moelle de 14 jours
	7	6^h	soir	id	25	moelle de 12 jours
– On trépane 2 lapins avec cette moelle du 27/9 vont bien encore le 20 juillet. Idem le 2 août Idem le 11 août (id. le 19 août.)	8	9^h	matin	id	27	moelle de 11 jours
	8	6^h	soir	id	29 :	moelle de 9 jours
	9	11^h	matin	id	1er juillet	moelle de 8 jours
– On trépane 2 lapins avec cette moelle du 3.	10	id	id	id	3	moelle de 7 jours
Un de ces lapins mort de diarrhée le 15/ autre va bien encore le 30 juillet (id. le 2 août) id. le 19 août	11	id	id	id	5	moelle de 6 jours
– On trépane 2 lapins avec cette moelle du 7 un mort de diarrhée. (mort le 23)	12	id	id	id	7	moelle de 5 jours
– On trépane 2 lapins avec cette moelle un mort de diarrhée. Autre bien encore le 30 juillet,	13	id	id	id	9	moelle de 4 jours
– On trépane 2 lapins avec cette moelle pris le 22, càd le 8e jour. Tendance au retard	14	id	id	id	11	moelle de 3 jours
– On trépane 2 lapins avec cette moelle pris le 22, càd le 7e jour. Morts le 23 et 24/7.	15	id	id	id	13	moelle de 2 jours
– On trépane 2 lapins avec cette moelle pris tous deux le 23, 7e jour. Morts le 27	16	id	id	id	15	moelle de 1 jour
– Pas de trép de lapins	17	id	id	17	m—	

On s'arrête à ces 13 inoculations. C'est le 12 au soir que l'enfant a eu une convulsion. Les piqûres ont

© BnF

À qui devons-nous le cadeau de cette intimité avec Pasteur tout au long de ces jours historiques ?

À l'écriture du savant, régulière, mais de plus en plus indéchiffrable, à mesure que Pasteur, ne voulant rien oublier, écrit dans les moindres blancs, et de plus en plus petit. On devine un encrier, peut-être une bougie car il se fait tard après la journée de labeur, on imagine les doigts crispés sur le porte-plume puis l'application du buvard.

*
* *

Déjà, avant mes visites à la Bibliothèque, je croyais que le papier et l'écrit forment un couple. J'en suis aujourd'hui convaincu. Dans la corbeille du mariage, le papier apporte ses contacts gardés avec la nature (le bois, le coton). Tandis que l'écriture (à la main) oblige à se dévoiler et ouvre sur le cerveau.

La modernité ne cesse de développer la *communication* mais dans le même élan rompt les liens les plus anciens : ainsi le pavage ou le macadam, de même que la semelle de nos chaussures, nous séparent de la Terre.

Trésors Vivants

Echizen (Japon)

La passion du Japon pour le papier a commencé ici, vers l'an 600 après Jésus-Christ.

Un village de l'Ouest, au pied de la montagne. La Corée est proche, de l'autre côté d'un bras de mer. Des commerçants ont dû venir un jour de ce pays des matins calmes présenter cette invention chinoise.

Echizen, pour s'y rendre de Tokyo, rien ne vaut le chemin de fer. Un premier train va vite. Vous n'aurez que le temps d'entrapercevoir sur la droite le Fujiyama et sur la gauche des bribes de Pacifique et une imposante usine Suzuki. Vous descendrez à Maibara, dernier arrêt avant Kyoto. De l'autre côté du quai vous attendra un express, beaucoup plus lent. Vous lui saurez gré de son allure d'escargot. Car l'automne s'est installé et, si les sapins gardent leur vert imperturbable, les autres arbres, cerisiers, érables, bouleaux, suivent chacun leur rythme pour changer de couleur. Je reparlerai de l'indépendance des gingkos qui n'est pas loin du mépris.

De longs tunnels ne servent pas seulement à traverser les montagnes. Ils remontent les siècles. De

vallée en vallée, vous devinez que vous vous rappro-
chez des origines.

Aujourd'hui, le nom d'Echizen désigne une communauté de communes, mi-agricoles (riz), mi-indus-
trielles (fabrique de couteaux appréciés de tous les
chefs).

Le cœur historique, le départ de la légende, on
l'appelle *imadate*, « le village ».

Ses maisons de bois montent le long d'une petite
rivière jusqu'au sanctuaire de la Divinité.

Quarante familles y fabriquent encore du papier.

Yoshinao Sugihara est un négociant. Comme son
père, son grand-père et tous ceux qui les ont pré-
cédés. Des textes prouvent qu'au moins douze générations ont vendu avant lui du papier.

Le temps de pénétrer chez lui, une maison de bois
vieille d'au moins deux siècles, et de s'asseoir pieds
nus sur le tatami autour d'une table vraiment très
basse, M. Sugihara commence sa leçon de papier. Un
radiateur électrique lutte, sans conviction aucune,
contre un froid humide qui, déjà, me transperce.

— Echizen a eu de la chance. Nous avions l'eau,
des puits et des rivières qui coulent de la montagne.
Nos ancêtres avaient le goût du travail et de l'obstination. En se promenant, ils trouvèrent les trois espèces
d'arbustes qui conviennent le mieux. Le plus joli, c'est
le kozo[1]. Sa fibre est la plus longue. Le deuxième
s'appelle mitsumata[2]. Même genre de plante, en plus

1. *Broussonetia kazinoki.* C'est un mûrier.
2. *Edgeworthia papyfera.*

élancée. Le troisième, le gampi[1], donne un brillant inimitable et permet aussi d'obtenir des feuilles d'une finesse exceptionnelle. Les deux premiers peuvent se cultiver, et beaucoup d'agriculteurs en vivent. Autre avantage : ils poussent vite. Comme par hasard, le précieux gampi ne pousse que lentement et ne vit qu'à l'état sauvage. Il est donc plus rare et plus difficile à ramasser. Donc plus cher.

M. Sugihara étant bon pédagogue, il ne s'est pas contenté de me voir prendre des notes. Il m'a tendu des papiers. À moi de trouver leur origine. Facile pour le gampi. Pour distinguer les deux autres, j'ai mis plus de temps.

Mon professeur a pu passer à la deuxième leçon.

— Qu'est-ce que le *mucilage* ?

J'ai avoué mon ignorance.

— Alors peut-être avez-vous entendu parler de viscosité ?

J'allai chercher dans ma mémoire de vieux souvenirs de physique-chimie. Un liquide visqueux n'était-il pas celui dont l'écoulement est freiné par un certain frottement entre les molécules le constituant ? Quel rapport avec le papier ?

— Le mucilage consiste à donner de la viscosité à notre mélange. Elle permet la suspension des fibres dans l'eau, elle ralentit la vitesse de l'égouttement et facilite l'étalement régulier sur le tamis. Les meilleurs alliés du mucilage sont des racines d'hibiscus. Vous m'avez suivi ?

---

1. *Wikstroemia sikokiana.*

Une fois bien expliqués ces préliminaires, M. Sugihara m'a résumé la longue histoire du papier japonais.

Apprenez que le papier fut d'abord utilisé pour des raisons religieuses. Un million de rouleaux recopiant des textes sacrés bouddhiques furent enfermés dans un million de toutes petites pagodes en bois et envoyés par tout le pays. Puis le gampi connut son heure de gloire. On aimait son raffinement pour y calligraphier l'amour. Puis vint l'ère des samouraïs. Ils voulaient une matière plus solide, plus épaisse : le kozo.

La nuit tombait. M. Sugihara s'en est tenu là. Peut-être a-t-il eu pitié de moi. Je grelottais. Il m'a donné rendez-vous pour le lendemain.

*
* *

Premier atelier.

Le cœur me bat. L'impression enfantine de pénétrer dans un lointain royaume où je vais apprendre de très anciens secrets.

Comme la lumière est faible, je ne vois et n'entends d'abord que de l'eau.

On dirait un grand lavoir.

Des femmes plongent et replongent un tamis de bois dans de vastes bacs de ciment remplis d'une mixture grise.

Elles travaillent par deux. Leurs rythmes s'accordent. Elles ne parlent pas. D'un même geste, elles retirent le tamis. Que se passe-t-il ? Le tamis doit avoir un fond que les deux femmes soulèvent. Une surface claire paraît qui pourrait être un drap. Elles l'ajoutent à la pile d'autres surfaces claires qui s'égouttent lentement.

Dans un seau de plastique bleu, une femme a plongé un bâton et touille, l'air sévère. Je me penche : c'est visqueux.

Sans doute l'agent du mucilage.

Pour l'instant, je n'ai pas vu un homme.

Dans un coin de l'atelier, trois autres femmes, plus vieilles que les premières, sont assises, côte à côte devant des bacs remplis d'eau où flottent des matières blanches. Sur les cheveux elles portent des bonnets bleu clair qui les font ressembler à des infirmières.

Tout à leur tâche, elles n'ont pas remarqué notre présence. M. Sugihara me murmure à l'oreille droite du japonais. Par la gauche, j'entends le français parfait de mon interprète, Shoko, une jeune fille géante.

— Au fond, c'est du kozo, au milieu du mitsumata et devant, du gampi. Souvenez-vous, je vous ai parlé des trois fibres dont on fait le papier.

— Que font ces femmes ?

— Elles retirent les impuretés, les restes d'écorce.

— Toute la journée ?

— Echizen ne peut se permettre le moindre défaut.

Une femme se lève et se met à chanter. C'est la plus âgée, celle qui s'occupe du gampi. Sa mélopée monte et descend. Sa voix ne tremble pas. On dirait qu'elle se promène et va cueillir les émotions, une à une, où qu'elles se trouvent, dans les très aigus comme les très graves. Nous retenons notre souffle. La chanson s'arrête. La vieille dame se rassied, sa main droite recommence à picorer les saletés dans le bain de gampi. Ses deux voisines n'ont pas cessé leur travail.

Nous repartons sur la pointe des pieds.

— Il y a beaucoup de chansons du papier, dit M. Sugihara. Je crois qu'on chante celle-ci depuis le XVIIIe siècle.

Et à son tour il fredonne. Mais du bout des lèvres, intimidé. Shoko traduit. Elle, d'ordinaire si joyeuse, on dirait qu'elle pourrait pleurer.

> *Résiste,*
> *Ça vaut de l'or !*
> *L'argent fleurira à l'arbre de la résistance*
> *Si tu prends une femme*
> *Choisis-la bonne travailleuse*
> *Et la peau claire*
> *Mais surtout*
> *Qu'elle sache faire le papier !*
> *Utilise de l'eau pure*
> *Et toujours avec un cœur pur,*
> *Ressemble à la blancheur du papier bien séché !*

*
* *

D'un papier fait à la main, les Japonais disent qu'il a des oreilles. Parce qu'on ne découpe pas les feuilles d'un coup sec, au massicot. On les décolle délicatement, de la pointe d'un ongle.

Ainsi les bordures ne sont pas régulières. Elles ressemblent à ces routes côtières qui aiment trop la mer : elles tournent et retournent pour ne jamais s'éloigner d'elle.

Et tout du long de la feuille, des duvets demeurent. Semblables aux poils qui, l'âge venant, sortent des oreilles.

Dans la maison traditionnelle où je vis, je regarde les murs qui m'entourent, presque tous de papier. Je sais maintenant pourquoi ils ont des oreilles.

*
* *

Dehors, le village se prépare pour l'arrivée de la neige. Elle ne devrait plus tarder et peut tenir jusqu'à mars. Alors, on se hâte de déterrer les derniers radis noirs. On protège de grands draps blancs les sculptures qui ornent les façades du sanctuaire. Le plus long est d'armer les arbres. Le poids de la neige pourrait les casser, eux qu'on a mis des années à tailler pour obtenir ces formes étagées, cette impression de nuages. Alors on enfonce dans le sol, contre le tronc, un haut bambou. De son extrémité pendent des ficelles auxquelles on attache les branches. Les espèces les plus fragiles sont emmaillotées, tels les nourrissons d'autrefois.

*
* *

En me conduisant vers le temple qui domine le village, tout au bout de la route – au-delà, elle bute sur un petit barrage, déjà cerné par la forêt –, M. Sugihara m'explique tranquillement que les habitants d'Echizen entretiennent une relation très simple et très saine avec la religion : ils veulent des résultats. Quand ils ne sont pas satisfaits d'une divinité, ils la remplacent.

— D'abord, il faut que vous sachiez qu'au Japon, rien ne dure et nul ne se désole que rien ne dure. Si quelque chose s'effondre ou brûle, on reconstruit.

Cinq ou six temples au moins se sont succédé avant celui que vous allez voir. Dans le premier était célébrée une divinité bouddhique qui n'a pas dû prouver assez son efficacité. Les villageois l'ont changée pour une autre, imaginée par eux, et qui leur convenait mieux. Qu'importe le nom banal qu'ils lui ont donné : Kawakami Gozen (qu'on pouvait traduire par « la divinité » ou « la dame du haut de la rivière »), elle était désormais pour eux la déesse du papier.

Comme le veut la tradition, deux gingkos protègent l'entrée du temple. La légende dit qu'ils portent en eux tellement d'eau qu'en cas d'incendie, ils retardent la progression du feu.

Effet secondaire : le sanctuaire pue.

Car rien ne sent plus mauvais que le fruit de cet arbre lorsqu'il se décompose. Raison pour laquelle l'Europe a toujours préféré n'importer que des mâles.

Le nez bientôt accoutumé à cette pourriture, le visiteur ne peut que s'émerveiller. Il traverse une clairière plantée de grandes lanternes en pierre. De très hauts arbres l'entourent, des sortes de cèdres, ils s'élèvent jusqu'aux nuages. Gravissant l'escalier, il manque de nouveau trébucher, tellement paraît vivant le cheval de bronze qui piaffe sur sa gauche. Il ne verra pas la divinité du papier, déjà cadenassée pour l'hiver. Mais l'étrangeté du toit de l'édifice le consolera. Il est fait de minuscules morceaux d'écorce l'un à l'autre collés. Ce hérissement de formes évoque une mer déchaînée, ou, ô combien pertinent, le portrait d'un pays où guerroient les plaques tectoniques. Il en faut de la force d'âme, à la divinité du papier, pour demeurer zen sous ce chaos.

Avec des mines et des circonvolutions, des oh, oh, des yeux au ciel, des façons, très japonaises, de ne pas dire en disant quand même, de s'approcher du sujet sans l'aborder, M. Sugihara finit par m'avouer son regret :

— Étant donné votre intérêt pour la si noble matière millénaire du papier, intérêt est un faible mot, dont je vous prie de m'excuser, comment qualifier cette force qui vous pousse à entreprendre jusqu'ici un aussi long et de nos jours si périlleux voyage ? M'en tiendrez-vous rigueur si j'évoque à propos de la relation qui vous unit au papier une exigeante attention de l'ordre du sentiment ? Étant donné ce lien, je ne peux que dire ma tristesse, malgré l'extrême qualité de cette si belle journée, si féconde d'enrichissements mutuels.

Je souris admiratif à ma géante Shoko. Sans faiblir ni résumer (quelle horreur ç'aurait été !), elle a suivi un à un les méandres de cet incompréhensible regret.

Je réponds par une question bien plus brève :

— Une tristesse ? Quelle tristesse ?

— Oh, oh, un être comme vous, si connaisseur, si engagé dans votre recherche, quel dommage que vous l'ayez manquée.

Je finis par m'inquiéter (et un peu aussi à m'impatienter) :

— Qu'ai-je donc manqué ?

— Mais la fête des 33. Oh, oh, quel dommage !

Devant mon air de totale sidération, il doit s'expliquer.

Tous les trente-trois ans, depuis le VIIIe siècle, la population d'Echizen fête les divinités.

Pourquoi trente-trois ? Parce que pour les Japonais, le chiffre 3 porte bonheur. Peut-être pensent-ils avec sagesse que trois, c'est déjà beaucoup ? Pour ne pas multiplier les pistes et brouiller les esprits, je me retiens de leur rappeler que le Christ est mort à trente-trois ans.

Au jour dit du mois de mai, les hommes forts du village se mettent en marche. Ils se sont divisés en deux groupes qui portent chacun un lourd autel de bois très doré et richement orné. Ils montent dans la montagne jusqu'à deux temples où se morfondent depuis trente-trois ans deux divinités, l'une bouddhique, l'autre shintoïste. Inutile de vous dire la joie pour ces statues de recevoir de la visite et de partir en promenade. Car on les juche sur les autels et on les descend au village. Elles y rejoignent Kawakami Gozen. Et commence la fête en honneur au trio. Comme on pouvait s'y attendre, elle va durer… trois jours.

Pour me consoler d'avoir manqué le rendez-vous de 2008, M. Sugihara me conseille vivement de revenir pour le prochain.

Un rapide calcul me conduit aux trois résultats suivants :

1) la première fête eut lieu, dit-on, en mai 721 ;

2) pour atteindre la suivante, il me faudra attendre 2008 + 33 − 3 = mai 2038 ;

3) je viendrai donc de fêter mes (2038 − 1947) quatre-vingt-onze ans. On peut toujours rêver.

*
* *

Vaillant village !

Il ne sait comment conserver l'attention du monde. En 1989, il a décidé de frapper les esprits.

Tous les artisans ont participé au projet. Durant six mois, ils ont préparé la pâte, ils ont construit un cadre, ils ont adapté l'atelier, ils ont répété et répété les gestes pour qu'ils atteignent à la coordination parfaite.

Et le jour J est arrivé, qui a duré trois mois.

Le temps que seize costauds, huit de chaque côté, plongent et replongent la forme dans le bac immense.

Puis il a fallu décoller, presser, sécher une surface comme Echizen n'en avait jamais vu.

Le résultat de ces efforts peut se voir dans le livre Guinness des records : la plus grande feuille de papier fabriquée manuellement : 7,10 mètres de long, 4,30 de haut. Poids : 8 kilos.

*
* *

Quand il se décide à parler, nul ne peut arrêter le Trésor Vivant.

Pourtant, il ne s'était même pas retourné quand nous avions poussé la porte de son royaume. Un atelier sans confort aucun, seulement équipé du matériel minimum pour fabriquer le papier : la cuve, le seau à kozo, l'autre seau, plus petit, où se décomposent les racines pour le mucilage, les formes de bois entassées contre le mur, la broyeuse, la table où taper la fibre, la presse…

Au milieu de la pièce, la lueur rougeâtre d'un radiateur électrique rappelle la possibilité de la chaleur, un autre jour, plus tard, peut-être le soir.

Durant un bon moment, environ une demi-heure, je le regarde travailler. Le jeu de ses bras guidant la forme ; le jeu de la forme plongée et replongée dans la cuve pour y prendre juste ce qu'il faut de pâte et bien la répartir.

Il y a mille ans, un homme, un curieux de ma sorte et qui me ressemblait comme un frère est entré dans le même atelier. Et les gestes que je vois, il les a vus, en tout point semblables. J'avais raison de me méfier des tunnels. Sans prévenir, ils vous font remonter le temps.

C'est alors que le maître se met à parler. Il raconte comment il n'a vraiment respecté le papier qu'à l'âge de trente ans.

— Et avant, que faisiez-vous ?

— Du papier. Comme tout le monde à Echizen. Mais sans lui donner assez.

Ichibei Iwano parle sans ralentir la cadence de son travail. Il approche les quatre-vingts ans. Sa tête pointue ressemble à celle d'un oiseau décharné. Mais les oiseaux décharnés n'ont pas comme lui l'œil rieur.

Je lui demande son emploi du temps d'une semaine.

— Deux jours à la forme, comme vous voyez.

Je le félicite de prendre enfin un peu soin de lui. Il glousse.

— On voit que vous ne connaissez pas le papier. Les cinq autres jours, je prépare la pâte.

Les Trésors Vivants me fascinent depuis l'enfance. Ils illustrent l'extrême du savoir ou du savoir-faire.

Aujourd'hui, trois cent vingt personnes ont été ou sont Trésors Vivants, représentant les arts (principalement la musique et le théâtre) et l'artisanat (surtout la poterie et la teinture). Cinq ont été nommées au titre de papier.

Claude Lévi-Strauss, grand amateur du Japon, se passionnait pour cette institution, le seul anoblissement qui vaille, disait-il.

Un jour de 1999, des gens du ministère de la Culture sont venus de Tokyo. Ils ont regardé Ichibei Iwano travailler. Ils l'ont interrogé. Ils ont pris des notes. Mais ils ne se sont même pas intéressés au potager.

Trois mois plus tard, la décision administrative est arrivée. Ichibei Iwano était nommé Trésor Vivant. Au triple motif, disait le décret, que son papier était « d'une haute valeur artistique », qu'« il occupait une place importante dans l'Histoire » et qu'« il plongeait ses racines dans un lieu, Echizen ».

*
* *

— Vous aimez les potagers ?

Ce sera sa seule question. Le Trésor Vivant n'a de curiosité que pour le papier et pour ses auxiliaires. Dont, semble-t-il, le potager. À l'évidence, j'ai commis une faute. Peut-être tire-t-il autant de fierté de son potager que de son papier ? J'aurais dû le féliciter pour la prestance de ses radis noirs, pour l'opulence de ses salades.

Existe-t-il un Trésor Vivant pour les potagers ? Deux titres de Trésor Vivant peuvent-ils couronner une même personne ?

Ichibei Iwano interrompt mes rêveries :

— Un homme qui ne sait pas cultiver ne saura jamais fabriquer le papier.

Je réfléchis. N'ayant pas trouvé de lien manifeste entre les deux activités, j'ose interroger.

Je n'aurai pas de réponse.

Le maître a dû estimer soit qu'il s'abaisserait en revenant sur des vérités tellement aveuglantes.

Soit qu'il m'humilierait en me considérant assez bête pour n'avoir pas percé depuis longtemps cette devinette enfantine.

Soit que ce genre de sagesse – papier-potager, même combat –, on ne peut l'acquérir que soi-même, au terme d'un long et patient cheminement.

*
* *

— Écoutez !

Je tends l'oreille. À part deux aboiements dans le lointain, un grondement, plus proche, sans doute celui d'une chaudière, et dans l'atelier même le gazouillis du ruissellement à travers la forme, je n'ai trouvé aucun bruit qui mérite attention. J'avoue mon échec.

Une brève colère plisse le front du Trésor.

— Vous êtes comme les autres : vous oubliez l'essentiel ! L'eau, vous n'entendez pas l'eau ?

Je lui dis que bien sûr mais que…

— Vous croyez que l'eau n'a pas d'importance ? Ou, pire, que toutes les eaux sont pareilles ? Apprenez que l'eau est la vraie matière première du papier ! Certains jours, je n'arrive à rien. Je vérifie. Tout est conforme. Je vais dans le village. Je demande à mes amis. Eux non plus ne fabriquent plus du bon papier. Et puis le bon papier revient, grâce à l'eau.

Je me lance.

— Vous ne dites rien de la température…

— Vous écrivez un livre sur le sujet, non ? Alors je pensais que vous saviez. Le papier n'aime pas l'été. À cause du liant, qui ne sait plus trop ce qu'il fait. À cause de l'eau, trop tiède, trop instable. Mes clients les plus avertis me demandent s'il fait assez froid au village. Alors seulement, ils passent commande.

*
* *

Je ne pouvais m'arracher au spectacle de ces gestes millénaires. Je pense aux cinq jours de préparation où la même précision devait être de rigueur, la même attention méticuleuse, la même mobilisation de toute la personne, ce soin qui avait mérité le titre de Trésor Vivant.

Alors l'iconoclaste idée me traverse sans que j'ose l'exprimer : tout ça pour ça ? Le papier mérite-t-il de tant lui donner ?

Ichibei Iwano m'a deviné :

— Je ne suis qu'au service des artistes. Ils viennent. Ils me disent leurs souhaits, leurs besoins, les textures, les épaisseurs, aucun ne veut le même. J'exécute. S'ils sont contents, je suis fier. J'aime par-dessus tout la gravure. La gravure veut le meilleur papier.

*
* *

Ichibei Iwano m'avait dit s'arrêter à 17 heures, à cause de son âge. Mais la nuit était tombée depuis longtemps. Un néon donnait à la pâte une couleur verdâtre. Et le Trésor Vivant continuait. Peut-être pour se faire pardonner les trente premières années de sa vie où il n'a pas assez respecté le papier.

*
* *

Le soir, la télévision nous apprenait que Mae Ikawa, président d'une des plus importantes papeteries du monde, Daio Paper, et petit-fils du fondateur, venait d'être arrêté. Il avait utilisé une partie des fonds de l'entreprise pour rembourser ses dettes de jeu.

*
* *

Le lendemain, saisi par une angoisse, un fort sentiment de fragilité, j'ai couru jusqu'à la rue principale avant mon départ. Je voulais saluer le plus grand nombre possible d'artisans. Je devais les sentir menacés. Les retrouverais-je tous vivants à mon prochain voyage ?

À tout seigneur tout honneur, j'ai commencé par Heizaburo Iwano, un autre Trésor Vivant, mais seulement départemental. J'ai admiré sa technique du « nuage frappé ou volé » qui sur la feuille dessine des îles ou des rivages.

J'ai poussé la porte de Hideaki Taki qui allie machine et tradition pour faire du papier peint.

La famille Osada m'a aussi reçu et montré l'infinie variété de sa production, de l'arbre de Noël kitsch aux tentures pour magasins de luxe. Que les Philippins nous copient, hélas, c'est la loi du monde d'aujourd'hui ! Mais qu'ils offrent à petit prix de la mauvaise qualité en disant qu'ils nous concurrencent, ça c'est du pur mensonge !

La famille Yamagi m'a montré comment on collait des dragons cinq couleurs sur une feuille noire à usage de calendrier. « L'année prochaine, c'est son année ! – L'année de qui ? – Du Dragon. Vous croyez qu'elle sera meilleure pour notre commerce ? »

Et ainsi de suite, jusqu'au soir.

Sous ses dehors de village calme, exotique et bucolique, Echizen n'était peuplé que de combattants qui luttent pour échapper au destin de musée, pour continuer à produire, pour ne pas rompre la chaîne vieille de quinze siècles.

Alors j'ai de nouveau pensé à ces interminables tunnels qui conduisent jusqu'à la vallée. L'idée m'est venue de les garnir de filtres capables de retenir la violence de la modernité.

En attendant, je suis monté jusqu'au sanctuaire parler à la Divinité. Vous ne serez pas étonné de savoir qu'elle n'ignorait rien de la situation.

Éternité du papier

(Japon)

Dans le Japon traditionnel, tous les bâtiments étaient de bois. S'ensuivaient de nombreux incendies. Lorsque l'un d'entre eux éclatait, la première urgence était de sauver les papiers précieux, ceux qui conservaient la mémoire des lieux et des familles. On les jetait dans les puits.

Une fois le feu éteint, on remontait, avec d'infinies précautions, les feuilles trempées mais sauves.

Il suffisait de les étendre pour qu'elles sèchent.

Des bâtiments, il ne restait plus rien. Seuls les caractères n'avaient pas bougé, puisque écrits à l'encre indélébile.

Hiroshima

(Japon)

Plus qu'aucune autre matière, le papier, support de toutes les histoires, autorise, je dirais même suggère la digression.

Profitons de ce permis pour rendre visite à la *grue*.

Que mes lectrices et lecteurs ne s'inquiètent pas : cet oiseau qui, depuis des temps immémoriaux, voyage fort loin mais toujours revient à son départ m'interdira de m'égarer.

Je vous le jure, nous retrouverons bientôt notre sujet, mais enrichi de nouveaux savoirs.

Contrairement à la France qui, pour des raisons obscures et de toute manière peu ragoûtantes, traite de « grue » une femme de mauvaise vie, ce grand échassier jouit dans l'Asie entière du plus profond respect.

D'abord on voit en cet oiseau l'image de la pureté (le corps de la grue de Sibérie est d'un blanc immaculé), l'exemple de la fidélité. Au printemps, un mâle fait choix d'une femelle et la poursuit des heures durant en poussant des cris stridents. À un moment, imprévisible, la femelle juge qu'elle a suffisamment résisté. Elle s'arrête net et ouvre grand ses ailes. C'est la preuve qu'elle acquiesce à l'hommage.

Le mâle ne s'y trompe pas, il lui saute sur le dos et s'y agite quatre secondes. Cette preuve d'amour donnée, ils partent ensemble pour la vie. Rien ne les séparera que la mort.

L'autre vertu prêtée à la grue, c'est la longévité.

Mine de rien, nous nous rapprochons de notre sujet. L'ordre des *gruiformes* serait l'un des premiers parmi les oiseaux, apparu il y a soixante millions d'années. Leurs ancêtres n'avaient rien pour plaire : des géants, à becs redoutables, bien trop lourds pour voler. Tel le phorushacos, une des terreurs de l'Amérique latine (il mesurait plus de trois mètres hors la queue).

Peu à peu, l'esthétique de la famille s'améliore.

Les corps s'élancent et bientôt s'envolent.

On dit que la grue du Canada sillonne le ciel de l'Amérique du Nord depuis dix millions d'années : ce serait de toutes les espèces d'oiseaux encore vivantes la plus ancienne.

Devinant leur appartenance à la nuit des temps, les peuples asiatiques avaient depuis toujours doué ces grands échassiers d'une exceptionnelle capacité à durer : on les croyait capables d'atteindre facilement six cents ans.

Et le retour régulier des grues chaque printemps, au moment même où revenait la nature, prouvait bien leur inscription privilégiée dans le cycle de la vie.

On prête à la grue d'autres qualités telles que la sagesse, l'élévation d'esprit (sans doute parce qu'elle passe haut dans le ciel, souvent à plus de quatre mille mètres), l'élégance (du fait d'une gestuelle lente et noble, née de la longueur de ses membres : elle peut atteindre, notamment la grue antigone, plus d'un mètre cinquante) et la vaillance (en 1644, pour tenter de mieux résister à une nouvelle invasion des Mandchous, une certaine Fang Chi Nian, nonne bouddhiste de son état, inventa un art martial auquel elle donna le nom de *wushu*, la « boxe de la grue blanche »).

Et revoici le papier, le temps d'un dernier, et dramatique, détour.

Sadako Sasaki naquit le 7 janvier 1943 dans la ville japonaise d'Hiroshima. Elle avait donc deux ans et demi quand, le 6 août 1945, à 8 h 15, explosa la bombe. Sadako habitait avec sa famille à deux kilomètres du centre. Quand elle vit que toutes les maisons près de la sienne étaient détruites, que tous ses voisins étaient morts ou blessés, et qu'elle-même ne saignait pas, ne souffrait de nulle part et pouvait bouger ses bras et ses jambes, elle se dit qu'elle avait eu beaucoup de chance.

Dès qu'elle fut assez grande, elle choisit la course à pied.

Pour vérifier qu'elle était bien vivante. Peut-être aussi pour pouvoir fuir le plus vite possible si, de nouveau, il le fallait.

En 1954, lors d'une compétition, elle fut prise de vertiges. On lui découvrit une leucémie.

Quelqu'un, on dit que c'est sa meilleure amie, lui parla des mille grues.

Selon cette ancienne légende, celui qui fabrique

mille grues en origami (en papier plié) voit son vœu exaucé.

— Moi, je veux guérir, dit Sadako.

Et elle commença ses grues.

Elle se mit à plier. Du matin au soir, elle pliait. Elle pliait tous les papiers qu'elle pouvait trouver, jusqu'au papier toilette, jusqu'aux feuilles d'ordonnance, jusqu'aux étiquettes des médicaments.

Et la nuit, elle continuait. Il fallait que les infirmiers la menacent de l'attacher pour qu'elle accepte de dormir. Et sa chambre s'emplissait de grues.

Quand elle eut atteint le nombre de cinq cents, un mieux se fit sentir. Elle crut que la légende s'accomplissait. On l'autorisa à revenir chez elle. La rémission ne dura qu'une semaine.

Elle eut le temps de confectionner encore cent quarante-quatre grues. Et puis elle mourut, le 25 octobre 1955.

Elle avait douze ans.

Les amis de sa classe continuèrent de plier du papier pour elle.

Ils parvinrent vite à mille grues. Et continuèrent. Ils avaient leur idée. Grâce à la vente de toutes ces grues, une statue fut élevée, au centre d'Hiroshima, en hommage à tous les enfants frappés par la bombe, tués tout de suite ou rongés plus tard, comme Sadako. Le rituel se poursuit. Chaque année, d'innombrables écoles de toutes les régions du monde, arrivent des milliers et des milliers de figurines en papier plié.

Au fond, Sadako Sasaki est la petite sœur de Fang Chi Nian, la nonne chinoise qui inventa la boxe de la grue blanche.

Prendre soin des anciens

Musée du Louvre, Paris (France)

Le long de la Seine, l'Atelier de restauration occupe le deuxième étage du pavillon de Flore, extrémité Ouest du musée.

C'est dire la vue.

À gauche, la courbe du fleuve.

Au centre, derrière la verrière géante du Grand Palais, s'élève doucement la colline de Chaillot. Un peu sur la droite, le jardin des Tuileries, bordé par les hautes façades de la rue de Rivoli. Elles guident l'œil vers l'ouverture voulue par Le Nôtre : les Champs-Élysées.

Indifférentes à ces perspectives car occupées à d'autres chefs-d'œuvre, un groupe de femmes réparent des dessins de Charles Le Brun, peintre du roi Louis XIV. Je reconnais là un esclave, plus loin une victoire : deux travaux préparatoires au plafond de l'escalier des Ambassadeurs (Versailles).

En m'expliquant leurs stratégies, les restauratrices me renvoient au Japon.

Il s'agit de faire reposer ces dessins bien fatigués sur la matière qui les protégera le mieux.

Elles commencent par tendre une grande toile de lin sur laquelle on va coller du papier. Mais lequel choisir ? Du kozo, bien sûr !

Un peu goguenardes, elles me regardent du coin de l'œil. À l'évidence, leur visiteur ne connaît rien du kozo. Peut-être même que j'ignore ce mot ?

D'un sourire, je leur dis revenir d'Echizen.

Notre relation vient de changer. J'étais un étranger, quelque peu importun. Je me sens presque admis dans leur confrérie.

Longtemps, nous discutons des qualités du kozo, cette alliance, si rare, n'est-ce pas ?, de la souplesse et de la solidité.

— Quel meilleur support pouvions-nous trouver pour ces dessins de Le Brun ?

Ce n'est pas moi qui vais les contredire.

Valentine Dubard, jeune responsable de l'Atelier, m'entraîne vers d'autres tables où s'affairent d'autres doctoresses au chevet d'autres papiers âgés.

Je vais y retrouver la même exigence, la même érudition, la même recherche. Car chaque document est différent, chaque blessure appelle un traitement particulier.

On m'ouvre un album « Costumes des fêtes, mascarades et théâtres de Louis XIV ». On m'explique le travail sur les pages, la protection de ces images invraisemblables, débordantes d'allusions potagères, de becs et de plumes. L'humain s'y mêle allègrement à l'animal avec une préférence pour les oiseaux. J'imagine le chef de l'État, par ailleurs Roi-Soleil, dans ces accoutrements. Ne fut-il pas l'un des bons danseurs de son temps ?

Plus loin, autre chantier.

Un portrait de Jean-Baptiste Dagoty (1740-1786) aurait tendance à s'écailler. Aidé par un binoculaire, pour mieux y voir, une femme pointe un pinceau très fin sur les zones en péril.

On me précise que la colle utilisée vient de la vessie natatoire d'esturgeon.

Pourquoi personne ne prend-il autant soin des vieux écrivains ? Nous aussi avons nos craquelures.

Devinant que mes pensées pourraient vite dériver, Mme Dubard me conduit chez une autre savante.

Pour les besoins d'une exposition, cette dame vérifie la condition physique de certains dessins de Delacroix.

Et c'est là que je fais connaissance avec un personnage des plus malfaisants : l'encre métallogallique.

— Regardez.

Je me penche sur la page du carnet où le peintre a esquissé des tigres. Pauvres fauves ! La mauvaise encre les ronge. Et bientôt, il ne restera rien non plus du papier qui les accueillait. Le couple encre-papier semblait si uni. Comment expliquer cette violence, soudain, dans leurs rapports ? Et que faire pour y remédier ?

Jusqu'au XIXe siècle, la plupart des artistes fabriquaient eux-mêmes leur encre. Ils combinaient les matières les plus diverses : lie de vin, écorces d'arbre, noix de galle… sans oublier des sels métalliques (sulfate de fer ou de cuivre). Et pour finir, ils ajoutaient un liant, en général de la gomme arabique.

Le mélange corrodait mais le papier était fait majoritairement de lin : il résistait aux attaques.

Vers 1830, 1840, le papier change d'origine. Le bois remplace le textile. La qualité baisse.

Dans le même temps, l'encre elle aussi s'industrialise. On y ajoute des produits chimiques de plus en plus mordants.

Et c'est ainsi que le vieux couple encre-papier se déchire.

En ces matières conjugales, chacun sait comme il est difficile d'arrêter la mécanique de l'aigreur. Les restaurateurs font ce qu'ils peuvent. Faute de guérir, ils consolident. Tandis que lentement mais sûrement l'agression continue.

*
* *

Je m'approche du seul homme de cette méticuleuse compagnie. André Le Prat a précédé Mme Dubard à la tête de l'Atelier. Récemment retraité, il ne peut se détacher de sa magie (oh, comme je le comprends !). Alors il revient prêter main-forte, et délicate. Aujourd'hui, il tapisse de fines lamelles de gampi et de kozo pliées le fond et les parois d'une boîte de carton. Elle accueillera bientôt un parchemin particulièrement fragile car lui aussi attaqué par la mauvaise encre.

Qui faut-il le plus jalouser ?

Ce parchemin, oublié pendant des siècles dans quelque tiroir d'archives et qui ne s'attendait sûrement pas à ces soudaines attentions ?

Ou André Le Prat ? Le très léger sourire qui détend son visage montre assez le plaisir et la paix que lui donnent ses tout petits gestes.

Bref portrait d'une famille

Bretagne (France)

« Si vous les aimez bien roulées…
Papier OCB. »

Je me souviens que mon grand-père Jean m'invitait aux Six Jours cyclistes.

Je me souviens que nous arrivions au Vélodrome d'hiver par le métro aérien.

Nous mangions de la choucroute et levions nos flûtes de champagne aux coureurs qui tournaient. Je me souviens que je n'avais pas dix ans. Toutes les trois ou quatre minutes, les haut-parleurs recommençaient à grésiller et le speaker lançait les réclames. Toujours les mêmes :

« La banane, le fruit des champions !
Le champion des fruits ! »

Ou notre annonce favorite :

« Si vous les aimez bien roulées… »

Je me souviens que la partie bretonne de ma famille habitait Penhars (Finistère) sur les bords du petit fleuve côtier Odet. Mon oncle Fernand était concessionnaire de machines agricoles, bientôt directeur de la faïencerie HB-Henriot ; ma tante Margot avait des yeux dont le bleu changeait plus vite que la couleur du ciel tant ses colères étaient violentes et brèves et tout de suite laissaient place à la tendresse (infinie) et à l'amusement de vivre (toujours renouvelé).

Je me souviens que sur le chemin du halage, je suivais, petit Parisien éberlué, les mouvements de l'eau. Je ne pouvais imaginer que les marées remontent si loin au milieu des terres.

Je me souviens qu'on me parlait d'un moulin qui fabriquait du papier là-bas, sur la gauche, en amont de Quimper.

Je me souviens qu'on a fini par m'apprendre le sens des trois lettres entendues si souvent au Vélodrome d'hiver.

O comme Odet, homonyme de la rivière voisine et lieudit de la commune d'Ergué-Gabéric (Finistère).

C comme Cascadec, lieudit de la commune de Scaër (Finistère).

B comme Bolloré, créateur de l'entreprise papetière dont les premières usines étaient situées à Odet et à Cascadec.

Je me souviens que la première cigarette fut inventée par un Breton, au siège de Sébastopol (1854-1855). Jusqu'alors, on prisait, on chiquait ou on fumait la pipe. Justement, le soldat Corentin Le Couedic voit la sienne brisée par une balle. Il décide de rouler son tabac dans une lettre de sa fiancée. De retour au pays, il fait part de son invention au Moulin.

En 1914, les établissements Bolloré détiennent 80 % du marché mondial du papier à cigarettes.

Je me souviens d'avoir entendu Gwenn-Aël Bolloré m'expliquer comment l'entreprise familiale utilisait des filets de pêche locaux et des roseaux abaca philippins pour fabriquer les papiers les plus fins. Ainsi, ils avaient régné sur le papier carbone et allaient fournir les éditions Gallimard pour leur plus belle collection : La Pléiade.

Je me souviens qu'il ne parlait jamais de sa guerre. Peut-être parce que lui avait débarqué en Normandie le 6 juin 1944, avec les Français libres ?

Je me souviens de mon unique (à ce jour) leçon de convecteur reçue par Vincent Bolloré un soir de janvier dans son bureau de Vaucresson.

— Savez-vous que le papier est aussi un isolant électrique ? C'est ainsi que nous nous sommes intéressés aux piles.

Au bout du couloir, une cinquantaine de jeunes, plutôt « issus de la diversité », répondaient par téléphone aux clients des premières Autolib.

Devant eux, sur une immense carte éclairée de la région parisienne, on pouvait voir la position de chacune des trois cents voitures louées. Elles seraient bientôt trois mille.

SECONDE PARTIE

Papier présent

Les enfants du papier

Rajasthan (Inde)

Petite ville de Sanganer, banlieue de Jaipur.

M. Alimuddin Salim Kagzi dirige une usine dont le nombre d'employés varie de sept cents à mille deux cents selon les saisons et la conjoncture. Il vend dans le monde entier du papier garanti fait main, « *eco-friendly* », respectueux de l'éthique et des touchers anciens. Tels sont les engagements de sa société, proclamés sur fond vert dès le hall d'entrée.

M. Kagzi me demande solennellement si je suis moi-même *ecological friendly*. Les yeux dans les yeux, je lui jure que je fais mon possible et progresse dans cette voie.

Satisfait, mon hôte me récompense d'une histoire telle que je les aime, tout à fait typique du Rajasthan : aussi interminable qu'embrouillée et traversant les siècles autant que les empires.

— Il était une fois en Turquie, sans doute vers l'an 1000, ma famille. Elle avait hérité, je ne sais de qui, un grand savoir en matière de papier. Un beau jour, à la suite de circonstances sans doute cruelles dont je n'ai pas idée, nous fûmes contraints à l'exil.

Toujours me parlant, M. Kagzi m'entraîne dans une première salle et plonge joyeusement les deux mains dans un bac à pulpe.

— Vous pouvez y aller en confiance. Rien que des chiffons et aucun produit chimique. C'est si doux à la peau, vous ne trouvez pas ? Selon les cas et les demandes de la clientèle, nous ajoutons de l'herbe ou des pétales de coquelicot, de violette et même de rose sans regarder à la quantité, croyez-moi. De génération en génération, mes ancêtres parcoururent l'Asie centrale, toujours chassés ou toujours cherchant mieux ailleurs, avec pour seules richesses leurs connaissances papetières. C'est ainsi qu'ils débarquent au Rajasthan. Vers 1600, Raja Man Singh I, le maître de l'État et de la capitale-forteresse Amber les appelle auprès de lui. Un siècle plus tard, comme ils manquent d'eau pour exercer convenablement leur métier, ils s'installent ici même, sur les rives de la rivière Sarasvati, dont les eaux ont la particularité, outre la pureté, de « faire sortir et de conserver les couleurs ». Ma famille avait reçu son lieu sur la Terre. Que le saint nom de Dieu soit célébré ! Depuis ce temps-là, nous avons ajouté Kagzi à notre nom. C'est un vieux mot d'origine urdue qui signifie « fabricant de papier ».

Alimuddin a dû remarquer cette contrariété que mon visage ne peut cacher dès qu'une histoire s'achève : « Ne craignez rien, je n'ai pas fini ! »

Et de m'emmener visiter l'une de ses fiertés, les terrasses immenses où pendent les feuilles, accrochées à des pinces à linge.

— La régularité du séchage est une des clés de la qualité du papier. C'est mon père lui-même qui a dessiné les lieux pour utiliser au mieux la circulation de l'air.

Plus je voyage sur la terre ferme, plus je dois me rendre à cette évidence, un peu triste : les marins n'ont pas le monopole de l'intimité du vent.

À Jaipur, un maharadja a même construit un *palais du vent*, une sorte de piège à courants d'air pour l'aider à se défendre contre son principal ennemi : l'écrasante chaleur de l'été.

Ce palais-façade, moucharabieh géant, n'est que perforations, un catalogue de toutes les meurtrières possibles. En plus de conditionner l'air du maharadja, il permettait à ses femmes de voir dans la rue sans être vues. Cette ombre-là devait ajouter à la fraîcheur, de même que le son de l'eau qui s'écoule d'une fontaine.

M. Kagzi a repris son récit.

— Une fois, le fil familial faillit se rompre : nos affaires périclitaient. Nous avons failli perdre notre nom de Kagzi. Dieu ne l'a pas voulu.

Au milieu du XIXᵉ siècle, lorsque les Anglais décident de faire de l'Inde la perle, et la mine d'or, de leur empire, ils ne se contentent pas d'exercer un pouvoir politique. Les acteurs économiques locaux doivent comprendre qu'ils n'ont plus désormais qu'une mission : contribuer à accroître la richesse de la métropole. Pas question de concurrencer, si peu que ce soit, l'industrie du colonisateur.

Alors que la société indienne tout entière se met enfin au papier, il arrive par la mer des moulins britanniques. Et quiconque voudrait ici, en Inde, moderniser ses installations pour relever le défi, en serait immédiatement empêché par les implacables fonctionnaires de l'Indian Civil Service.

Les industriels du textile connaissent les mêmes obstacles.

Et on ne peut pas dire que Gandhi leur apporte son soutien.

Dès 1919, le Mahatma s'est mis à la pratique quotidienne du rouet pour filer lui-même son coton et confectionner ses propres vêtements : c'est le célèbre *dhoti*, une bande de tissu sans couture, à l'image de la pensée indienne qui passe sans rupture de concept en concept… De vifs débats l'opposeront sur ce point à certains de ses compagnons, dont Tagore qui lui reprochera de commettre un *suicide spirituel* en refusant pour l'Inde la modernité.

Cependant Gandhi va défendre l'artisanat.

Le Mahatma a parcouru, à pied, l'Inde entière. Il sait comme son pays est riche, même dans les coins les plus reculés. Riche en connaissances et en techniques le plus souvent ancestrales. Riche en dynamisme et en esprit d'entreprise. Il sait que l'emploi est là, dans les campagnes, et que seul le soutien de ces activités permettra de lutter contre l'exode rural qui, déjà, enfle les villes et les change en bombes sanitaires et sociales.

Alors il va créer une commission chargée de développer et de soutenir les *villages industries*, industries de villages ou au cœur des villages.

C'est dans ce cadre que le grand-père d'Alimuddin va rencontrer Gandhi.

1938 est une année de gloire pour Janab Allah Base. À la demande du Mahatma, il présente l'art du papier devant le parti du Congrès. Et engagement lui est donné que dorénavant, son entreprise aura priorité pour toutes les commandes administratives.

Je repense à ce Janab Allah Base et au Mahatma. Aujourd'hui, l'industrie indienne est, depuis longtemps, sortie des « villages ». Et devenue l'une des plus puissantes du monde.

Mais les réseaux anciens demeurent. Sans que personne ne le sache ou ne veuille le savoir, ils apportent un appui irremplaçable à ces grandes sociétés, fierté et vitrine du pays.

Alimuddin s'est arrêté. Il me montre là-bas, traversant la cour, une silhouette blanche.

— C'est mon père. Quatre-vingt-deux ans. Il travaille encore. Quand je le supplie de se reposer, il répète à tout le monde que je veux sa mort. Je ne vous ai pas parlé de 1947 ?

Je plonge dans ma mémoire récente. Il m'a déjà tant raconté… Mais je n'ai pas souvenir de cette date, par ailleurs celle de ma naissance.

— L'indépendance de l'Inde ! Tout s'est joué à ce moment-là. Vous savez que les autorités avaient choisi la Partition. Le Pakistan était créé, un pays rien que pour les musulmans. Et comme nous sommes musulmans, nous aurions dû partir.

Je le regarde. La cour est vide maintenant. Mais pour M. Kagzi, la silhouette blanche est toujours présente.

— Mon père m'a raconté. Moi je n'étais pas né. Mon grand-père a prié toute une nuit. Au matin, conseillé par Dieu, il avait décidé. Il a réuni sa famille. Toutes les femmes pleuraient. Il a dit : « Nous restons. L'Inde va se développer plus vite que ce Pakistan. »

Nous ne cesserons jamais de remercier ce grand-père. D'autres parties de la famille ont choisi de partir… Ils n'ont pas eu raison.

Nous voici dans le Saint des Saints, le lieu de l'usine où sont fabriqués les produits phares de la société Salim.

Six hommes sont agenouillés devant des tables très basses. On pourrait croire qu'ils prient tant leur mine est grave et leurs gestes solennels.

Ils coupent, plient, collent du papier vert épais.

Entre leurs mains naissent des boîtes. M. Kagzi se saisit de l'une d'elles. Il me la montre.

— On dirait du crocodile, n'est-ce pas ? Avec du papier, on peut tout faire…

Son ton a changé. Il redresse sa petite taille.

— À condition d'avoir la technique, bien sûr ! Nous vendons nos boîtes aux plus grands magasins de New York. Je dois bien calculer. Il y a loin de Mumbai à l'Amérique et les bateaux sont lents. Si elles arrivent après Noël c'est manqué.

— Vous en envoyez beaucoup ?

— Trois containers, au plus tard fin septembre. L'été, pour nous, c'est la saison des boîtes !

J'imagine le porte-containers, ses grosses boîtes en fer pleines de petites boîtes en papier vert façon crocodile. Fera-t-il cap à l'Ouest vers le cap de Bonne-Espérance ou choisira-t-il de traverser le Pacifique, vers San Francisco ?

Mondialisation.

*
* *

Sanganer.

Il faut de bons yeux, de la croyance et de l'obstination pour trouver trace d'un glorieux passé dans cet amas sans charme de petits immeubles, de petites maisons, de petites échoppes.

Une foule s'affaire, comme partout en Asie, mais sans la frénésie chinoise.

Le regard morne des vaches sacrées doit jouer un rôle apaisant. Elles ont choisi de s'allonger sur un terre-plein, au milieu de l'artère principale et, satisfaites de ce point de vue, mâchonnent. Des chameaux passent. En Inde, on leur attelle des charrettes. Peut-être qu'ici les animaux ont changé de rôle et que ce sont les ânes qui traversent à pas lents les déserts du Nord-Ouest ?

Je m'enfonce dans les ruelles. Ma première rencontre est celle d'éboueurs bénévoles, une troupe de cochons à l'allure de sangliers. L'utilité sociale de leur voracité ne sera jamais assez louée.

Des morceaux de ruines m'indiquent que je suis sur la bonne voie.

De loin, j'aurais juré deux termitières dont seule la couleur inhabituelle, verdâtre, me poussait à douter.

En m'approchant, je constate mon erreur. Ce que je prenais pour de la concrétion était en fait de la vieille, très vieille architecture humaine, un temple pour dire la chose, cerné par un cloaque, une étendue d'ordures que mes amis porcs n'ont pas encore eu le temps de nettoyer. Une grille rouillée entoure le lieu saint. Des esprits vulgaires y ont accroché un soutien-gorge et une culotte.

Quel manque de considération pour une religion dont le respect est, comme par hasard, le principe premier ! Je ne vais pas tarder à découvrir une autre agression de bien plus terrible, impardonnable ampleur.

Avant ce voyage, avouons-le, j'ignorais tout des jaïns dont cette fausse termitière est un sanctuaire.

Le jaïnisme, d'après ce que je viens d'apprendre, est une religion proche du bouddhisme et de l'hindouisme, ancienne (Ve siècle avant Jésus-Christ) et « petite » (douze millions de fidèles).

Cette foi m'a paru très sympathique. Les Européens voulant, sans faire la dépense d'un lointain voyage, en savoir plus, peuvent se rendre à Anvers (Belgique). Des familles indiennes immigrées, diamantaires de leur état, y font vivre le jaïnisme et ont financé la construction d'un temple.

Vous pourrez notamment y apprendre, entre autres techniques subtiles pour libérer l'âme (*jiva*) de la matière (*pudgala*) et échapper ainsi à la malédiction de la douleur, que nous devons avant toute chose respecter l'*ahimsa*, la fraternité universelle et l'engagement de ne jamais faire souffrir qui que ce soit.

Un bon jaïn n'est pas seulement végétarien. Il ne boit ni ne mange après le coucher du soleil et jusqu'à l'aube de peur de blesser un être vivant ou de le brûler au feu de sa bougie. Il évite la plupart des racines, dont l'extraction peut causer des dommages irréparables aux vers et insectes du voisinage. Il ira même jusqu'à s'imposer de porter un masque devant sa bouche de peur d'avaler par mégarde un moucheron.

L'un des emblèmes de cette religion de l'absolue non-violence est la *svastika*, la croix trop connue chez nous sous le qualificatif de *gammée*.

Comment les jaïns anversois considèrent-ils l'emprunt scandaleux des nazis, et l'usage si peu *ahimsa* qu'ils en ont fait ?

Je n'ai pas osé le leur demander, de crainte qu'ils ne sortent de leurs gonds, moment de colère qui ne pourrait que retarder leur *moksha* (« libération »).

J'ignore si la *petite* religion jaïnique grandit. L'évident, c'est la passion de l'Inde pour l'éducation.

Poursuivant ma promenade j'ai vu sur presque tous les murs des affiches vantant les mérites de telle ou telle école. *R. Education Point (all levels). Lekha Commerce Classes. Oxford International School. Vikas Public School (Commerce and Management)...*

Cette fascination pour les connaissances « modernes » et laïques finira-t-elle par modérer les ferveurs religieuses ? On peut parier que l'Inde, qui a le génie de la coexistence, saura garder les deux.

Atelier I

À première vue, on dirait un élevage. En contrebas de la route principale d'accès à Sanganer, une bonne trentaine de porcs s'ébattent dans un champ d'ordures. Les derniers-nés trottinent derrière leurs mères. Non loin coule la rivière Sarasvati dont m'a parlé avec vénération M. Kagzi. Je veux bien croire qu'elle était jadis célèbre pour l'abondance et la pureté de ses eaux. Ce n'est plus aujourd'hui qu'un ruisseau puant.

Comme je m'approche, deux hommes viennent à ma rencontre. Ils sont sortis d'un hangar que je croyais désert et qui se révèle encombré d'engrenages rouillés, d'antiques tapis roulants et de masses indistinctes qui doivent être des souvenirs de moteurs énormes. Les deux hommes se présentent : ils parlent ensemble. Voici ce que donne la traduction de Salman, notre interprète. Il a pris le rythme de nos hôtes, qui ne ponctuent rien.

— Nous sommes deux frères notre famille travaille avec nous les cochons aussi travaillent tout le monde travaille dur mais c'est un bon travail qui permet de bien vivre quand on travaille beaucoup...

J'ose demander des précisions sur leur fameux « travail » qui ne me semble toujours pas très clair.

Les deux frères se remettent à parler d'un même souffle :

— Il faut remercier les ordures sans ordures pas de papier nous achetons les ordures à la mairie elle fait payer trop cher les ordures dites-lui de diminuer le prix ou de le supprimer une fois ordures les ordures sont à tout le monde bientôt il faudra payer les cochons ils sont plus utiles que la mairie...

Et soudain, dans un vacarme épouvantable, le hangar se réveille, deux autres hommes paraissent (deux autres frères ?), et les machines hors d'usage se mettent en marche, les engrenages à grincer plus fort que les halètements du moteur. Sur le tapis roulant une matière grise visqueuse commence d'avancer et gicle d'un peu partout de l'eau sale, de l'huile et bien d'autres liquides d'origine et de nature tout à fait incertaines.

Maintenant, à cause du bruit, les deux premiers frères crient :

— C'est simple le travail l'ordure qui se mange est mangée par les cochons l'ordure qui ne se mange pas est jetée dans la cuve là-bas on la laisse pourrir un peu on l'écrase elle devient pâte c'est-à-dire futur papier et contre ça la mairie ne peut rien.

J'ai finalement été présenté à toute la famille. Outre les quatre premiers frères, j'ai rencontré le cinquième, ainsi que sa très jeune femme, tous deux en charge du massicot pour donner la bonne taille aux feuilles sorties du tapis roulant. Tous ils me prient d'excuser un cousin, parti chercher un réparateur qui ne vient jamais quand on l'appelle, à quoi sert un réparateur absent ? Quant aux autres membres de la famille, mieux vaut les oublier :

— Ils n'aiment pas le travail donc ils n'ont pas choisi le papier.

Les deux premiers frères, et quelques cochons, m'ont raccompagné au bout du champ. Au passage, j'ai reconnu mon erreur : les tas bruns vus en arrivant n'étaient pas de pierres mais de papiers, de feuilles qui attendaient pour sécher.

— Mais quand il pleut ?

Ils ont haussé les épaules. Parfois la Sarasvati se souvient qu'elle est rivière et déborde.

— Alors ?

— Alors il faut arrêter le travail.

— Alors ?

— Alors l'argent manque et on mange moins.

J'ai juste eu le temps de croiser les cinq enfants. Ils revenaient tout beaux, tout propres de l'école. Les doigts seulement un peu tachés par l'encre.

Atelier II

On dirait une maison. Il pleut. Vous vous trouvez maintenant de l'autre côté de la ville. Vous êtes soulagé d'avoir trouvé l'adresse, les rues sont si boueuses. Vous montez quelques marches, frappez à la porte. Une très jeune femme vous accueille. Elle tient par la main un enfant. Les deux vous sourient. L'entrée, vaste et propre, donne sur trois chambres, ouvertes. Un grand lit occupe la première. La deuxième doit être un salon : assise sur un tapis, une femme, sans doute la mère de la précédente, trie des vêtements. Contrairement aux deux autres, la troisième chambre n'est pas bien rangée : on doit s'en servir comme débarras.

En tout cas, c'est bien une maison, semblable à toutes les maisons, jusqu'à ce que la jeune femme qui tient la main de l'enfant, toujours souriante, vous montre le départ d'un escalier qui descend vers le sous-sol.

Nouveau sourire.

— Vous êtes venu pour cela, n'est-ce pas ?

Et elle retourne dans le salon aider sa mère.

Dès la troisième marche, dès que vos yeux s'habituent à la lumière du néon et qu'ils parviennent à voir ce qu'ils ne s'attendaient pas à voir, vous savez qu'en dessous de cette maison, c'est l'enfer, et que l'enfer fait partie de la maison.

L'enfer est une cave d'environ vingt mètres carrés, avec un sol de terre, un plafond bas et des murs noirs de crasse. Noirs comme la mixture dans laquelle un vieil homme me propose fièrement, et gentiment, de promener ma main.

— N'ayez pas peur. Rien que du pur coton. C'est nécessaire pour fabriquer du papier hautement technologique.

Il insiste : « hautement technologique ».

Des fils électriques pendent de partout. Le vieil homme tire sur l'un d'eux. La mixture se met à bouillonner.

Une femme, âgée elle aussi, la bonne soixantaine, sans doute l'épouse de mon nouvel ami, a plongé un gobelet dans la fameuse mixture de « pur coton ». Elle revient s'agenouiller devant une sorte de presse-fruits ou légumes.

Le cône sur lequel elle verse la pâte noirâtre est très évasé. Elle abaisse le levier. Quand, avec le sourire désarmant qui semble être la marque de cette famille, elle me tendra l'objet fabriqué, encore humide, je ne pourrai m'empêcher de m'exclamer en français. Je savais le papier utilisé pour mille choses mais pas pour les soutiens-gorge. Et où donc habitent ces femmes dotées de ces poitrines étranges, de large circonférence et de peu, très peu d'altitude ?

La traduction de mes propos, merci Salman, engendre de longs éclats de rire. Les deux ancêtres se tordent, mains levées vers le ciel (le plafond de béton) pour ne pas se maculer de noir le visage.

Le calme revenu, je reprends l'escalier. La visite n'est pas terminée. Je vais peut-être finir par apprendre ce que fabrique vraiment cette famille charmante. Au rez-de-chaussée, le quotidien va bon train. L'enfant joue, sa mère, qui me semble de plus en plus jolie, continue de trier ses vêtements. Bonne nouvelle, me dis-je avec stupidité : quand on a une telle garde-robe, c'est qu'on ne manque de rien d'essentiel ! Et je poursuis jusqu'au toit.

L'atelier n'est protégé du ciel que par une claie de roseau.

Deux hommes, eux aussi agenouillés, s'activent, eux aussi, devant des presse-agrumes. Mais chaque fois qu'ils abaissent le levier, les faux soutiens-gorge disparaissent, avalés par un jet de vapeur.

S'apercevant enfin de ma présence, l'un d'eux, avec toujours la même amabilité, me présente sa production : une coque de haut-parleur.

Mes félicitations exprimées, avec chaleur et sincérité, vive le papier « hautement technologique » !, je mène une enquête aussi rapide et pointue que me le permet la vertigineuse et touchante gentillesse de ces gens.

Il en ressort premièrement que dans cette maison, la très industrieuse et très accueillante famille Hussain produit, bon an, mal an, deux cent mille pièces de haut-parleur. Deuxièmement que les Hussain, produisant moins cher que les machines de chez Sony ou Denon, vendent à qui veut bien acheter. Troisièmement, que plus de six cents ateliers de cette sorte sont dispersés dans des « maisons » semblables à celle-ci ou dans des hangars, comme celui des faux éleveurs de porc. Et tous ils font du papier « à la main », plus ou moins « hautement technologique ». Et tous ils appartiennent au grand réseau des Kagzi et tous ils sont tenus en main par les industriels que j'ai rencontrés. Enfin qu'il est illusoire de prétendre savoir le « salaire » de ces travailleurs de l'enfer. À chacune de mes questions, la réponse fut toujours la même. « *It's a family business.* »

Je suis reparti penaud. Comment avais-je pu oublier que rien ne protège mieux ses secrets qu'une famille ? Alors quand il s'agit d'un réseau de six cents familles…

Juste avant que le soir tombe, le ciel s'emplit de carrés colorés. On dirait les pages d'un livre arrachées de leur reliure et dispersées dans l'espace par quelque courant d'air géant. L'envie imbécile vous prend de sauter pour lire au moins quelques lignes et savoir quelle histoire elles racontent. Peine perdue, bien sûr. Les singes accroupis sur les corniches se moquent. Et toujours plus de carrés montent, à l'agacement des pigeons. Je finis par comprendre que les enfants viennent de rentrer de l'école et s'amusent avec leurs jouets favoris : les cerfs-volants.

Demain, j'apprendrai qu'ils sont faits de baguettes de bambou et du papier le plus léger qui soit. On me dira que cette rareté vient du Nord. Pourquoi et depuis quand connaît-on dans l'Uttar Pradesh des techniques de fabrication inconnues des autres États ?

Parce que le secret de la vraie légèreté ne peut venir que des bords du Gange ?

Pour le moment, je ne pense qu'aux enfants, les auteurs du spectacle. Je n'en vois aucun et pourtant ils sont là, forcément : chaque cerf-volant tient à un fil et au bout de chaque fil j'imagine un sourire.

À cette heure du jour qui va finir, au-dessus de l'indescriptible cohue de voitures, taxis, camions, charrettes qui bloque les rues et ne daigne s'entrouvrir que pour laisser passer un éléphant maquillé de rose sur lequel gloussent des touristes, ce sont les enfants et leurs oiseaux de papier léger, cadeaux de l'Uttar Pradesh, qui règnent sur la ville.

Ces spectacles ne sont pas toujours aussi paisibles. Dans les nombreux quartiers où musulmans et hindous ne vivent pas en bonne intelligence, les enfants épousent, à leur manière, ces querelles d'adultes. Les petits musulmans choisissent pour leurs cerfs-volants des papiers noirs. Ils affrontent dans les airs les cerfs-volants des petits hindous, tous violemment colorés. Ce sont des combats à mort (du cerf-volant) car les uns comme les autres collent sur leur fil des morceaux de verre pour rompre les amarres de leurs ennemis.

Oui, au bout de chaque fil de cerf-volant il faut imaginer un enfant. Mais au cœur de certains la haine est déjà présente et ne demande qu'à grandir.

De la nécessité des histoires

Bollywood (Inde)

Au retour du Rajasthan, royaume de la nostalgie, une vilaine petite voix ne cessait de me répéter : « Arrête avec ton papier ! Regarde la modernité en face. Toi qui aimes tant les histoires… Ce sont désormais sur des écrans qu'on les raconte. Maintenant que tu as fait ta cure d'ancien temps, va donc à Bollywood, si tu l'oses ! »

Pour qu'elle finisse par se taire, j'ai suivi la petite voix, quitté Bombay, remonté la quatre voies vers le Nord, puis tourné à droite, juste après Andheri. La cité du film s'est installée là, au Sud d'un vaste parc national qui comporte aussi trois lacs, des grottes (anciens monastères) et une réserve de lions.

Passé les grilles, non sans longue discussion, un nouvel univers s'offre. Le visiteur commence par le croire vrai puisque la route traverse une campagne véritable et longe d'authentiques rizières survolées par des corbeaux.

Mais à force de voir des caméras partout et d'entendre à tout bout de champ « Action ! », on comprend bien vite que tout est faux. La bataille entre

ces deux beautés qui se giflent à tour de bras ? Fausse !
La noce qui marche vers la petite église ? Fausse ! Un
jeune premier rigolard se verse de l'eau dans les yeux
puis plonge dans un bruyant chagrin, bientôt rejoint
par une femme au regard charbonneux. Tous deux,
pour manifester leur désespoir, tapent du plat de la
main sur le capot d'une grosse voiture noire genre taxi
londonien. Des dizaines d'ouvriers construisent un
palais, ou plutôt des fenêtres pour un palais qui ne
sera qu'une façade. D'autres sculptent un grand
bouddha gris. Plus loin, Action !, une masure brûle.
Des enfants s'en échappent. Le réalisateur n'est pas
content. On rafistole la masure. On y remet le feu.
Action ! De nouveau, les enfants se sauvent. Un
homme s'approche du caméraman. Il a l'air d'expliquer que cet incendie-là est parfait, qu'on n'en fera
jamais de plus vraisemblable. Quelque chose me dit
que cet homme est le financier.

Rien d'exceptionnel à Bollywood, pas de dents de
la mer ni de vaisseau spatial comme dans les studios
américains. Seulement des épisodes, juste un peu
outrés, de la vie quotidienne. C'est cette *normalité*
qui donne le vertige : notre existence ne serait-elle
pas fausse, elle aussi, mise en scène non par nous-
mêmes mais par un réalisateur et enregistrée par des
caméras invisibles ?

Les écrans sont des ogres à l'appétit insatiable.
C'est ici que jour et nuit on fabrique leur nourriture.

Mais les vrais ogres sont ceux qui regardent les
écrans et qui écoutent les haut-parleurs.

Pourquoi un tel besoin d'histoires chez les êtres
humains et particulièrement chez les Indiens ? Je
tente une réponse : l'Inde est diverse, plus qu'aucun

autre pays, surtout si au milliard d'humains on ajoute la foule incalculable des dieux. Pour résister aux innombrables et puissantes forces centrifuges, il faut de l'unité. Et quel meilleur tissage que celui offert par une histoire ? Elle oblige ses personnages à partager le même drame et rassemble ses spectateurs en une même ferveur.

Peut-être que sans le Mahabharata hier et sans Bollywood aujourd'hui, l'Inde aurait volé en éclats ?

Peut-être que le plus nécessaire à l'Inde se fabrique ici dans le parc national, à deux pas des grottes-monastères et de la réserve des lions ?

Géopolitique du papier I

Avant de continuer mes voyages, je ressentais le besoin d'un panorama. Qui, dans quels pays du monde, produit le papier et de quelles sortes ?

Le syndicat de la papeterie française a changé de logis. Il a décidé d'installer ses pénates et sa mémoire juste en dessous de Montmartre, dans ce quartier de Paris qu'on appelait autrefois la « Nouvelle Athènes ». À la fin du XIXe siècle, les peintres et les écrivains, dont les frères Goncourt, ces acariâtres, y côtoyaient les financiers (Alphonse de Rothschild) et le célèbre Polydore Millaud, fondateur du *Petit Journal*. Il avait décoré son hôtel à la manière d'Herculanum car il avait la nostalgie de Pompéi et sa femme vous accueillait parmi des statues d'elle nue.

Tandis que les déménageurs continuent à grand bruit de livrer des caisses et que le bruit des perceuses donne l'illusion désagréable de se trouver dans la salle d'attente d'un dentiste activant sa roulette, l'économiste en chef, Noël Mangin, me dessine à grands traits, imperturbable, la carte du monde papetier.

1) *La montée de l'immatériel*

Commençons par une bonne nouvelle : le papier dans son ensemble se porte bien et depuis 1945, il continue sa croissance.

Mais comme rien n'est parfait ni égal sur cette Terre, ce cher papier se divise en trois familles, dont les destins diffèrent.

Avouons tout de suite la triste vérité, le papier « graphique » ne se porte pas bien. Hélas, c'est celui que nous aimons, celui que l'on imprime, celui qui fait nos journaux et nos livres. Il continue de progresser dans les pays émergents mais stagne chez nous, quand il ne décline pas. La faute au numérique. L'immatériel gagne du terrain.

Deuxième famille, l'emballage. Sa santé dépend de la croissance. Plus on achète et produit de biens, plus il faut fabriquer de contenants : boîtes, cartons et sacs. L'économie étant plus dynamique en Asie et en Amérique latine, c'est là-bas que l'emballage vit ses jours les plus heureux.

Troisième famille, à qui tout sourit, et sans doute pour longtemps : les *tissues*, à l'anglaise. Mouchoirs, serviettes, papiers hygiéniques, lingettes… Partout la courbe monte et les profits affluent.

2) *La course au gigantisme*

Pour accroître les rendements, les machines sont de plus en plus grosses, de plus en plus sophistiquées donc de plus en plus chères : au bas mot 350 millions d'euros quand la matière première est du papier à recycler. La facture est encore plus élevée quand on préfère traiter des fibres vierges. Si vous voulez une usine de pâte, il faut compter 1 000 dollars la tonne.

Soit pour chaque unité de production aujourd'hui normale (un million et demi de tonnes) 1,5 milliard de dollars.

Aux dépenses, il faut ajouter le coût des infrastructures (notamment les routes, les adductions d'eau), le prix de l'énergie, la gestion de la maintenance... Voire les achats de terrains nécessaires aux plantations.

Seules de grandes compagnies peuvent investir des sommes suffisantes. Elles rachètent les petites qui ne parviennent pas à tenir le rythme.

Cette concentration impose sa loi, inexorable, aux industriels de la pâte et du papier.

Ceux qui, en aval, fabriquent des boîtes par exemple, ou des mouchoirs, produits légers mais volumineux, ne peuvent s'éloigner de leur clientèle. Les camions leur coûteraient trop cher. Ils privilégient des installations plus petites mais bien réparties.

3) *Le recyclage*

Les ressources naturelles de la Terre s'épuisent. Comment répondre à cette rareté, tout en continuant à se développer ?

L'Allemagne a montré la voie. Elle n'avait que peu de bois. Elle est devenue championne incontestée du recyclage. D'une faiblesse, elle a fait une force.

La Chine se trouvait dans une situation encore plus délicate : elle n'avait ni forêts (malgré ses efforts de replantation) ni papiers à recycler (car sa consommation intérieure restait faible). Comment emballer les produits qu'elle vendait à la planète ?

Elle s'est portée acquéreuse, partout dans le monde, de tous les papiers usagés disponibles. Ainsi, les containers partent de Shangai pleins de marchandises et y reviennent remplis de vieux papiers.

Le recyclage a d'abord concerné l'emballage et dépasse dans ce secteur 80 %.

Le « graphique » a suivi, surtout depuis que l'on sait désencrer.

Ainsi, le bon vieux papier, cet ancêtre, donne-t-il des leçons de modernité à toutes les autres activités industrielles apparues bien après lui : arrêtez de gaspiller ! La croissance responsable n'est pas une marche en avant qui détruit tout sur son passage. C'est un cercle, ou une spirale qui progresse en réutilisant sans cesse ses déchets.

4) *La logique continentale*

Selon une opinion largement partagée, l'économie d'aujourd'hui est bonne nouvelle pour les uns, inhumaine évolution pour les autres, mondiale. Cette vision hâtive ne correspond pas à la réalité. Les proximités de tous ordres, géographiques, culturelles, linguistiques, stratégiques imposent, bien souvent, leurs lois aux échanges.

Chaque année, l'ensemble des usines du monde produisent quatre cents millions de tonnes (papier et carton).

Le commerce entre continents ne concerne que quatre-vingts millions.

Le reste circule à l'intérieur de l'Asie, de l'Europe, des Amériques...

5) *L'empire de la vitesse fera-t-il basculer le monde ?*

L'eucalyptus est l'arbre favori des financiers. Pour une seule raison qui n'a rien de botanique ni d'esthétique : il aide à gagner beaucoup d'argent car il pousse vite. Grâce à lui, on augmente le rendement de la nature. Et le tour est joué. Merci, l'eucalyptus ! Comment vont résister les arbres à croissance plus lente, dix fois plus lente de nos pins, sapins, épinettes, spruces et bouleaux ?

Quel avenir prévoir pour nos forêts du Nord, menacées par le nouvel eldorado de l'hémisphère Sud, ces plantations frénétiques d'eucalyptus clonés qui atteignent l'âge adulte en à peine plus de cinq ans ?

J'ai remercié Noël Mangin pour ses leçons et, comme on dit en Afrique, « demandé la route ». Dehors, j'ai retrouvé la Nouvelle Athènes où j'aurais volontiers suivi quelque temps la trace de Mme Polydore Millaud, cette femme qui recevait au milieu de ses statues dénudées.

Mais tous les papiers du monde m'attendaient, et leurs forêts associées. Je respirai un grand coup et m'engouffrai dans le métro, station Saint-Georges, ligne 12, Mairie d'Issy-Porte de la Chapelle. Le soir, un autre Mangin, prénommé Patrice celui-là, m'appela de Montréal. Comme convenu, il m'attendrait le lendemain à l'aéroport. Mais il voulait me prévenir : le Québec, ces temps-ci, n'était pas si froid que je lui avais dit le souhaiter. Préférais-je remettre mon voyage ?

Paper week

Montréal (Canada)

20 janvier 2011.

À Hollywood, Avrim Lazar jouerait facilement les méchants. Son visage tout en longueur et son crâne chauve font penser à un mélange entre l'acteur Robert Duvall et l'ex-tueur de la finance, Richard S. Fuld, ultime président de feu la banque Lehman Brothers.

M. Lazar doit conclure notre semaine du papier, alias la « *paper week* ». Le voyant s'approcher du pupitre, je frissonne : cet homme, décidément, fait peur.

Il est devenu, il y a huit ans, patron des patrons du bois. Une puissance au Canada, patrie de la forêt (10 % de toutes les forêts du monde). Mais cette puissance est en péril.

Car une crise majeure frappe le secteur. Directement et indirectement, la forêt fait encore vivre au Canada plus de six cent mille personnes. Depuis 2006, le nombre d'emplois perdus dépasse les soixante-dix mille. Comment arrêter cette hémorragie ? On comprend que cet Avrim Lazar ait l'air grave.

Qu'il est loin l'âge d'or, l'époque où l'on pouvait couper des arbres où on voulait, comme on voulait !

Tout le papier et toutes les planches étaient vendus au grand voisin américain, lequel aimait trop les journaux très épais (plusieurs centimètres le week-end) et construisait trop de maisons pour se montrer trop regardant sur les prix.

En ce temps béni, la « *paper week* » n'accueillait pas quatre cents personnes comme aujourd'hui, mais quinze mille.

Le ciel commença de s'obscurcir lorsque les États-Unis décidèrent soudain de taxer lourdement les importations en provenance du Canada. Les producteurs américains avaient obtenu gain de cause. Ils avaient plaidé que la forêt canadienne était, pour une bonne part, propriété de la couronne britannique et que, celle-ci louant ses terres pour une somme dérisoire, la concurrence n'était pas juste…

Mais le coup le plus dur restait à venir. Dès le début de 2008, l'effondrement du marché immobilier américain frappe de plein fouet les forestiers canadiens.

Que faire ?

Comment sauver notre industrie, poumon du Canada ?

Dès le début du discours-programme d'Avrim Lazar, je sursaute. À ce « méchant » hollywoodien, reconnaissons une première qualité : cet homme ne se paie pas de mots ni n'enrobe la réalité de sirop d'érable.

— N'accusons pas la crise, clame-t-il. N'attendons pas un retournement de cycle : nous risquerions d'attendre longtemps. Nous nous sommes laissé endormir par la facilité. Bien sûr, il faut continuer à récupérer de la compétitivité. Bien sûr, il faut nous sortir de cette dépendance paresseuse envers notre grand voisin. Mais ne vous y trompez pas, c'est notre système entier qu'il faut changer !

Je ne suis pas au bout de mes surprises.

Lazar a repris, plus combatif que jamais.

Il évoque l'« alliance boréale », l'accord que viennent de signer les vingt principales sociétés forestières et neuf organisations gouvernementales.

— Il paraît qu'aujourd'hui nous sommes un modèle de gestion et de protection pour le monde entier.

Je me promets d'aller dès mon retour à Paris vérifier ce point auprès de mes amis de WWF. Serait-il possible que des industriels et des environnementalistes aient trouvé un tel terrain d'entente ?

Lazar me répond par avance :

— Nous venons de loin. Beaucoup reste à faire. Les ONG nous veulent en mouvement. Nous n'arrêterons plus ! C'est nécessaire. Ce n'est pas suffisant. L'urgence est de retrouver notre place dans la concurrence. Une forêt non concurrentielle est condamnée et une forêt abandonnée, quoi qu'en pensent certains, c'est mauvais pour la nature. Un seul moyen, il n'y en a pas d'autre : faire donner au bois tout ce qu'il peut donner.

Pas seulement de la pâte à papier et des planches !

Dans le quart d'heure suivant, j'apprendrai qu'avec l'écorce on peut faire de l'énergie, qu'avec les autres résidus on peut produire du bioéthanol et toute une gamme de produits chimiques, du revêtement pour les routes aux médicaments…

En résumé les forêts sont des sortes de gisements

pétroliers dont il s'agit seulement d'accélérer le rythme de transformation. L'avenir est aux raffineries vertes.

Applaudissements nourris. Personne ne sourit. Les regards sont déterminés. Avrim Lazar vient d'écrire la feuille de route pour les prochaines décennies. Enfin une stratégie claire, enfin une perspective de rebond pour l'industrie forestière canadienne.

La salle se vide. La « *paper week* » est finie. Jamais comme en ce bon vieil hôtel Fairmont Reine Eliza-beth, jamais je n'aurais si bien compris que le Nord a des armes, que le Nord va lutter. Mais c'est le Sud, désormais, qui possède la majorité des clés. Le futur de la forêt lui appartient.

Hommage aux draveurs

Trois-Rivières (Canada)

Je viens d'achever mon premier tour de ville, un peu déçu de ne presque rien retrouver du passé. C'est qu'un terrible incendie a tout ravagé en 1908. De l'ancienne Trois-Rivières ne restent qu'un couvent (des Ursulines) et quelques maisons très refaites.

Me voici par un vent frisquet campé sur la terrasse Turcotte. Devant moi, d'Est en Ouest, impressionnant de force et de noblesse, s'écoule le Saint-Laurent.

On suit d'autant mieux son mouvement qu'il charrie de la glace. Et comme, jusqu'à l'horizon, toute la vallée est recouverte de neige, ce sont devant moi deux blancheurs immaculées, l'une qui passe, l'autre qui demeure.

Je ne peux réfréner cette question qui, depuis quelque temps, me taraude.

Pourquoi ce nom ? Pourquoi Trois-Rivières alors que je n'en vois qu'une se jeter dans le fleuve ?

L'erreur viendrait d'un membre de l'expédition Jacques Cartier.

Remontant le Saint-Laurent, il découvre à main droite une, puis deux, puis trois embouchures. Comment en vouloir à ce marin de s'être trompé ? Il faut plutôt incriminer les deux îles posées dans le lit de la rivière unique. Ce sont elles les responsables de l'illusion.

À Borealis, tout nouveau tout beau musée du papier, deux chocs vous attendent.

Le regard de Valérie Bourgeois, la jolie directrice : il est du même bleu clair que celui des chiens de traîneau huskies.

Et l'hommage rendu à ces damnés de la Terre, les travailleurs de la forêt qui fournissaient en bois les fabriques de papier.

Tout l'hiver, de 6 heures le matin jusqu'à 9 heures le soir, dans la neige et la nuit, les bûcherons coupaient des arbres ; puis, aidés par des chevaux ou par des bœufs, ils les tiraient ou les faisaient glisser vers la rivière (gelée).

Quand, au printemps, les eaux se libéraient, on y poussait les troncs. Le plus dangereux commençait : les *draveurs* entraient en action.

La drave, c'est le flottage, la conduite des billots sur des flots souvent tumultueux et glacés. Des films montrent les draveurs courir à tout petits pas sur ces radeaux, surfaces instables ô combien, qui n'arrêtent pas de rouler sur elles-mêmes. Avec leurs longues gaffes terminées d'un crochet, ils tentent de guider cette folle descente. Parfois, c'est l'embâcle : une montagne de troncs enchevêtrés bloque la rivière. On voit des draveurs approcher avec des bâtons armés de dynamite. On les voit courir sitôt leur charge déposée. On voit l'explosion, les troncs qui de nouveau s'animent et reprennent leur course, on ne voit pas les draveurs qui n'ont pu s'échapper assez vite. Ils ont péri écrasés ou noyés ou les deux.

En fond sonore, on entend la belle, si belle chanson de Félix Leclerc. Je voudrais la citer toute tant elle serre le cœur.

La Drave, Félix Leclerc

Ça commence au fond du lac Brûlé,
Alentour du huit ou dix de mai.
La mort à longues manches,
Vêtue d'écume blanche,
Fait rouler le billot
Pour que tombe Silvio.
[...]
Silvio danse et se déhanche
Comme les dimanches, les soirs de chance,
Remous qui hurlent, planchers qui roulent,
Parfums qui saoulent, reste debout.
[...]
Les heures sont longues,
Les eaux profondes.
Dans d'autres mondes,
Les femmes blondes.
[...]
Des billots pour le papier,
Des billots pour le carton,
Des billots pour se chauffer,
Des billots pour les maisons.
Pas d'billots, pas d'écrivains,
Pas de livr's comme de raison.
Ça s'rait peut-être aussi ben
Mais peut-être aussi que non.
Dans sa tête, y a plus d'billots qui flottent
Et sa femme au village qui tricote
Silvio danse et se déhanche
Comme les dimanches, les soirs de chance,

Remous qui hurlent, planchers qui roulent,
Parfums qui saoulent, reste debout,
Reste debout.

Et en aval, les moulins à papier réclamaient des billots, en d'autres termes de la pitoune, toujours plus de pitounes.

Le mot « pitoune » viendrait de la Vallée de l'Yonne (France). Certains préfèrent remarquer qu'il ressemble au nom d'Ottawa, capitale du Canada.

Happy Town.

Pitoune.

Ottawa.

Ici les mots bougent et se métamorphosent aussi vite que les saisons changent le sol, de glace en boue, de boue en herbe, d'herbe en mousses et champignons.

J'ai demandé : « Combien ? »

J'ai répété : « Combien ? »

Combien de bûcherons, combien de draveurs sont morts pour que les usines aient leurs pitounes et nous nos livres, nos journaux ? Valérie Bourgeois, la directrice de Borealis, m'a regardé. Je ne voulais surtout pas lui faire de la peine mais je suis un obstiné. J'ai renouvelé la question. Elle m'a répondu : « Beaucoup. »

Pour transporter les troncs, les camions ont pris le relais de la rivière. Il faut dire que le Saint-Maurice était bien malade. Le bois, quand il flotte, longtemps dégage des liqueurs qui tuent tout ce qui vit.

On croit parler d'un autre âge.

Mais savez-vous la date de la dernière drave ?

1995.

Hier.

La Tuque

(*Canada*)

Manquait le personnage principal, qui avait déjà tant donné au pays et à qui on demandait de renouveler sa générosité.

Tous mes interlocuteurs étaient tombés d'accord :

— La forêt, la vraie forêt commence à La Tuque. En deçà, c'est encore la ville ou ses excroissances, la vie sauvage pour citadins, les chalets tout confort-résidences secondaires.

Et puis Félix Leclerc est né à La Tuque !

Cet argument-là l'emportait sur tous les autres. Je me devais d'aller saluer le lieu où le poète national, le Charles Trenet québécois, avait vu le jour.

J'ai donc pris la route et, avant la *vraie* forêt, suis tombé en premier amour avec la rivière Saint-Maurice.

Elle est large, droite, franche. Pas le genre à minauder, jouer les pucelles et les effarouchées. Puisque tel est son destin de venir du Nord pour se jeter dans le Saint-Laurent, elle ira crânement son chemin sans méandre, sans faux-semblant : quand elle décide, elle va.

Une vraie Québécoise.

J'ai remonté le long de cette force. Et tant pis si sa surface était gelée. La glace n'avait pas tout saisi. À certains endroits, la rivière renâclait. Elle rappelait sa présence. On voyait son eau noire. L'hiver avait beau jouer son importante, bientôt le printemps lui rabattrait son caquet. Saint-Maurice, en langue indienne atikame *Tapiskwan Sipi*, « la rivière qui s'écoule ». Savoureux et respectueux pléonasme.

Attention ! Tous les dix kilomètres, la sécurité routière avertissait : « Les animaux ne sont pas que sur les panneaux. » Suivait le dessin d'un orignal ou d'un ours. Cette annonce me donnait de l'espoir. Il fut déçu : la faune canadienne m'a boudé, je n'ai rien vu d'autre que des corbeaux gigantesques.

Enfin la vallée s'élargit, agrémentée en son beau milieu d'une belle colline bien ronde, forme de bombe glacée – ou de tuque.

La tuque est le bonnet des bûcherons.

Qu'une montagne jaunâtre, selon toute probabilité des copeaux, annonce l'immédiate proximité d'une fabrique de papier, vous n'en serez pas surpris. Mais quand je vous dirai l'activité que cache un grand bâtiment beaucoup plus discret, des souvenirs de péchés vont vous revenir en mémoire et la modeste Tuque (treize mille habitants en comptant l'agglomération entière) risque bien d'occuper dans votre florilège géographique une place de choix. C'est ici, en effet, que la société John Lewis fabrique tous les bâtonnets de bois offerts avec les glaces Häagen-Dazs. Savez-vous qu'ils ne sont faits que de bouleau ?

J'allais attendre encore quelque temps mon dépaysement. D'un bout à l'autre de la planète, les entrées de villes se ressemblent : hangars et enseignes. Mais j'avais bien choisi mon moment. De grandes bande-roles annonçaient, outre la direction du centre cultu-rel Félix-Leclerc, les festivités du centenaire.

La Tuque, 1911-2011.

Tout le reste de la journée, les latuquoises, les latu-quois rencontrés devaient me demander :

— Vous êtes venu pour notre anniversaire ?

Je me gardai de les détromper.

J'avais rendez-vous à la Boutique gourmande d'Amalthée 332, rue Saint-Joseph (Tél. 819 523 2750).

— Vous ne pouvez pas vous tromper, m'avait-on dit. C'est juste en face d'une clinique vétérinaire et tout contre un établissement peu recommandable, le Salon de Vénus.

— Le samedi, c'est brunch ! m'avertit la patronne, Gisèle Kelhetter, avec cette autorité non contestable et chaleureuse des femmes de la Belle Province.

Je m'empressai d'exprimer ma satisfaction. Un homme et une femme m'attendaient. Poignées de main vigoureuses. Suivi du fameux brunch, spécialité de la Boutique : saumon genre nacho, c'est-à-dire empaqueté dans du fromage fondu orange et tiède, complété par deux saucisses (sanglier et bison).

*
* *

À peine le temps d'avaler un café et bientôt de la neige jusqu'aux genoux, je me retrouve dans le film japonais *Dersou Ouzala*. Je suis géographe russe et j'apprends à lire la forêt. En commençant par le nom de chacun de ses habitants. Méfions-nous d'abord des faux amis : si vue de près l'épinette n'a rien à voir avec le sapin, le faux-tremble a des allures de bouleau…

Pour les gros animaux, me dit mon guide, le directeur de l'École forestière, je devrai revenir beaucoup plus tôt le matin.

Et pour les plus petits, attendons le printemps et que le sol réapparaisse.

Je voulais voir. Je suis monté jusqu'au point culminant, le sommet d'une colline que les enfants dévalent à skis. On aurait dit la mer. Une mer de couleur davantage brune que verte.

Tantôt plus sombre quand les sapins et les épinettes dominent (maintenant que je sais le nom des arbres, je ne vais pas m'en priver). Tantôt plus claire, tirant vers le gris, quand c'est au tour des faux-trembles.

Mes amis de Trois-Rivières avaient raison : à La Tuque commence la *vraie* forêt canadienne. Comment vous donner une idée de son immensité ? Les chiffres vous suffiront-ils ? Plus de trois cents *millions* d'hectares.

*
* *

Voici maintenant une foule d'arbres à terre. Tentez d'imaginer les effets d'une tempête. Mais une tempête qui aurait aimé l'ordre. Les troncs sont ébranchés et soigneusement rangés. On dirait une ville américaine. Les rues se coupent à la perpendiculaire. On circule entre des « *blocks* », presque aussi hauts que des immeubles, le *block* des troncs brûlés, récupérés des incendies de l'été précédent ; le *block* des épinettes, long peut-être de un kilomètre ; le *block* des bouleaux, au bois le plus beau, le plus régulier, le plus blond ; le *block* des trembles...

C'est ici que viennent s'approvisionner les usines du voisinage, papeteries et scieries.

— Dans quelques semaines, de gros camions viendront tout chercher.

— Quelque chose me dit que leur taille...

— Deux cents tonnes. Attention sur la route si vous les croisez !

— Et la clairière sera vide ?

— Vide jusqu'à l'hiver suivant.

Clairière, dans notre vocabulaire, évoque plutôt le secret, la petitesse au milieu des frondaisons, un cercle d'herbe et de lumière où paissent, pourquoi pas ?, une biche et son faon.

La « clairière » que j'arpente est un rectangle d'au moins trois kilomètres de côté. Je ne cesse de m'exclamer devant tout ce bois. Mon guide me calme. Il me montre la carte. Cette exploitation ne correspond qu'à une zone minuscule. Ne vous inquiétez pas !

*
* *

Je suis retourné à la Boutique gourmande d'Amalthée.

C'est là, de deux camionneurs, que m'est venue la meilleure description.

Ils parlaient de leur travail, des heures et des heures à rouler.

— Maudite route !

— Elle mange la vie !

Et pourtant, ils tombaient d'accord : le pire, c'est l'absence de route. Qu'une route, un moment donné, se change en chemin, nous, Européens, connaissons cela. Mais que les chemins eux-mêmes, soudain, s'arrêtent et que devant leur extrémité s'offre, à l'infini, de l'impénétrable, voilà qui donne peut-être une petite idée de l'immensité canadienne.

L'ascenseur pour les étoiles

Trois-Rivières (Canada)

Tout commence comme toujours à l'enfance.

Patrice Mangin naît à Wisches, petit village des Vosges. Son père tient une ferme et s'occupe d'un morceau de forêt. Patrice l'accompagne dans tous ses travaux.

Quelle école choisir ? Ce sera celle qui, bien sûr, apprend le mieux le bois. Elle se trouve à Grenoble. Devenu ingénieur, notre Patrice tend l'oreille. Une voix l'appelle, celle de la forêt canadienne.

Il débarque à Trois-Rivières sans un sou. Son seul contact est parti en vacances. Il a vingt-cinq ans. Il se fait embaucher, tombe en amour du Québec et d'une Québécoise, confirmant ainsi une force d'âme hors du commun car ces femmes-là ne s'en laissent pas conter. Sa compétence s'accroît. On le redemande en France. Stockholm l'invite… Mais Trois-Rivières s'ennuie de lui. Un jour, il reçoit une proposition : concevoir puis construire un centre qui inventerait le papier, tous les papiers du futur.

Comment refuser un tel projet, au financement garanti (80 millions de dollars) ?

Deux ans plus tard, le CIPP (Centre intégré en pâtes et papiers) ouvre ses portes à cent cinquante chercheurs.

Ma visite durera cinq heures. D'abord parce que M. Mangin est aussi bavard que passionné. Surtout parce que les pistes suivies sont innombrables.

Trois-Rivières ne dédaigne pas les domaines traditionnels, les améliorations de l'existant : recyclage, blanchiment, économies de matière et d'énergie, expérimentations de fibres et d'additifs auxquelles personne n'avait encore pensé. Les industriels ont des attentes concrètes et bien actuelles qu'il ne faut pas décevoir.

Mais en passant de laboratoire en laboratoire, je sens bien que la fièvre de M. Mangin monte dès qu'il me raconte les continents nouveaux (à peine découverts), les perspectives (déjà prometteuses).

Pour la première fois, je vais me rendre compte que mon cher et vieux, très vieux papier entretient avec la Science le même genre de relation que Faust avec le diable : il attend d'elle l'éternelle jeunesse, le renouvellement permanent de ses pouvoirs.

Voici une pile !

Je me penche et ne vois qu'un carré de papier.

À vue de nez, pas plus de cinq centimètres carrés pour une épaisseur d'un demi-millimètre.

Avec contrariété, M. Mangin m'avoue que les Finlandais ont un peu d'avance. Cette pile miniature[1] peut dès maintenant délivrer une tension supérieure à trois volts. Son utilisation est pour l'instant modeste : les

---

1. Composée d'un sandwich zinc-dioxyde de manganèse, avec du chlorure de zinc pour électrolyte.

cartes de vœux musicales. Mais l'avenir s'annonce aussi divers que profitable. Elle permettra de donner réalité au journal d'Harry Potter dont les images, soudain, s'animent. Elle alimentera des patchs médicaux capables de mieux faire pénétrer les agents actifs dans la peau. D'ores et déjà, la NASA vient de nous passer contrat…

Satisfait de mon étonnement, M. Mangin ferme la porte du premier laboratoire et nous passons au suivant.

*
* *

— Il faut réhabiliter l'amiante.

En bon conférencier, M. Mangin sait qu'il convient, de temps à autre, de réveiller son auditoire. Comme attendu, je sursaute. Comment oser célébrer ce minéral ennemi public, responsable de tant de morts ?

Il sourit et poursuit.

— Quand on n'en tire que des fibres longues, l'amiante est inoffensif et peut rendre bien des services. Par exemple en faire du papier.

— Quelle utilité ?

— Il résistera au feu. Ce papier-là est très apprécié des notaires et des archivistes, qui détestent les incendies.

*
* *

Maintenant Patrice Mangin ouvre son ordinateur. Paraît sur l'écran une grosse boule grise à la surface bosselée. Selon toute probabilité, une planète. S'en approche une drôle de chose, beaucoup plus petite, mi-insecte, mi-vaisseau spatial. Elle s'apprête à se poser. Ses intentions ne semblent pas des plus amicales, impression confirmée quelques instants plus tard. Entre ses pattes surgit un dard qui pique la planète et s'y enfonce en profondeur.

Contrairement aux apparences de guerre spatiale (comme tout le monde, je suis tombé dans le piège), le film retrace l'attaque d'une bactérie (soi-disant la planète) par un virus (le minuscule agresseur).

Pourquoi ne pas installer à demeure dans certains papiers de tels virus amis qui auraient pour tâche de nous débarrasser de nos ennemies de toujours, les bactéries ? Par exemple, la présence du virus T dans nos papiers toilette permettrait d'écarter de nous les *escherichia coli*, bêtes importunes s'il en est, causes de nombreuses et fort désagréables infections.

L'idée une fois germée dans la tête d'un inventeur, il faut la mettre en œuvre. Et les difficultés commencent.

Dans le papier, où installer le virus ? Trop enfoncé, il perdra son efficacité. Trop en surface, il risque de n'y pas tenir. Et, de toute manière, comment le garder en vie le plus longtemps possible ?

Répondre à ces questions implique de forcer l'intimité du papier, d'explorer le cœur de sa structure et de trouver la façon d'y loger confortablement et durablement ces armées alliées que sont des virus bien choisis.

L'avantage d'un tel centre de recherche, richement pourvu en machines, c'est qu'à peine conçu, le nouveau papier est fabriqué, son efficacité vérifiée et l'on étudie les possibilités (et les coûts) d'une production à grande échelle.

Le vrai destin d'une idée, aime à rappeler Patrice Mangin, n'est pas d'engendrer un livre mais un bien utile (et rentable).

*
* *

Qui connaît les secrets d'une surface dispose d'un pouvoir redoutable. Par exemple celui de confondre les malfaiteurs.

Dans l'un des départements, une savante belge traque les traces. Aucune, bientôt quelle que soit la trace et quelle que soit la surface, ne pourra échapper aux instruments qu'elle conçoit et à son œil de lynx. J'ai refermé, rassuré, la porte du bureau. Dormez plus tranquilles, braves gens ! Vous serez volés, certes, ou assassinés, mais soyez rassurés ! On retrouvera votre agresseur.

De nouveau, il me fallait dire ma gratitude au papier. Il continuait à rendre la planète plus intelligente et plus vivable.

*
* *

Nous sommes revenus dans le bureau directorial.

M. Mangin regarde un Post-it et sourit.

L'un de ses thésards, grand chasseur, lui a réservé un cuissot d'orignal.

— Vous voyez, nous suivons à la lettre le mot d'ordre d'Avrim Lazar : valoriser *tous* les produits de la forêt canadienne !

Et nous voilà dans la gigantesque chambre froide à chercher partout notre morceau de viande, parmi les échantillons de pâte à papier soigneusement conservés. Je me souviens d'autres visites à d'autres archives, des carottes de roche ou de glace, les premières chez un pétrolier, les secondes chez Claude Lorius, le découvreur des anciens, très anciens climats.

*
* *

M. Mangin a gardé pour la fin le meilleur, je veux dire le plus enfantin. Nous venons de quitter le Centre intégré. Depuis longtemps, la nuit est tombée sur Trois-Rivières. Dans le coffre, entre les pelles et les chaînes, accessoires nécessaires des climats rudes, la pièce d'orignal repose. Le dîner s'annonce sérieux.

— Vous avez entendu parler de l'ascenseur pour les étoiles ?

J'avoue mon ignorance.

— Ce n'est pas grave, mais il faut que je fasse un détour…

Il s'interrompt net, le temps d'éviter une voiture qui se gare.

— … par les nanocelluloses.

M. Mangin m'a encore piégé. Je croyais qu'il s'était souvenu de passer par la boulangerie.

Pour simplifier, la cellulose se compose à l'échelle nanoscopique de parties cristallines. Ses structures sont très organisées, donc très solides, entrecoupées de secteurs beaucoup plus lâches.

On arrive aujourd'hui à isoler ces cristaux.

166

La nanocellulose cristalline possède des propriétés rares : forte résistance mécanique, génie de l'auto-assemblage, capacité à produire des gels…

Voilà pourquoi tant de secteurs s'y intéressent : l'aérospatiale, l'automobile, la pharmacologie, la cosmétique…

Un peu fatigué par ma journée ou peut-être affamé, en tout cas rabat-joie, je ricane et parle science-fiction.

— Détrompez-vous. La première usine va ouvrir à Windsor, dans l'Est de Montréal. Une usine, vous m'entendez ? (Je l'ai agacé ; sa voix n'a plus du tout la même bienveillance.) Pas un labo !

Nous arrivons. Je vois le visage de M. Mangin. Il est furieux. À peine le temps de saluer ses deux amours québécoises, sa femme Julie et sa fille Ève, future comédienne, qu'il descend un escalier. Il m'entraîne dans sa cave-bureau et, sans préavis, nous partons pour les étoiles.

Un jour de 1960 paraît, dans une revue des plus sérieuses, l'article d'un mathématicien russe, Yuri Artsutanov. En pleine compétition spatiale avec les États-Unis, enjeu majeur de la guerre froide, et alors que le premier satellite Spoutnik vient d'être lancé avec succès autour de la Terre, la proposition ne recueille que ricanements et haussements d'épaules. Au mieux, on le traite de Jules Verne. Et pourtant, sa communication, appuyée sur de solides mathématiques, n'est pas réfutable : au lieu d'utiliser des fusées, chères et aléatoires, pourquoi ne pas construire un *ascenseur pour les étoiles* ?

Le principe est simple. Vous emportez un câble

jusqu'à une station géostationnaire. Vous laissez pendre le câble jusqu'à la Terre. Une fois arrivé, vous l'accrochez (solidement) à une plateforme idéalement située au milieu du Pacifique.

Comme pour tous les ascenseurs, il faut un contrepoids. Artsutanov propose de prolonger le câble au-dessus de la station géostationnaire et de l'arrimer à un astéroïde.

Une fois le câble bien arrimé, installer un ascenseur n'est qu'un jeu d'enfant.

Je me permets une remarque :

— Quel rapport avec la forêt canadienne ?

Patrice Mangin me toise avec une commisération gentille que je connais : je la vois dans tous les regards des scientifiques posés sur ma minuscule personne et accablés par ma nullité.

— Le câble dont je vous parle est très long, n'est-ce pas ?

— Assurément !

— Près de cent mille kilomètres. Et vous êtes d'accord qu'on ne peut se permettre qu'il casse ?

— À l'évidence !

— Et d'après vous, quelle est la seule matière assez solide pour construire un tel câble ?

— Le carbone !

— Bravo. Sauf que le carbone est beaucoup trop cher à fabriquer.

— C'est là qu'intervient la nanocellulose !

Quoique avec retard, je viens de récupérer l'estime de Patrice Mangin. Julie nous appelait depuis longtemps déjà : l'orignal refroidissait.

Personne n'arrête un Patrice Mangin lancé dans son rêve.

— La NASA, oui, la NASA promet 1 million de dollars, vous entendez, 1 million à qui apportera une contribution décisive au projet. Vous croyez qu'il est dans ses habitudes de financer des billevesées ?

À peine étais-je revenu en France que les forêts boréales me manquèrent. Je repartis vers la Scandinavie.

Le papier qui venait du froid I

Svetogorsk (Russie)

Dimanche 20 février 2011.

Ma route vers les températures extrêmes commença par la gare de Tikkurila (Finlande). Sur le quai, pour éviter trop de glissades, quelqu'un avait saupoudré la glace de petits cailloux gris. Un thermomètre géant, que tout le monde consultait comme un oracle, ne descendait qu'à moins dix. Un étudiant en littérature comparée me rassurait. Il partageait mon goût de « l'authentique » et m'annonça tout joyeux que vers l'Est j'allais découvrir « la véritable Finlande ». L'après-midi venait juste de commencer et déjà le jour déclinait. Deux heures de train plus tard, deux heures plongé dans une forêt qui semblait ne jamais devoir s'arrêter, la ville de Lappeeranta m'offrit en cadeau de bienvenue la température que j'attendais : moins vingt-huit.

La nuit coupait le visage comme une lame. Aucun bruit. Pas âme qui vive dans les rues vaguement éclairées. Sans doute existe-t-il en langue finnoise une expression voulant dire « couvre-neige », la correspondance climatique de « couvre-feu ». La chambre d'hôtel me paraissait d'autant plus douillette que minuscule. L'idée de ce grand froid dehors me berçait comme une maman. Une dernière pensée me porta vers les arbres de ces hautes latitudes : quelle vaillance était la leur de se battre contre une telle hostilité de l'air et de pousser peu à peu, malgré tout ! Je saluai cette lenteur qui donne à leurs fibres cette longueur incomparable. Et je m'endormis, plutôt que sous la couette, protégé par le papier le plus résistant du monde.

Lendemain, 8 heures.

Lappeeranta semble joyeuse d'avoir retrouvé ses habitants. Les rues sont pleines. Des joggeurs passent, courtes foulées rapides, bonnets sur la tête et petit sac bien calé entre les deux omoplates. On me dit que c'est la meilleure manière, et très appréciée par la hiérarchie, pour se rendre au bureau.

Notre objectif à nous est la frontière. Et notre moyen de transport une Volvo dont les sièges mêmes sont chauffés.

L'homme qui ce matin m'ouvre la porte de la Russie s'appelle Pierre Lelong. C'est un *agent*. On pourrait le qualifier aussi de courtier.

Abusés par la modernité, l'illusion qu'une rationalité sans âme gouverne aujourd'hui la planète, la plupart des gens croient que les relations économiques internationales sont monopolisées par des structures anonymes, nourries de chiffres et gavées de tableaux Excel.

En fait, il n'en est rien. Dans beaucoup de secteurs, et pratiquement pour *toutes* les matières premières, des êtres humains, oui, vous m'avez bien lu, des personnes jouent un rôle crucial, des personnes faites de chair et de sang, d'enthousiasme et de détestations, de capacité à boire énormément et à écouter interminablement, faites surtout de réseaux patiemment tissés et quotidiennement étendus et ravivés, faites de longues amitiés et de compétences inégalées, amitié et compétence étant comme chacun sait deux mères essentielles de la confiance. À ce jeu, ces personnes gagnent souvent de petites fortunes, preuve de leur utilité car dans leur monde chaque dollar, chaque euro, chaque rouble compte et nul n'est philanthrope.

Pierre Lelong met en relation les producteurs de papier et les consommateurs (industriels) : les offres des premiers sont si diverses et les besoins des seconds si précis et si variés qu'il faut un marieur pour organiser les rencontres.

Pas grand, mais large d'épaules, il marche d'un pas balancé de lutteur avançant vers le ring. La sensation de force qu'il donne dès le premier abord est accentuée par son sourire, quasi permanent. Des yeux vifs vous fixent, vous interrogent et s'amusent. De vous ou de cette drôle de vie qui nous fait nous retrouver si longtemps après la mort de notre ami commun Henri de Menthon, autre grand du papier, du temps de feu la Cellulose (du Pin). L'amitié ressemble à la rivière Doubs. Elle plonge dans le sol et resurgit, intacte, longtemps après, alors qu'on la croyait perdue.

Pierre Lelong mériterait une médaille de notre président de la République au titre de la réforme des retraites. Quoique avançant d'un bon pas vers ses tout proches quatre-vingts ans, il n'envisage pas une seconde d'arrêter ni même de ralentir ses activités.

— Un vrai négociant négocie encore avec Dieu le jour et l'heure de sa mort.

Comme nous approchons de l'ex-Union soviétique, un souvenir lui revient.

— Vous savez quel fut mon premier bureau ?

J'avoue mon ignorance.

— Un sous-sol que je louais au journal *L'Humanité*. À l'époque, le début des années 1950, les conflits sociaux ne cessaient pas. La CGT coupait sans cesse le courant. Je me disais qu'en habitant ces locaux estampillés communistes j'aurais toujours de l'électricité. Donc mon Télex unique pourrait fonctionner sans interruption, une continuité qui prouverait mon sérieux à mes futurs clients…

Pari gagné.

Un beau jour, après d'innombrables voyages, beaucoup d'obstination et plus encore de culot, le fameux Télex se mit à crépiter : commande confirmée pour cinq tonnes ! D'autres suivront. Pour atteindre six cent mille la meilleure année (en attendant mieux).

*
* *

Des premiers mois de la Seconde Guerre mondiale, nous Français ne retenons que la progression allemande. C'est oublier que le 1er septembre 1939, les armées russes envahirent sans prévenir la Carélie, région du Sud-Est de la Finlande. Staline voulait sécuriser le ravitaillement de Leningrad par la mer et, au passage, annexer quelques usines intéressantes, notamment des productions de papier.

D'un côté, les tanks soviétiques. De l'autre, des troupes très mobiles chaussées de skis. La résistance sera farouche.

Cette « guerre d'hiver » (*Talvisota* en finlandais) prendra fin en mars, avec la capitulation d'Helsinki. Elle aura causé vingt-quatre mille morts chez l'agressé et près de huit fois plus, dit-on, côté russe.

Comme toujours, la paix revenue, on ne peut imaginer qu'un paysage si calme aujourd'hui ait pu, il n'y a pas si longtemps, être le théâtre de combats si violents. Pendant des années, les arbres portèrent en eux des balles ou des éclats d'obus.

L'évocation de Staline n'avait rien fait pour m'apaiser. J'ai trop lu John Le Carré pour ne pas frissonner dès que j'approche de la Russie.

L'ogre soviétique est-il bien mort ? Me laissera-t-il repartir, une fois dans ses griffes ? Contre toute raison, je me prends pour cette femme partie rejoindre à Moscou l'homme qu'elle aimait. Elle s'en sépare vite et pourtant se retrouve prise au piège : assignée à résidence quarante années de l'autre côté du rideau de fer.

Pourquoi la Finlande s'est-elle débarrassée de moi si facilement ? Son poste-frontière était vide et la barrière levée.

Il fait soleil et moins vingt-neuf. Voici la Russie. Trop tard pour reculer. Jamais je n'ai roulé si lentement dans une voiture. Ses pneus crissent sur la neige.

Premier contrôle. Du plat de la main, un soldat fait signe de ralentir encore l'allure. Nous passons, passeport brandi, entre des broussailles de barbelés.

De hauts miradors me surveillent, d'autant plus menaçants qu'ils semblent vides.

Deuxième contrôle. Descente du véhicule. Un soldat indique une porte. Une femme inspecte mon passeport, après quoi elle me regarde. Je n'ai jamais été regardé si longuement. Puis elle revient au passeport et le fait passer sous diverses lampes. Examen réussi. Retour au véhicule. Nouveau parcours sous d'autres miradors vides et des projecteurs éteints.

Troisième contrôle. Deuxième descente du véhicule. Pied de grue dans l'air glacé. Par chance, une grande blonde passe. Est-elle policière, soldate ou douanière ? Qu'importe puisqu'elle porte chapka noire, manteau noué et bottes noires. Quand on meurt de froid, on se raccroche pour survivre au moindre fantasme, même le plus rabâché. La grosse dame de la guérite me fixe sévèrement. Elle doit avoir deviné mes pensées réchauffantes. Peut-être va-t-elle déchirer mon passeport ? Elle me le rend avec dégoût.

Ultime contrôle, semblable au premier : même passage au ralenti, même geste de la main brandissant le passeport. Bienvenue en Russie.

Économie de plus en plus internationale, Seconde Guerre mondiale, effondrement de l'Union soviétique, rôle des mafias, danger du libre-échange imposé trop rapidement… l'histoire de Svetogorsk illustre celle des cent trente dernières années.

Le baron Carl August Standertskjöld est norvégien, riche et dynamique. Visitant la Carélie, il découvre un site qu'il juge parfait pour y installer une fabrique de papier. Une jolie rivière, la Vuoksi : elle fournira l'énergie. Ses forêts tout autour : inutile d'aller chercher bien loin la matière première. Une position idéale entre deux bassins de clientèle : Helsinki au Nord-Ouest, Saint-Pétersbourg au Sud. Et Svetogorsk, un village d'où viendront les premiers ouvriers, en attendant que d'autres accourent les rejoindre.

Le baron investit : l'usine se modernise sans cesse, devient un centre majeur de production.

1940.

Staline envahit la Finlande et annexe la Carélie. Svetogorsk et son usine tombent dans sa besace.

Le gouvernement russe, tout au long des années 1960, 1970 et 1980, continue d'agrandir. Le site que je visite ce matin, par un froid toujours aussi glacial (moins vingt-sept), est long de quatre kilomètres et large de deux. Le *combinat* type : une bonne dizaine d'usines rassemblées, un hôpital et une école entre les cheminées. Près de huit mille personnes y travaillaient. Une véritable ville.

1989.

Le communisme s'effondre et avec lui l'économie soviétique. Les entreprises d'État ne sont plus de mise. La papeterie de Svetogorsk, qu'on n'a pas habituée à la concurrence, vit des heures difficiles. Les nouvelles autorités décident de la privatiser. Après divers épisodes, c'est finalement International Paper qui, en 1998, rachète : une société américaine reprend une société russe, créée par un Norvégien, et volée autrefois à la Finlande. En bonne justice, les nouveaux propriétaires confient la gestion à… des Finlandais.

Années 2000.

En arrivant, International Paper découvre une autre planète, le « Moyen Âge de l'économie », comme me le dira l'un des directeurs. Comment, première nécessité pour eux, réduire les coûts ? En divisant de moitié le nombre des employés. Et comment parvenir le plus vite possible à ce résultat attendu impatiemment par les actionnaires ? L'Alcootest.

Un lundi matin, en arrivant, tous les ouvriers ont la mauvaise surprise de se voir prier de souffler dans un petit tuyau. La plupart des contrôles étant positifs, ils sont avertis. S'ils récidivent, c'est la porte. Une semaine plus tard, les accidents du travail ont nettement diminué mais moins que la masse salariale : le nombre des licenciements pour faute a dépassé deux mille.

À l'occasion de cette grande et double campagne de santé physique et sanitaire, fut mis au jour l'un des petits arrangements du combinat. Quand un ouvrier-camarade voyait qu'un autre ouvrier-camarade avait par trop abusé de l'alcool de pommes de terre, il lui conseillait d'aller, sitôt après avoir pointé, dormir dans un coin. À charge de revanche.

Ainsi prit fin cette belle solidarité.

Pour prouver à M. le directeur que je connais la vie, je le prends à part et, me haussant sur la pointe des pieds (je vous rappelle que sa taille dépasse, de beaucoup, la normale), je lui glisse à l'oreille :

— Pour aboutir à un tel résultat, j'imagine les appuis qui furent nécessaires à International Paper : syndicats, municipalité, et surtout, le niveau du dessus (Moscou)...

Il sourit, hoche la tête et pose un index sur ses lèvres.

— Danger !

D'un de ses adjoints, j'apprendrai le soir, après force vodkas, que deux des prédécesseurs de ce directeur ont payé de leur vie (poison) leur volonté de faire entrer Svetogorsk dans la modernité. Et que depuis, avec sagesse et réalisme, International Paper s'est protégé. L'État russe possédant encore 50 % de la société, un proche de la famille Poutine siège au conseil d'administration.

2005.

International Paper, comme toutes les grandes entreprises, se prend pour un univers à elle toute seule. Il n'est donc pas étonnant, quoique immodeste, que ses cadres nomment *big bang* un changement de stratégie décidé par un président visionnaire (pléonasme).

Vous entendrez ces braves gens prononcer, des trémolos dans la voix, le genre de phrases suivantes : « Depuis l'année suivant le big bang » ou « Depuis notre big bang, la concurrence tire la langue ».

Honteux de mon ignorance, je me suis enquis : quel est donc ce big bang ?

Il m'a bien fallu ranger mon ironie au placard.

En 2005, le président visionnaire, considérant :

1) qu'une société, même immense, ne peut tout faire ;

2) que la lecture sur papier des journaux et magazines appartient au passé ;

3) que l'Europe de l'Ouest est déclinante et d'ailleurs trop pourvue d'usines ;

décida de faire confiance à l'avenir.

Au lieu d'opposer papier et numérique, constatons leur alliance et profitons-en. C'est-à-dire concentrons-nous sur le papier à photocopier et à imprimer les courriels.

Au lieu de pleurer la crise des uns et le déclin des autres, parions sur la croissance, autrement dit sur l'emballage.

Au lieu de nous endormir dans les vieux pays, participons à la belle aventure des émergents.

Et abandonnons *tout* le reste.

Il faut dire que jusqu'à présent le big bang d'International Paper tient toutes ses promesses. La société ne cesse d'aligner de formidables bénéfices.

21 janvier 2011.

Notre longue visite achevée, nous retrouvons les bâtiments administratifs surchauffés. M. le directeur retire sa parka de chasseur d'élans et s'inquiète. Medvedev et Poutine veulent faire entrer au plus vite la Russie dans l'Organisation mondiale du commerce. Leur décision part d'une noble ambition : accélérer le développement du pays, ce qui implique d'attirer beaucoup d'investissements étrangers, lesquels n'aiment pas la corruption, le racket, les incertitudes politiques, le manque d'infrastructures mais surtout les frontières closes. Les investisseurs étrangers veulent un terrain de jeu ouvert.

Aujourd'hui, une taxe de 15 % sur les importations protège les industries locales, qu'adviendra-t-il si on la supprime sans transition ?

Svetogorsk ne craint trop rien. International Paper a les reins solides et sa course vers la compétitivité est déjà bien lancée. Mais ses concurrents plus modestes, plus fragiles ?

Pour un peu, les yeux du géant s'embueraient non de froid, pour une fois, mais de compassion.

C'est sur cette note humaine que je quitte le site et retraverse la ville à la tristesse encore toute soviétique :

peuplades de petits immeubles grisâtres et déglingués sitôt bâtis, hérissés de paraboles. Résisteront-elles, le printemps venu, à la chute des stalactites qui pendent des toits ?

On m'assure que, grâce aux salaires élevés et aux divers services offerts par la papeterie (hôpital, énergie, chaleur), Svetogorsk est une enclave de prospérité. Cette bonne nouvelle ne laisse pas d'inquiéter pour le reste de la grande et sainte Russie.

Plus tard, beaucoup plus tard, arrivé à Saint-Pétersbourg, j'ai compris ce que c'était que l'immensité russe. Sur une carte, pourtant de belle échelle, consultée à l'hôtel, le parcours que nous venions de faire en quatre heures était à peine perceptible. Longue, si longue encore était la route jusqu'à l'autre extrémité du pays, la presqu'île des Tchoukess, à laquelle d'ailleurs j'avais le projet d'aller rendre visite bientôt.

*
* *

— Ce soir, me dit Nicolaï, notre chauffeur à casquette de gavroche et ancien de la papeterie, je vous conseille un restaurant peut-être modeste mais qui propose de la bonne cuisine géorgienne. Les femmes aiment y venir à deux parler de leurs amours. Je vous traduirai.

Comment résister ?

Nous avons marché dans la perspective Nevski, vers l'obélisque. Nous avons traversé le hall de l'hôtel Corinthia, tourné à gauche dans une rue parallèle à la Perspective. Cent mètres de parcours à tout petits pas prudents sur la glace. Comme annoncé, une famille géorgienne nous attendait.

Nicolaï avait dit vrai. Dans un coin, deux filles se confiaient des secrets. Malchance, aucune table près d'elles n'était libre. Même s'il ne boit pas (« Ma femme m'a fait jurer »), j'ai fait parler Nicolaï.

Comme il était arrivé dans le combinat de Sveto-gorsk avant 1989, l'occasion était trop bonne.

— Vous pouvez comparer, lui dis-je, les manières de diriger l'usine…

Il sourit.

— Les Soviétiques donnaient des ordres. Une dictature. Puis, attendez que je me souvienne, vinrent des Suédois. On discutait beaucoup mais à la fin, on ne savait pas vraiment ce qu'on avait décidé. C'est depuis que je me méfie de la démocratie.

Dans son coin, l'une des deux filles pleurait. J'aurais tout donné pour entendre son histoire. Il m'a fallu beaucoup d'énergie pour revenir à mon enquête sur la comparaison des méthodes de management.

— Et les Finlandais ?

— Avec eux, on discute mais on décide. Un jour, un ami m'a dit : « J'ai travaillé en Allemagne, c'est pareil. Les Finlandais sont des Allemands du Nord. » Ça résume.

— Et les Américains ?

La réponse jaillit d'un coup, sans réfléchir.

— Comme les Soviétiques. Dictatoriaux. Ils savent et on a intérêt à appliquer.

Il hausse les épaules.

— En fait, ils ne savent pas. Ils ont fait des études mais ils ne connaissent pas les usines.

— Et alors ?

— Alors, le plus souvent, pour éviter les catastrophes, je faisais semblant de ne pas comprendre ce qu'ils demandaient. Moi je m'en moquais, j'étais tout proche de la retraite.

— Et les plus jeunes ?

— Ils voulaient garder leurs postes. Et donc ils faisaient semblant de ne pas avoir compris que l'Américain ne savait pas.

J'ai retrouvé l'adresse du restaurant où les filles se content leurs amours tristes.

Cat Café
22, rue Stremyannaya
Tél. (812) 571 33 77

Le papier qui venait du froid II

Östavall et Gävle (Suède)

— Et maintenant, la Suède !

À l'idée de retrouver sa deuxième patrie, les yeux de Pierre Lelong brillaient de gaieté. Il faut dire qu'elle lui avait beaucoup donné, à commencer par sa très belle Karin : soixante années de vie commune.

Le brouillard s'était vite levé. Le paysage traversé par l'autoroute E14 ressemblait à celui du *Docteur Jivago* lorsque Omar Sharif et Julie Christie passent enfin quelques mois ensemble. Souvenez-vous de leur isba glacée au milieu de la neige.

Le chauffeur avait l'âme aussi romantique que la mienne, même si ses références cinématographiques étaient autres.

Comme nous passions par le village de Västerlo, il m'indiqua, la voix grave, que le premier mari d'Ingrid Bergman y avait passé son enfance. Je résistai à l'ironie trop facile (Västerlo, quel nom prédestiné pour une défaite !).

Nous restâmes muets un long moment, songeant sans doute aux femmes trop belles et à la douceur des amours malheureuses.

C'était un bon chauffeur qui, non content de nous garder sur la chaussée malgré l'épaisse couche de glace, pensait que l'ambiance était aussi de sa responsabilité.

Pour me libérer de ma compassion envers le pauvre époux d'Ingrid, il me raconta toutes sortes d'anecdotes et de réalités suédoises et donc forestières.

— Vous n'avez pas remarqué l'étrange situation des clochers ? Non ? Regardez mieux. On les a construits à l'écart. Et vous savez pourquoi ? Pour ne pas avoir à les rebâtir à chaque incendie de l'église. Parce que les églises brûlent souvent. Comme le reste. Oh, le bois n'a pas que des avantages !

« Si vous vous promenez, méfiez-vous des lacs. On ne les voit pas sous la neige. Et parfois la glace est trop mince. Il est vrai que, par moins vingt-huit, comme aujourd'hui, vous ne risquez rien !

« Vous savez la dernière ? Non, bien sûr, vous venez d'arriver chez nous. Eh bien le patron de la scierie qui nous accueille, il a failli... c'est la faute à ses habitudes. Enfin il vaut mieux que je raconte depuis le début. Cet homme-là est un sportif, un jogger comme on dit, chaque matin dix kilomètres. L'autre semaine sur qui tombe-t-il au détour du sentier ? Un ours, ou plutôt une ourse, accompagnée de son ourson. Rien de plus dangereux. Il a forcé l'allure, je ne vous dis pas. Mais l'ourse le poursuivait. Il paraît qu'elle se rapprochait. Et puis elle s'est arrêtée net, sans doute se souvenant de son fils. Le directeur l'a échappé belle, non ? »

Merci chauffeur ! On ne lui avait pas confié par hasard la tâche de s'occuper de moi. Mine de rien, il me faisait passer le message que la vie forestière n'était pas si tranquille. J'allais vite en avoir confirmation.

Östavall.

Quelques maisons colorées dispersées autour d'une vaste étendue blanche et vide, sans aucun doute l'un de ces innombrables lacs invisibles l'hiver.

Et la scierie.

Un nouveau géant nous attendait devant la porte des bureaux. Dans ce Grand Nord, je ne rencontrais que des colosses. À croire que le froid, qui ralentissait la croissance des arbres, favorisait celle des humains. Encore une mystérieuse affaire de fibres longues. Tête nue et cheveux courts, il ne semblait pas souffrir de la température qui, pourtant, d'après le cadran de la voiture, demeurait à moins trente.

— Est-ce lui le rescapé de l'ourse ?

Mon conducteur hocha la tête.

Je pensai à mes enfants. À chacun de mes retours, je ne sais pas si je les intéresse vraiment, je leur raconte les grands moments de mon voyage, non sans la dose d'exagération habituelle. Cette histoire-là leur plairait : « Vous savez d'où vient votre père ? De contrées tellement sauvages que les décideurs manquent souvent de s'y faire dévorer… » Et je tendis la main, qui fut broyée.

Peut-être l'ourse s'était-elle méfiée, après tout ? Elle avait préféré ne pas affronter quelqu'un dont les pattes en largeur valaient bien les siennes.

Café. Puis cours au tableau noir : le métier de scieur, quatre parties.

D'abord, présentation des sujets, au nombre de

trois : le spruce, le pin et, plus rare chez nous, le bouleau.

— Pourquoi trois seulement ?

— Parce que le froid, s'il donne des arbres à fibres longues, est mauvais pour la diversité.

— Combien d'espèces en Indonésie ?

— Oh, plus de cent !

Ensuite connaissance des actionnaires.

— Nous sommes une coopérative de treize mille membres, chacun propriétaire d'un morceau plus ou moins grand de forêt. Ensemble, nous possédons plus de neuf cent mille hectares. Et la scierie est une filiale de la coopérative. En tant que propriétaires de bois, les treize mille veulent me le vendre le plus cher possible. En tant que directeur de la scierie, je voudrais les acheter au plus bas.

Je compatis.

— Il y a pire. Quand les commandes affluent, j'ai besoin de bois. Mais les propriétaires le gardent, espérant de nouvelles hausses. Et l'inverse n'est pas facile. Si la demande fléchit, j'achète moins. Les treize mille sont furieux.

Je dis ma surprise : je croyais la vie dans la forêt plus simple.

Pause pour un nouveau café. Les parois de notre salle de réunion sont vitrées. Je regarde les visages des collaborateurs absorbés chacun par un ordinateur. On ne peut pas dire que la gaieté règne.

Le directeur rescapé de l'ourse va tout de suite confirmer cette impression en abordant la dernière partie de son exposé par les données commerciales. Il commence fort.

186

— Savez-vous qu'Ikea, l'un des symboles de la Suède, n'achète pas *une* planche dans notre pays ?

Je m'étonne et tout de suite après je m'indigne :

— Ici, au *centre* de la Suède, comme partout ailleurs dans le monde, est-ce donc la tyrannie du mieux-disant ?

— Eh oui ! La course vers le moins cher ! Nous ne pouvons lutter avec l'Europe de l'Est. Et moins encore avec l'Asie.

— Mais l'Asie manque d'arbres !

— Elle vend ceux qui lui restent.

Je comprends mieux les mines si soucieuses, de l'autre côté de la vitre. Mais le rescapé de l'ourse n'a pas fini le tour de ses difficultés.

— Vous avez applaudi, j'imagine, à la révolte démocratique des pays arabes ? Eh bien, figurez-vous que notre premier client était… l'Égypte. Depuis le début des troubles, aucune commande ! Et notre stock s'accumule. On n'arrête pas une chaîne de production. Bon, si nous passions à la visite.

Son caractère enjoué avait repris le dessus. Deux heures durant, j'ai suivi le parcours des troncs de spruces et de pins. De l'arrivage des camions à deux remorques (soixante tonnes) jusqu'à l'empaquetage, en passant par la fameuse quadrature du cercle, le calcul immédiat par ordinateur de la coupe la plus efficiente. Petite leçon en passant de vocabulaire forestier. Un tronc est rond ; la scierie le veut carré pour en faire des planches ; un rond est plus large que le carré qu'il contient : la différence est la *dosse*. L'ordre est donné aux scies et, l'instant d'après, planches et madriers tombent et continuent leurs routes vers le contrôle de qualité (par caméras).

Comme la vie serait belle pour l'ingénieur sans les contraintes de la vente ! En expliquant les progrès déjà réalisés, les améliorations possibles, les investissements futurs, le directeur rayonnait. Sa figure s'assombrit quand il lui fallut revenir sur Terre, c'est-à-dire quand s'ouvrit une dernière porte. Un chariot tendait ses deux bras de fer pour recevoir des planches dûment étalonnées et certifiées. Un autre chariot attendait déjà derrière.

Je m'en veux encore de ma cruauté. Mais j'étais pris, seule circonstance atténuante, par la logique du *process*, le parcours implacable et rapide, si rapide de la chaîne.

— Et maintenant, où va le bois ?

— Maintenant ? Il attend le bon vouloir de l'Égypte.

Et le rescapé me montra au loin un hangar, pourtant vaste mais déjà plein.

Et là, jusqu'au soir, à quelques kilomètres du cœur de la Suède, au milieu du froid et des arbres, c'est-à-dire de nulle part, dans un endroit assez isolé pour le croire protégé de tout, nous ne parlâmes plus que de l'évolution probable du monde arabe et de ses conséquences directes sur l'avenir de la scierie d'Östavall.

J'avais confirmation que la vraie sauvagerie n'était pas là où on la croyait, que les violences principales de la vie forestière ne venaient pas des ourses, même accompagnées de petits, ni de lacs cachés par l'hiver.

*
* *

La société Korsnäs est une vieille dame installée dans la ville portuaire de Gävle, deux cents kilomètres au Nord de Stockholm. La date de sa naissance remonte à 1855. Si l'on s'en tient au nombre de ses employés (deux mille), elle ne mérite pas le qualificatif de « grande » entreprise. « Moyenne » lui conviendrait mieux. Ses invités sont reçus à dîner et à coucher comme par une famille, dans une riche maison bourgeoise, au bout d'une allée. Familiale aussi est l'autre maison, siège de la direction, avec ses portes de bois peint, son parquet à larges lames et, aux murs, ses portraits d'ancêtres dont la plupart portent des chiens dans les bras ou doivent naviguer car on distingue dans le fond des bateaux à voile.

L'impression n'est pas trompeuse. Ce sont encore trois familles qui possèdent Korsnäs, par l'intermédiaire d'un fonds nommé Kinnevik (Skeppsbron 18, SE 103-13 Stockholm).

Ces trois familles peuvent s'estimer satisfaites. Malgré la crise, Korsnäs dégage encore cette année une rentabilité supérieure à celle de leurs autres investissements, audiovisuels ou financiers.

J'ai l'honneur d'être bien considéré par Korsnäs car, dans mon roman *L'Exposition coloniale*, je l'avais citée pour expliquer l'importance des fibres longues dans la fabrication des papiers les plus résistants.

En France, on jurerait du président, tant il est massif et dynamique, qu'il vient du rugby. Sa gaieté naturelle devait lui faire bien vivre les troisièmes mi-temps. Le directeur technique est blond, beau et sombre, les yeux souvent fermés, perdus dans quelque nouveau process de blanchiment de la pâte, quelque amélioration possible du recyclage de la liqueur noire.

Le directeur de la forêt (deux cents personnes sous ses ordres) semble être sorti la veille de l'université.

Quatre heures durant, j'entends une déclaration. La plus intelligente, la plus précise, la plus rationnelle en même temps que la plus enflammée des déclarations d'amour. Une déclaration à l'entreprise qu'ils servent. Korsnäs, nous t'aimons. Korsnäs, tu es déjà belle et victorieuse, mais voici comment nous allons faire pour t'embellir encore et agrandir tes triomphes.

Quand l'un des trois parle, les deux autres hochent la tête avec conviction et régularité.

Les familles du fonds Kinnevik peuvent dormir tranquilles. Elles ont bien choisi l'équipe dirigeante de leur machine à profit. À l'évidence, ces trois amoureux-là forment un trio que rien ne devrait pouvoir casser.

Et pourtant, une ombre revient dans leurs propos passionnés, une ombre lancinante, obstinée, émouvante, enfantine. Ils voudraient la chasser mais elle revient toujours. Et quand ils ont vu que je l'avais remarquée, ils m'ont fait jurer de n'en point parler.

Le métier principal de Korsnäs, c'est de fabriquer du papier, toutes sortes de papiers, pour emballer toutes les sortes de produits qui nous sont offerts : liquides ou solides, frais ou durables, industriels, alimentaires ou pharmaceutiques…

Jusqu'à cette enquête, je n'avais, avouons-le, que peu de respect pour l'emballage. Comme tout le monde, j'oscillais entre deux attitudes : soit dédaigner le contenant ; soit m'agacer de son luxe inutile ou de son exaspérante complexité. La seule importance n'était-elle pas le contenu ?

Ma visite à Trois-Rivières avait commencé à m'ouvrir les yeux. Et, poursuivant mon éducation, je me rendais enfin compte de l'importance et de la difficulté de ce métier.

Ne vous y trompez pas : la plupart des emballages intègrent, sans qu'on le sache, de la haute technologie, car ils doivent résoudre des contradictions nombreuses : comment allier, par exemple, solidité et légèreté, souplesse et rigidité ? Sans oublier les fonctions premières de *barrière* : aux bactéries, aux odeurs, à la lumière…

Avec une dernière obligation : présenter une surface sur laquelle on peut imprimer facilement des lettres, des images, de la couleur. Lequel d'entre nous achèterait un produit muet ?

L'enfance n'est jamais loin. Le trio directeur de Korsnäs devient touchant.

— Professionnels exceptés, qui nous connaît ?

On dirait des collégiens. Ils ont fait des efforts, rapportent à la maison de bonnes notes. Mais les parents s'en moquent, occupés à d'autres tâches.

Le président m'explique la situation.

Leur client principal est une autre société suédoise, de taille beaucoup plus importante : TetraPak.

C'est elle qui fabrique les emballages pour lesquels Korsnäs a fourni le papier. Aucune méconnaissance des qualités, exceptionnelles, de TetraPak, dont le savoir, les avancées techniques et l'inventivité permanente sont sans égal. Seul malheur : TetraPak ne veut pas qu'apparaisse le nom de Korsnäs, jamais. TetraPak veut conserver l'entièreté de la gloire.

Alors me viennent les phrases qui, je crois, me font définitivement aimer par Korsnäs.

— Je comprends votre sentiment d'injustice. Mais le grand public, que je suis, connaît Johnnie Walker, Orange... Il ignore tout autant TetraPak que Korsnäs ! Telle est la dure loi de la guerre des marques. Celle de l'aval, que rencontre le client final, veut le monopole de la lumière. Elle pense que le moindre partage l'affaiblirait. Elle a sans doute tort. La connaissance de la source devient une valeur.

Et je promets que dans mon livre les deux sociétés auront un traitement égal. Sous le signe de mon respect nouveau pour le beau métier de l'emballage.

Afin de parfaire mon intervention, je fais entrer en scène un personnage jusque-là bien discret.

— Et la forêt, la forêt suédoise ? Ne pensez-vous pas qu'elle mériterait, elle aussi, un peu d'attention ? Si je ne m'abuse, tout votre papier vient des arbres, non ?

— Ah, celle-là ! On peut dire que nous l'aimons et la respectons, notre forêt ! À toi de jouer, Uno. Raconte à notre ami français tout ce que nous faisons pour elle.

Les copies des trop bons élèves sont souvent ennuyeuses. Celle de Korsnäs est parfaite. De la préparation du sol jusqu'à la coupe finale, quatre-vingt-dix ans plus tard, tout est maîtrisé, les espèces et les sites remarquables protégés, les animaux sauvages pas plus tués que nécessaire, les propriétés, même privées, ouvertes aux promeneurs, en vertu d'un très vieux droit, l'*allemansrätten*...

Ceux qu'indignent les coupes claires peuvent appeler, vingt-quatre heures sur vingt-quatre, un standard où une voix douce leur fournira autant d'explications agronomiques que souhaitées et notamment que les arbres vivant centenaires, on peut couper chaque année un centième de tous les arbres sans en réduire le nombre ; que d'ailleurs, jadis, bien avant toute idée d'entretien et de développement durable, l'accumulation de bois mort causait des incendies de mêmes conséquences ; que déjà, la gestion de la moitié des forêts exploitées satisfait au label la plus sévère FSC[1] et que ce pourcentage augmente d'année en année ; qu'une part croissante des troncs acheminés vers les usines empruntent les moyens de transport les moins polluants, train ou bateau ; que si vous consultez les courbes vous constaterez qu'à l'exception d'une seule année (2004, honte pour elle), la forêt a plus poussé qu'on ne l'a coupée ; et qu'enfin, pour chaque habitant, la Finlande possède encore quatre cent quatorze mètres cubes de bois, la Suède trois cent cinquante et un contre quarante-cinq pour la France et l'Allemagne… Etc. Etc.

Durant l'exposé d'Uno, les têtes de ses deux camarades ont acquiescé avec une vigueur jamais atteinte jusque-là.

Et quand il arrête son ode à la forêt, c'est Ulf qui prend le relais, Ulf l'ingénieur, Ulf le timide, le renfermé.

---

1. La Forest Stewardship Council est une organisation non gouvernementale dont la gouvernance est originale : trois collèges (économique, social et environnemental) disposant du même nombre de voix. Et les pays du Sud ont 50 % des voix.

La FSC délivre un écolabel assurant qu'une production de bois garantit la gestion durable de la forêt. Dix principes doivent être respectés. L'enquête avant habilitation vérifie cinquante-six critères.

Son visage rayonne de fierté. Il m'annonce que, grâce au recyclage des déchets brûlés, son usine fournit à la ville de Gävle pratiquement toute la chaleur dont elle a besoin. « Et vous avez pu constater comme chez nous on a besoin de chaleur ! »

Pour un peu, Christer et Uno applaudiraient. Allons, oubliée la nostalgie du fantôme, son regret de ne pas voir son excellence reconnue par le grand public ! Travail, famille, emballage. Respect de la nature, souci du long terme et des générations futures, solidarité sociale : tout va pour le mieux dans le meilleur des mondes possibles.

J'ai l'air de ricaner un peu mais c'est pour ne pas admirer trop. Pierre Lelong avait raison : vive la Suède !

La morale des chevreuils

Forêt des Landes (France)

Après tous ces voyages, je ne pouvais plus continuer de repousser l'heure de vérité.

Le moment était venu de convoquer le papier au tribunal pour qu'il réponde de deux accusations de crime :

— le crime de tuer la forêt (pour fabriquer mes livres avec le bois des arbres) ;

— et le crime de ravager l'environnement (puisque, me disait-on, aucune industrie n'est plus polluante que la papetière).

Dans le train qui m'emportait vers Bordeaux, je n'en menais pas large. Car je calculais. Rien que pour imprimer les quatre cent mille exemplaires de mon gros roman *L'Exposition coloniale* (une histoire d'hévéa, d'ailleurs), il avait fallu deux cent quatre-vingts tonnes de papier[1]. Du meurtre de combien d'arbres m'étais-je donc rendu coupable ?

Mon affaire s'annonçait mal.

---

1. $400\,000 \times 0,7$ kilogramme $= 280\,000$ kilogrammes.

Jean-Pierre Léonard ressemble à La Fontaine en ceci qu'il a fait sa carrière dans le corps des Eaux et Forêts. Aujourd'hui, vaillant octogénaire, il continue d'arpenter les sentes sablonneuses pour conseiller qui de droit, l'administration ou des sociétés privées. Je lui dois ma première leçon de Landes.

D'abord, c'est-à-dire jusqu'à la fin du XVIIIe siècle, les Landes ne sont qu'une lande, une *rase*. Une terre tantôt trempée – un marécage –, tantôt trop sèche, brûlant sous le soleil. Une terre qui ne produit rien que des fièvres, qui ne nourrit personne que des moutons gardés par des bergers perchés sur leurs échasses[1].

Ce désert commence à s'éveiller vers 1800. On sait depuis longtemps certains endroits de la région riches en minerai de fer. Pourquoi ne pas l'exploiter sérieusement ? Des forges naissent, grosses consomma- trices de charbon de bois. Alors plantons des arbres, en choisissant bien l'espèce. Le pin paraît le plus adapté. D'autant qu'il possède en lui un trésor. Le mot *gemme* veut dire « pierre précieuse » et aussi « résine ». Quand on incise l'écorce d'un arbre pour en recueillir le suc, on gemme. Le gemmage devient vite source de vraie richesse et cause des premiers conflits.

Pas question pour les bergers que leurs landes devien- nent pinèdes. Pas question pour les gemmeurs que les

---

1. Nombreux sont les livres de qualité sur l'histoire des Lan- des. Je vous conseille celui de François Sargos. Accompagné par les admirables photos de Pierre Petit, il vous ouvrira les portes de cet univers bien plus complexe et riche qu'on ne croit. *Forêt des Landes de Gascogne*, Éditions Sud-Ouest, 2008.

moutons viennent ronger leurs plantations. Pas question pour les métallurgistes qu'on interdise de couper puis brûler les pins pour raison de résine...

Et vient la grande loi de 1857, l'un des plus beaux exemples de *volonté* politique :

N° 4684 – Loi relative à l'assainissement et à la mise en culture des Landes de Gascogne.

Du 19 juin 1857.

NAPOLÉON, par la grâce de Dieu et la volonté nationale, EMPEREUR DES FRANÇAIS, à tous présents et à venir, Salut. AVONS SANCTIONNÉ ET SANCTIONNONS, PROMULGUÉ ET PROMULGUONS ce qui suit :

LOI

Extrait du procès-verbal du Corps législatif.

LE CORPS LÉGISLATIF A ADOPTÉ LE PROJET DE LOI dont la teneur suit :

ART. 1er. Dans les départements des Landes et de la Gironde, les terrains communaux actuellement soumis au parcours du bétail seront assainis et ensemencés ou plantés en bois aux frais des communes qui en sont propriétaires.

2. En cas d'impossibilité ou de refus de la part des communes de procéder à ces travaux, il y sera pourvu aux frais de l'État, qui se remboursera de ses avances, en principal et intérêts, sur le produit des coupes et des exploitations.

Il faut lire le texte du rapporteur :

« [...] s'il est vrai, en général, qu'en créant des forêts on crée la solitude, cela n'est pas exact pour les plantations de pins, dont l'exploitation exige la présence

197

constante de l'homme… Or 300 000 hectares de pins maritimes produiront à peu près 5 000 fermes nouvelles, ce qui représente une population de 300 000 âmes.

« […] C'est là le système de colonisation le plus rationnel qu'on puisse imaginer pour faire un jour de la véritable agriculture dans les Landes. »

Par le bon vouloir de Napoléon III, la réalité va se séparer du mot qui la désigne. Les Landes vont continuer de s'appeler Landes mais devenir forêt.

Lors des deux grandes tempêtes qui récemment ont frappé la France, je m'étais, en bon *marin*, moqué des *terriens* : « Tiens, ces gens-là découvrent que le vent peut souffler fort. »

Je n'avais pas compris l'étendue des dévastations. À peine les Landes avaient-elles pansé leurs plaies de 1999 que le 24 janvier 2009, en quelques heures, l'ouragan Klaus abattait le quart du massif.

C'est alors qu'une troisième tempête est arrivée : les scolytes. Ces insectes se sont d'abord régalés des *chablis*, les arbres tombés. Puis ils se sont attaqués aux autres… Qui peut encore considérer l'achat d'une forêt comme un *placement de père de famille* ?

Mais pourquoi certaines parcelles ont-elles résisté, alors que d'autres ne sont qu'enchevêtrements de troncs, triste et sombre mikado géant envahi par la pourriture et les insectes ?

Mon professeur, Léonard, me fournit la réponse, toute simple : l'eau.

— Ici, regardez, l'eau affleure, les fossés sont pleins alors qu'il n'a pas plu depuis une quinzaine. Les pins n'ont pas eu à chercher loin pour s'abreuver.

Leurs racines sont demeurées en surface, le premier souffle a tout renversé. Plus loin, le terrain est plus sec. Les racines doivent s'enfoncer. La tempête peut s'acharner, le pin résiste. En bordure de mer, où pourtant les bourrasques étaient les plus violentes, les dégâts furent minimes car pour atteindre l'eau douce, les racines devaient plonger à plus de quinze mètres.

Comme je réfléchis à ce moralisme de la nature (l'effort rend fort, la facilité affaiblit), Jean-Pierre Léonard poursuit son cours de géographie. Nous abordons le vif du sujet, la réalité du conflit d'usage.

— Vous voyez ces vastes étendues quasi désertes ?

J'avais cru qu'il s'agissait de lacs, tant leurs surfaces miroitaient sous le soleil d'hiver.

— Ce sont des serres allongées pourrait-on dire, d'immenses couvertures de plastique sous lesquelles poussent… vous ne devinez pas ?

Je donne ma langue au chat.

Du bout des lèvres, comme s'il crachait, Jean-Pierre me lance :

— Des… carottes.

Dans sa voix on sent tout le mépris possible. Comment comparer la haute noblesse, l'élégance des pins, et la trivialité de ces petits tubercules rougeâtres ? Ne parlons pas du maïs, planté juste à côté. Décidément, le monde suit une mauvaise pente, vulgaire.

Une autre évolution menace les Landes. Ici, les forêts sont à 80 % propriétés *privées* et constituent un patrimoine plutôt dormant : les familles vendent leurs bois pour agrémenter leurs fins de mois et cèdent de la surface en cas de besoin, par exemple pour constituer des dots… c'est l'univers de François Mauriac. Si l'Office national des forêts décide d'entrer dans la danse de la rentabilité, la concurrence, forcément inégale, de ce secteur public risque de bouleverser des équilibres anciens et de modifier les mécanismes d'approvisionnement des papeteries.

N'oublions pas deux autres sources de conflits croissants. Toutes les deux nées du même bon sentiment (écologique) : la nécessité de remplacer le pétrole par de l'énergie renouvelable.

— Pour y installer des champs de panneaux photovoltaïques, certaines sociétés louent l'hectare aux paysans plus de 2 500 euros par an, près de trois fois le prix du terrain. Pas besoin de produire quoi que ce soit, pas besoin même de planter des arbres, il suffit de posséder une surface vide (donc déboisée) et de toucher sa rente.

S'il décide de continuer la sylviculture, le propriétaire peut aussi vendre ses pins, réduits en granulés, à des centrales qui en produiront, elles aussi, de l'énergie « responsable ».

Robert Davezac nous a rejoints. Il a pour responsabilité d'approvisionner la fabrique de papier que je vais maintenant visiter. Il confirme que son métier, déjà pas facile, risque fort de se compliquer encore dans les années à venir. Au milieu du XIXᵉ siècle, l'utilisation massive du bois avait permis à l'industrie papetière d'échapper à la course aux chiffons. Elle est à son tour rattrapée par la pénurie de matière première.

— Avez-vous déjà rencontré un bûcheron ?

Pour qui me prend ce Davezac ? Je le foudroie du regard. Il sourit.

— Leur métier a changé, vous savez !

Et me voilà de nouveau parti dans la forêt.

Les chevreuils d'Aquitaine ont une âme d'entrepreneur. Si vous ne me croyez pas, promenez-vous l'œil et l'oreille aux aguets, dans la forêt des Landes. Tant que les engins s'activent pour couper, transporter ou désoucher les pins, richesse régionale, les chevreuils restent calmes. Ils s'approchent, s'intéressent. On dirait même qu'ils hochent la tête, comme s'ils se souciaient de l'emploi chez les humains, comme s'ils se passionnaient pour le développement économique, gage de l'harmonie générale.

Mais sitôt qu'arrive l'heure de la pause, sitôt que les moteurs s'arrêtent et que le silence se fait, ces animaux détalent et vous ne les reverrez plus.

Quelque chose me dit que les chevreuils, au moins ceux des Landes, seront les derniers à défendre les trente-cinq heures.

Fernand Jara n'est pas de ces bûcherons de hasard. Depuis son plus jeune âge, une vraie vocation l'habite. N'a-t-il pas réclamé (et obtenu) comme cadeau d'anniversaire pour ses quatorze ans une… tronçonneuse ?

Depuis, sa technique s'est affirmée. Il est devenu maître en son métier, bien aidé par les outils modernes.

Ce matin-là, il me fait découvrir sa dernière compagne, la John Deere 1470, une grosse bête à six roues, hybride du tracteur et du tank, pourvu d'un long bras prolongé de dents et de pinces multiples.

— Vous voulez essayer ?

Comment refuser ?

Je grimpe dans l'habitacle, trois mètres au-dessus du sol, et tout de suite je me perds dans les boutons et les écrans. J'ai écrit sur l'Airbus A380. Quant à la complexité des commandes et à la multiplicité des écrans et des ordinateurs embarqués, la 1470 n'a rien à lui envier.

Et Fernand s'est mis à l'œuvre.

Sur une simple pression de son index, quatre bras d'acier se sont saisis d'un tronc. Nouvelle pression, déclenchant la scie. Déjà l'arbre tombe. À peine au sol, une autre scie le tranche.

J'ai admiré. Fernand jouait les modestes mais je sentais sa fierté : le métier de bûcheron ne correspondait plus à l'idée que s'en font les gens des villes.

Un moment, mon émerveillement s'est mêlé de crainte. À voir tomber si près tous ces arbres, impossible de ne pas imaginer que l'un d'entre eux vous écrase. Soudain, je ne me sentais pas très rassuré, sous mon dôme de Plexiglas.

Fernand m'a confirmé le risque :

— Il arrive qu'un pin vrille. Mais rarement. C'est affaire de coup de main.

En trois heures, moi blotti contre mon bûcheron, nous avons traité cent dix-neuf pins. C'est-à-dire qu'après notre passage, ils étaient alignés sur le sol de bruyère, découpés et rangés selon la qualité du bois, prêts à être chargés et emportés vers les menuiseries pour les meilleurs morceaux, vers les papeteries pour le reste. Reliées par internet, les entreprises destinataires savaient déjà le tonnage qu'elles allaient recevoir.

Redescendu de mes hauteurs, j'ai caressé les flancs verts de la grosse bête John Deere et me suis enquis de son prix.

— 450 000 euros, me fut-il répondu. Et encore, je n'ai pas la cabine tournante.

*
* *

La forêt landaise, vaste d'environ un million d'hectares, n'est *pas libre*, aucunement née du hasard des apports de graines et de la concurrence entre les espèces. Elle est fille non de « la Nature » mais d'une volonté humaine. Elle est *cultivée*, tout comme le maïs ou le blé, mais les pins maritimes ont un cycle plus long, d'environ un demi-siècle.

Tous les dix ans après la plantation, on procède à des « éclaircies » jusqu'à la coupe finale, le nettoyage du terrain et le commencement d'un nouveau cycle. La multiplication des tempêtes, ces dernières décennies, et leur violence croissante, vont sans doute conduire à raccourcir ce cycle. Les arbres plus petits donnent moins de prise au vent.

La sélection des espèces et l'amélioration de la gestion ont fait progresser la productivité : dix mètres cubes de bois par an et par hectare il y a vingt ans, plus de seize aujourd'hui. Mon admiration pour ce beau résultat (vive la France !), je la conserverai jusqu'à mon voyage au Brésil où on atteint des chiffres vertigineux : plus de vingt-cinq mètres cubes pour ces mêmes espèces d'arbres (et jusqu'à soixante-dix mètres cubes avec les eucalyptus !).

La majeure et la meilleure partie du bois récolté est absorbée par une centaine de scieries. Beaucoup plus nombreuses autrefois, leur nombre se réduit d'année en année du fait des faillites et des concentrations.

Les papeteries, en France, se contentent des *restes*.

Déchets des scieries, qui autrement seraient brûlés.

Et bois de deuxième ou troisième choix dont personne d'autre ne veut : arbres tordus, dégénérés, branches, cimes et dosses.

20 % du bois avalé par l'usine proviennent des scieries et 80 % arrivent directement de la forêt, transportés chaque jour par quatre-vingt-dix camions : rondins trop petits pour d'autres usages, produits des coupes d'éclaircies et de la trituration.

Ce matin-là, quittant le bureau de Smurfit où je venais d'apprendre tous ces chiffres, je me suis rappelé Marguerite Yourcenar, lorsque François Mitterrand l'invitait à l'Élysée et que je bondissais sur l'occasion pour profiter de la conversation. Comme elle adorait manger, elle ressemblait à un bouddha, mais un bouddha aux yeux vifs et perçants.

Un jour, le Président l'avait critiquée pour l'une de ses phrases :

— Vous ne pouvez écrire cette contre-vérité. Les arbres, en tout cas les pins des Landes, ne sont pas ennemis des livres !

Elle avait dû rendre les armes. Habitant de Latche, il connaissait trop bien le dossier.

Moi, j'étais relaxé pour ce premier chef d'accusation : les écrivains ne sont pas des assassins de forêts !

*
* *

Comme je demandais la route de l'usine, on m'a rassuré : même aveugle, vous ne la manqueriez pas ; à cause de l'odeur. Mais j'avais beau rouler lentement, fenêtres ouvertes, je ne sentais rien. Sans doute les dieux du papier voulaient-ils me faire la surprise. Le vent venait de la mer. Je longeais des résidences de vacances qui me cachaient le bassin d'Arcachon.

Finalement parut la masse énorme surmontée de longues cheminées et d'une sorte de tour aussi haute que mystérieuse.

« La voilà », me dis-je, comme d'une personne longtemps connue par correspondance et qu'on rencontre enfin « pour de vrai ».

Il faut dire que mes relations avec l'usine de Facture étaient anciennes et avaient commencé de la pire des manières : un contentieux.

À mon entrée au Conseil d'État, un dossier m'attendait. J'avais fait mes premiers pas de juge administratif en plongeant dans les turpitudes environnementales de la Cellulose du Pin (filiale, alors, de Saint-Gobain, aujourd'hui propriété de Smurfit).

Il se trouve que depuis l'enfance, sans doute par la magie d'un jouet, la reproduction miniature d'une machine à vapeur, j'ai la passion des usines. Je passerais des jours casque sur la tête à me faire expliquer par le menu les circuits et les *process*, la transformation de la matière en objets utiles.

Et je porte la plus totale admiration à ces architectes-ingénieurs qui, tel le père d'Isabelle Autissier, ont cette forme particulière de génie : la capacité de concevoir et de construire ces installations qui, pour moi, ont partie liée avec la Genèse.

Comme selon toute probabilité vous ne partagez pas cette passion, je résume le travail de l'usine de Facture (production annuelle : cinq cent cinquante mille tonnes de carton).

Apportés de la forêt par une ronde incessante de camions, les rondins sont changés en copeaux.

Entraînés par tapis roulant vers le sommet de la tour mystérieuse, les pauvres copeaux vont y connaître un destin tragique : du haut en bas de la tour, ils vont endurer toutes sortes de tortures, cuissons, malaxages, bains chimiques…

En sort une pâte aqueuse.

Au fil d'un interminable circuit, la pâte liquide va se métamorphoser en feuille de carton sèche et continue. En fin de course, elle s'enroule autour d'un axe et, coupée automatiquement, devient bobine que d'autres camions emporteront vers les fabricants d'emballages.

L'usine possède deux machines, longues de cent cinquante mètres surveillées par des équipes tournantes de chacune sept ouvriers. D'origine italienne, on ne cesse de les moderniser par morceaux allemands, finlandais, canadiens ou français. Loin de moi l'idée d'oublier la société familiale Allimard. Depuis 160 ans, elle continue de fabriquer ces machines et les installe aux quatre coins de la planète. Ce patchwork est déjà mondialisation. Et notre pays, grâce à ses ingénieurs, y joue son rôle.

Vous ne pouvez savoir, chère lectrice, cher lecteur, comme je souffre de ne vous présenter qu'à grands traits paresseux de tels chefs-d'œuvre techniques ; concentrés de savoirs et aussi, et surtout, de trouvailles : qu'est-ce qu'un ingénieur sans ingéniosité ?

Mais je me raisonne en pensant à toutes les autres merveilles que je dois encore vous conter.

Accordez-moi simplement de vous expliquer l'auto-nomie énergétique de l'ensemble.

Pour cuire le bois et, ensuite, sécher la pâte, l'usine a d'abord besoin de vapeur. Laquelle est entièrement produite par une centrale nourrie par de la biomasse (création de Dalkia, société, mais oui, française : EDF 40 %, Veolia 60 %).

La chaudière de cette centrale reçoit chaque année :

— 220 000 tonnes d'écorces et sciures ;

— 220 000 tonnes de chablis (enfants malheureux de la tempête) bientôt remplacés par les souches ;

— et 60 000 tonnes issues des déchetteries.

Pour l'électricité, l'autonomie n'est pas totale, m'avoue M. Champarnaud, le directeur.

Je devine, à son sourire, la fausse modestie. Bientôt confirmée : 90 % de production interne. Et aussi grâce à du recyclage : la liqueur noire qui sort du bois quand on le traite est envoyée dans une chaudière dont la vapeur fait tourner des turbines…

Après tous ces émerveillements de gamin devant des jouets géants, je sais que l'heure est venue de forcer mon caractère. Une heure pour moi doulou-reuse. Je vais devoir lutter contre ma tendance mala-dive à ne toujours considérer que le bon côté des choses.

Je prends mon air le plus sévère :

— Alors, monsieur, votre usine dégrade toujours autant la Nature ?

Le directeur me montre la foule des lapins qui gambadent sur les pelouses, au grand dam, d'ailleurs, des plantations de géraniums.

— Vous croyez qu'ils viendraient tellement nombreux si nous étions si néfastes ? Je vais vous donner mon point de vue. Une usine à papier agresse deux fois l'environnement. D'abord, pour fabriquer notre pâte, nous avons besoin, énormément besoin d'eau. C'est pourquoi nous ne pouvons nous installer que près d'une rivière : la nôtre s'appelle Lacanau, affluent de l'Eyre qui se jette dans le bassin d'Arcachon. Il y a trente-cinq ans, quand je suis arrivé, nous y prélevions soixante mille tonnes par jour. Grâce aux améliorations techniques, nous avons abaissé ce chiffre à vingt mille tonnes, lesquelles sont, bien sûr, après utilisation, intégralement rendues à notre chère Lacanau.

— Ce n'est pas la même eau, j'imagine. Quelque chose me dit que vous l'avez sévèrement polluée.

— Nous ne pouvons éviter deux catégories de rejets. Les uns sont des reliquats de fibres, issues du traitement du bois. Sur ce point également nous avons progressé et divisé par cinq nos effluents grâce aux bassins de décantation que vous pouvez voir là-bas. Reste le plus néfaste : les matières organiques, en particulier la fameuse liqueur noire. Si je simplifie, elle a pour effet de dévorer l'oxygène de l'eau, avec toutes sortes de conséquences que je laisse vos amis écologistes vous décrire. Avouons que sans eux, nous n'aurions pas progressé autant.

Il ne me restait plus qu'à rencontrer un contestataire. Mon optimisme n'excluant pas l'honnêteté, j'ai choisi le plus virulent.

*
* *

Wharf.

On dirait une onomatopée de bande dessinée indiquant qu'un chien aboie.

Mais *wharf* est un mot anglais qui veut dire « quai ».

Et Wharf est aujourd'hui le personnage principal du feuilleton dans lequel, depuis quarante ans, les industriels et les promoteurs immobiliers s'affrontent aux protecteurs du bassin d'Arcachon !

Rien de plus fragile que cette vaste étendue d'eau peu profonde, certes ouverte sur la mer, mais par un goulet étroit. En conséquence, elle est mal régénérée par les marées, elle est envahie par toutes les pollutions possibles. Et chaque année, ses hauts fonds s'étendent et s'élèvent.

Pierre Davant est chercheur en biologie marine et enseignant, spécialiste, notamment, des vers annélides dont l'un porte son nom. Il s'agit du *balanteodrilus davantianus* : c'est un ver qui habite le sable, un « annélide oligochète ». Pierre Davant a fait sa connaissance sur une plage à l'Est du Venezuela, non loin de l'embouchure de l'Orénoque.

Pour tous ceux qui aiment la Nature, l'ennemi historique est cette usine de Facture. Et c'est donc contre elle que Pierre Davant va mener ses premiers combats. Aidé par d'autres universitaires, des syndicalistes et certains représentants de l'Administration, il lance, dès 1969, une association, la Société pour l'étude, la protection et l'aménagement de la nature dans le Sud-Ouest. Cette Sepanso rejoindra vite France Nature Environnement, qui regroupe plus de deux mille associations ayant même louable préoccupation.

Parallèlement à ces batailles, il crée avec la Sepanso des réserves naturelles. Sans doute que, dans leurs langues, les oiseaux célèbrent son nom. Ils lui doivent quelques sanctuaires où ils peuvent mener leurs vies, protégés des agressions humaines.

Dans la région d'Arcachon, le banc d'Arguin est aussi fameux que la dune du Pyla. C'est, à l'entrée du bassin, une longue île de sable qui va et vient au gré des vents et des courants et que la marée haute recouvre en grande partie.

Sur les sommets, minuscules, épargnés par la mer, pousse une végétation minimum caractéristique des dunes fixées : oyats, immortelles.

Au printemps, des oiseaux marins viennent y nidifier.

La légende veut qu'un jour, un couple de sternes caugek ait averti Pierre, venu se promener. « Si vous ne mettez pas bon ordre aux visites, nous en repartirons pour ne plus y revenir. Et sans nos fientes, croyez-vous que sur ce sable salé pourra pousser la moindre plante ? »

Les sternes avaient raison. Des bateaux abordaient par centaines. L'habitude de pique-niquer. Les ostréiculteurs y installaient des kilomètres d'étagères en ferraille. Partout, des chiens batifolaient, toujours avides de proies faciles, oisillons ou œufs frais.

Il devenait urgent de définir des règles pour que chacun trouve sa place et se respecte dans ce paradis plus marin que terrestre.

C'est ainsi que Pierre Davant, avec ses amis, créa la réserve naturelle. Quarante ans plus tard, elle abrite quatre mille couples.

Pendant ce temps, la Cellulose, devenue Smurfit, s'était acheté une conduite. De l'aveu même de son adversaire patenté, elle rejetait moins et des matières bien moins agressives pour l'environnement. Et ses effluents rejoignaient un grand collecteur qui longeait tout le bassin et recueillait tous les écoulements, industriels et urbains.

Voici que le Wharf entre en scène.

Bonne nouvelle pour le bassin, mauvaise pour l'océan ! Vais-je devoir choisir entre mes deux amours, le papier et la mer ? J'ai bien compris que le papier n'assassine pas les forêts. Mais dégrade-t-il l'Atlantique ?

Lorsqu'en 1971, le collecteur commence à fonctionner, c'est pour déverser dans l'Atlantique des boues brunâtres qui se répandent sur toutes les plages jusqu'à Biscarrosse.

Le nom de l'endroit où débouche le tuyau était prémonitoire : La Salie !

Campagne vigoureuse des ostréiculteurs et de la Sepanso. Ils arrachent aux autorités une double promesse. D'abord, la construction d'une passerelle pour conduire le collecteur jusqu'à quatre kilomètres au large. Et surtout, meilleur traitement, avant rejet, des eaux usées.

Dimanche 20 mars 2011, veille du printemps, me voici sur le Wharf. Pierre Davant m'a montré comment escalader la porte grillagée et cadenassée qui en interdit, officiellement, l'accès. À soixante-seize ans, il n'a rien perdu de son agilité. Deux membres éminents (et combatifs) du Comité de vigilance nous accompagnent : René Capo, militant de Biscarrosse et Françoise Branger, présidente de l'association Bassin d'Arcachon Écologie.

D'un bel ensemble, ils insultent ce pauvre Wharf, dont la couleur bleu clair me plaisait pourtant.

— Regardez ! Nous allons bientôt arriver au bout : à peine sept cents mètres au lieu des quatre kilomètres prévus.

— Étant donné les fonds mouvants, la société norvégienne chargée de la construction n'a jamais pu aller plus loin.

— Les machines sont toujours là, le genre d'épaves qu'adorent les poissons !

— Et la plage, vous voyez ? Elle ne cesse d'avancer dans la mer. Bientôt on se retrouvera comme avant : un tuyau qui débouche sur le sable !

— Et à l'air libre !

Pour l'instant la mer est toujours présente, dix-neuf mètres en dessous.

Des dizaines de pêcheurs nous entourent. Ils ont l'air d'habitués et de grands buveurs de bière. Beaucoup portent des treillis militaires : l'attente du poisson est aussi un combat.

Je me retourne.

Que la côte est belle, une ligne claire, interminable, à demi cachée par un demi-brouillard.

Et tout du long, le rempart mouvant des dunes grises. Il paraît que leur couleur est due à une plante, aussi petite et timide que vaillante, l'*Helichrysum*. On dit aussi « immortelle », ou « safran des dunes » à cause de son parfum. Pierre sait donner un nom latin à toutes les formes de vie et n'oublie jamais de préciser si elles sont bonnes à manger.

Bravant mon vertige, je me penche. J'ai le malheur de ne rien remarquer de suspect aux abords de l'arrivée du tuyau. Pas la moindre traînée brunâtre. L'eau n'est pas d'un gris différent.

Le Comité de vigilance m'avait, semble-t-il, jugé jusqu'ici plutôt sympathique. Ma cote, d'un coup, s'est effondrée.

— On voit bien que vous ne les connaissez pas.

— Ils ont seulement changé de floculant.

— Quand on ne voit pas la pollution, c'est pire !

— Pourquoi nous cachent-ils les analyses, d'après vous ?

Pierre Davant se tait. Je ne sais pourquoi, il me semble moins virulent que ses amis. Peut-être mesure-t-il le chemin parcouru en quarante années de lutte ?

Françoise le connaît bien. Pour le réveiller, elle évoque le banc d'Arguin. À marée montante, les courants vont vers le Nord. Lorsqu'un fort vent du Sud les appuie, les rejets du Wharf atteignent l'île aux sternes…

Objectif atteint ! Pierre a retrouvé sa combativité. Il promet d'écrire dès le lendemain au préfet pour avoir enfin communication des fameuses analyses…

— Il faudra faire attention au jour choisi pour le prélèvement. Le pire est atteint le lundi, car ils vidangent le week-end.

Débriefing à Biscarrosse-Plage, centre-ville, dans une sorte de McDonald's. Le Comité de vigilance n'exonère pas l'ennemie Cellulose. Mais au moins, l'usine fait des efforts. Le bassin a d'autres menaces à craindre. D'après les plans de développement urbain, la population doublera dans les vingt ans, accompagnée forcément par des milliers de nouveaux bateaux à moteur.

Où leur trouvera-t-on de la place sur ces côtes déjà surpeuplées ? Et les déjections des équipages innombrables… Et la traînée des moteurs de plus en plus gros… Comment éviter que la mer vire au cloaque ?

Me voilà égoïstement rassuré : dans cette chronique de l'apocalypse annoncée, mon cher papier ne peut être aujourd'hui tenu responsable de la pollution globale que pour une part minoritaire, et déclinante.

— J'étouffe. Venez !

Françoise s'est levée et, dans sa vieille 205 blanche, elle m'emmène.

— Nous allons entrer dans la Forêt Usagère de La Teste. Un massif de deux mille huit cents hectares que nous avons réussi à faire classer.

Selon une vieille tradition toujours conservée, les véritables habitants du cru, c'est-à-dire ceux qui justifient d'une installation locale permanente depuis plus de dix ans, ont dans ces forêts un droit de prélèvement. Ils peuvent aller y chercher le bois nécessaire pour se construire une maison et un bateau. Cette pratique remonte à 1468, date à laquelle le Captal de Buch – le seigneur de l'époque – légua les droits d'usage à la population du Captalat (Arcachon, La Teste-de-Buch, Gujan-Mestras, Cap-Ferret, château de Ruat, au Teich).

Je marche derrière elle, peinant à garder le rythme sur le sentier sablonneux. Ce nouvel univers m'enchante. Il ne ressemble en rien à l'Aquitaine ordonnée que je connais : pins tous du même âge et tous bien droits et bien alignés et dégagés de toute végétation à leurs pieds. Ici, c'est la jungle. Très vieux arbres, beaucoup d'entre eux tordus comme des sarments géants, broussailles impénétrables, troncs à terre et branches mortes éparpillées.

La Squaw s'amuse de mon émerveillement.

— Si vos amis exploitants forestiers vous voyaient !

Ils ne haïssent rien tant que ce chaos, un vrai nid à incendies, disent-ils.

La Squaw.

C'est ainsi que Pierre Davant surnomme affectueusement Françoise Branger. Au fur et à mesure de notre promenade, je vais de mieux en mieux comprendre la pertinence de l'appellation.

Cette femme lit et raconte la forêt comme une Indienne, quelque peu *medicine woman*.

Mousses, lichens, champignons et bien sûr tous les arbres, Françoise nomme tout, elle explique tout, par exemple le phénomène des pins arrondis dans leur dernier tiers.

— C'est la conséquence du gemmage. Pour recueillir la résine, on a trop blessé l'écorce. Alors le pin s'affaisse sur lui-même. D'où leur nom de « pins-bouteilles ».

De temps en temps, elle émet un drôle d'aboiement. Sachant bien que je m'étonne de la voir faire le chien, à son âge, elle tient à me préciser qu'elle prévient de son passage un chevreuil de ses amis.

— Celui-là ne m'aime pas trop. Je dois faire la paix. Autrement, mes séjours seront gâchés.

J'apprends qu'elle a pour habitude de s'installer immobile, quarante-huit heures, en certains endroits de la forêt.

— Et vous n'avez jamais peur ?

En guise de réponse, la Squaw plonge sa main droite sous son pull-over et brandit un étui de cuir d'où dépasse un couteau de chasse, une véritable dague.

— Ma mère me l'a donné en même temps que mon premier soutien-gorge. C'est là que je le garde, au cas où. Et maintenant, pardon, mais je dois faire mon bois !

Sur le chemin du retour, nous ramassons des branches. La Squaw ouvre le coffre de la 205, en sort une hache et, à coups vigoureux, elle découpe des bûches. Elle m'a oublié. Elle doit considérer que sa leçon de *vraie* forêt est suffisante.

La complicité des poubelles

Le Blanc-Mesnil, La Courneuve (France)

Depuis toujours, je m'interroge : où va le contenu de nos poubelles ? Enfant, je voulais me faire emmener par les éboueurs et découvrir ainsi leurs destinations mystérieuses. Dix fois, mon père m'a retenu. Je crois même qu'il a consulté un psychologue. L'insistance de ma demande l'inquiétait.

Aujourd'hui, après tant d'années, mon vœu s'exauce. Me voici au Blanc-Mesnil dans la banlieue Nord de Paris. Invité par une connaissance de bateau, Jean-Luc Petithuguenin, P-DG de la société Paprec.

Comment cacher ma déception ?

Je croyais trouver une décharge bien immonde, où rôderaient des rats ; une brûlerie ronflante où des fours géants préfigureraient l'enfer. Et je tombe sur une usine. On me console gentiment. On m'explique que les temps ont changé, au moins dans les pays modernes, et que l'heure est à l'industrialisation du tri. Devant un vaste hangar, chaque benne déverse ses trois tonnes de déchets.

Et les opérations commencent.

Imaginez un jeu de l'oie géant sauf qu'ici le chemin est tapis roulant, c'est lui qui avance.

D'abord, on secoue fort le tapis. Les cartons s'envolent. Ils sont récupérés et stockés.

Ensuite, le flux passe sur une grille aux trous plus ou moins grands. Les déchets se répartissent en fonction de leur taille.

Vient l'épreuve dite de la balistique : l'action de longues lames métalliques permet de séparer, par rebonds, les corps creux (bouteilles, boîtes de conserve) des corps plats (papiers).

Le tapis continue son parcours du combattant et passe dans le champ d'un électroaimant qui retient les métaux ferreux.

Maintenant des « yeux » automatiques entrent en action, deux sortes de trieuses optiques qui sélectionnent soit par formes et couleurs soit par spectrométrie.

Nouvelle traversée d'un courant, nommé Foucault, et qui a la propriété de retenir l'aluminium.

Pour l'instant, aucune intervention humaine. Mais ces procédures automatiques n'ont permis qu'une sélection imparfaite.

Pour achever le travail, il faut affiner.

Le tapis, avec ce qui reste des déchets, passe dans deux cabines où des ouvriers, les seuls présents dans le hangar, sont chargés des ultimes séparations.

Hier, il y a encore dix ans, l'ensemble du tri était effectué manuellement.

Cette chaîne, paraît-il la plus moderne d'Europe, permet de trier chaque année cinquante mille tonnes de déchets. Trois quarts d'entre eux vont voyager vers une nouvelle vie :

– les aciers iront dans le Nord pour y être recyclés ;

– les aluminiums se retrouveront dans l'Oise pour y subir des traitements comparables ;

– les bouteilles d'eau en plastique seront transportées à Limay (Yvelines) où elles ressusciteront sous la forme de… nouvelles bouteilles d'eau ;

– les emballages de liquide alimentaire seront déchiquetés pour y récupérer l'aluminium ;

– quant aux papiers et aux cartons usagés, ils seront eux aussi rachetés pour redevenir papiers et cartons (neufs).

Le dernier quart des « ordures » ne peut pas être recyclé. On les appelle des *refus*. Ce sont, notamment, des matières alimentaires et organiques. Ces « refus » ne sont pas sans utilité. Plutôt que de les entasser dans des décharges, on les acheminera vers des usines d'incinération. La chaleur ainsi produite se retrouvera dans les radiateurs des villes.

Soudain, je pense à mon père. S'il était encore vivant je lui dirais : « Tu vois, ma passion pour les déchets n'était pas si folle. »

Il me sourirait, me répondrait, comme il en avait l'habitude : « Tu trouves toujours des explications à tout ce que tu fais. — Ça aussi, c'est du recyclage ! »

*
* *

L'adresse : 3, rue Pascal. Entre l'autoroute A1 et le lycée Jacques-Brel. La mosquée voisine est trop petite. Chaque vendredi, jour de la prière, des croyants installent leurs tapis sur le macadam de la rue de la Prévôté.

Chaque jour, des dizaines de camions déversent mille tonnes de papiers d'origine et d'utilisation diverses : « chutes » d'imprimantes, emballages de supermarché, photocopies de bureau… Ces papiers sont triés, à la main, et classés en pas moins de quatre-vingts catégories :

– bouquins ;
– gros de magasin ;
– brochures mêlées ;
– brochures améliorées ;
– journaux invendus ;
– rognures, brochures sur colle ;
– rognures extraclaires ;
– bois blanc liseré ;
– bois blanc vierge ;
– blanc magazine ;
– blanc 1 de triage ;
etc.

À une clientèle précise chacune de ces catégories correspond. Elles sont si diverses qu'aucune automatisation n'a, pour l'instant, réussi. Parions que la si nombreuse famille de notre bon vieux papier résistera encore longtemps aux embrigadements.

Derrière moi, un homme hoche la tête.

Sans le blesser, on peut dire de lui qu'il n'est pas de la première jeunesse. Il se présente :

— Étienne Mateo, directeur commercial pour la région. Vous aimez les histoires, j'imagine. Si vous saviez comme le business a changé…

Il m'invite à la cantine. À peine attablé, il raconte :

— Les études et moi, on ne s'entendait pas. On a préféré se séparer vite, à l'amiable. Il paraît que j'étais du genre « hostile ». J'ai commencé la chine juste après l'armée. Mon père avait une petite affaire. Il m'a donné mon premier crochet. Je l'ai gardé. Il faudra que je vous le montre. Notre seul outil. Et en même temps une arme, quand des étrangers s'aventureraient sur notre territoire ! On cherchait vers Orléans, Beaugency, d'abord les vieux cartons et les cartes perforées, les listings. Ça, on s'est fait mal au dos pour charger le camion. Mais rien à dire, l'argent rentrait. En tout cas, beaucoup plus pour nous que pour ceux qui faisaient les peaux de lapins dans les villages. On a pu monter à Saint-Ouen.

Il parle comme Michel Audiard. Je découvre un monde si différent du nôtre : plus dur au travail mais plus ouvert, moins corseté par des règles, moins raboté par la concurrence.

— On s'est concentrés sur des amis à vous, les éditeurs, les imprimeurs. À l'époque ils pullulaient dans l'Est de la capitale. On chassait les rognures de massicot, les rebuts, les gibiers de pilon. Ah, ce que j'ai aimé les encyclopédies, mes préférées parmi tous les livres, une aubaine ! Les gens, ils achetaient pour la frime. Après, elles prenaient trop de place. Ils s'en débarrassaient. Ah, les Britannica, les Universalis, qu'elles étaient lourdes ! Mes lombaires s'en souviennent encore, surtout L3, L4 ! C'est là qu'il me fallait jouer du crochet. Pour remonter les sacs des sous-sols.

Je l'écouterais des heures. Le Paris dont il parle est celui de ma jeunesse. Celui de Doisneau, de Truffaut, de *Max et les Ferrailleurs*… Si peu d'années ont passé. Il a suffi d'un rien de temps pour qu'un univers s'en aille et qu'un tout autre le remplace.

La cantine s'est vidée.

— Bon ! La nostalgie, c'est pas ça qui nourrit. Je vais devoir y aller.

Étienne Mateo se penche vers moi.

— Il faut que je vous fasse un aveu. Ce qu'on a pu leur vendre d'eau, aux papetiers !

— Pardon ?

— Une fois plein, on arrosait le camion. Ni vu ni connu. Ça dégoulinait un peu mais on accroissait le poids d'un bon tiers. Ça, on a bien profité. Et je ne vous dis pas tout. Y a pas encore prescription. Notre société s'appelait Regenor. Un nom qui veut dire, non ?

— Et puis vous avez dû vendre ?

— Comment vous avez deviné ? Les imprimeurs ont fermé les uns après les autres. Concentration. Matière première de plus en plus pénible à capter. Et chez nous, les recycleurs, même tendance : modernisation, grues, presses, gros investissements nécessaires sinon faillite. Plus de places pour les petits. Paprec nous a rachetés. Un jour, je suis parti : envie de prendre l'air. Et puis Petithuguenin m'a proposé de revenir. J'ai accepté.

— Pourquoi ?

— Il a une vision. C'est bon de changer de dimension juste avant la retraite.

*
* *

Quel est ce nouveau hangar aux portes plus solides et surveillées par de nombreuses caméras ? Les camionnettes qui en sortent nous mettent sur la voie : elles portent sur leurs flancs des inscriptions explicites :

Confidentialys
La destruction sécurisée de vos documents
01 41 47 20 30

Après avoir montré patte blanche, entrons.

Voici des montagnes de chèques, classés par catégories : bancaires, emploi service, restaurants.

Voici une autre montagne, celle des tickets de loto.

Les délais légaux de conservation étant écoulés, l'heure est venue de les broyer.

Ce n'est pas sans émotion qu'une dernière fois je salue les souvenirs d'achats petits ou grands, les espérances de gain, les traces de toutes ces existences dispersées façon puzzle.

Elles vont finir, une fois déchiquetées, en gros ballot d'une tonne, direction les usines de papier pour devenir pâte puis papier, de nouveau.

Ainsi va l'économie circulaire.

Dans le fond, derrière d'épais grillages, des linéaires et des linéaires d'archives attendent. Elles sont condamnées. Leur tour viendra d'être détruites. On ne peut s'empêcher de penser aux prisons américaines, aux couloirs de la mort.

*
* *

Dans un coin du hangar, une caisse attend. Elle est pleine de petits cylindres. La matière brune dont ils sont faits pourrait être du bois aggloméré. À première vue, on dirait des pieds de lit.

Devinette : de quoi s'agit-il ?

Comme je donne vite ma langue au chat, mon guide me répond, hilare :

— C'est de la poussière. L'agitation vigoureuse de nos déchets dégage dans l'air toutes sortes de particules qui ne sont pas bonnes à respirer. Nous avons installé d'énormes aspirateurs. Il en ressort ces « pieds de lit », comme vous dites.

— Et cette poussière, à quoi l'utilisez-vous ?

— Nous la brûlons. Elle contribue à notre production d'énergie.

— Quelque chose me dit que vous pourriez mieux la valoriser !

Mes accompagnateurs hochent la tête, tout penauds.

— Vous avez sûrement raison !

Et, malgré mon âge, ils proposent de m'engager sur-le-champ. Je leur demande la raison de cet enthousiasme soudain.

— Vous, à l'évidence, vous avez *l'esprit recyclage* !

Comment ont-ils deviné que depuis mon étude sur le Gulf Stream, mon cerveau ne raisonne plus qu'en cercle ? Il s'est mis à l'image de la Nature, où la règle est le cycle, pas la ligne. Je comprends pourquoi Jean-Luc Petithuguenin aime tant la mer et ne rêve que d'une chose : voir le bateau Paprec, barré par Jean-Pierre Dick, gagner le Vendée Globe, c'est-à-dire le tour de la planète.

*
* *

La mer apprend à vivre.

À qui s'embarque, elle a vite fait de rappeler quelques vérités de base. Notamment l'humilité face à plus fort que soi. Et le respect des cycles, ne serait-ce que pour tenir compte des marées et des courants.

Aux marins à voile, elle enseigne en outre à économiser. Le vent est fantasque. Qui sait combien de temps durera le voyage ? Et quand on veut avancer, autant se faire léger.

Écoutons Ellen MacArthur, cette toute petite dame magnifique qui remporta la Route du Rhum en 2002, l'une de nos idoles à nous, navigateurs du dimanche.

Elle rencontre Francis Joyon qui vient de lui ravir son record du tour du monde en solitaire.

Elle visite le trimaran géant IDEC qui ressemble tellement au sien. Seule vraie différence : Francis, pour sa production d'énergie, s'est contenté d'une pile à combustible, d'éoliennes et de panneaux solaires. Pas de gasoil. Gain de poids : une demi-tonne.

Depuis, Ellen MacArthur a quitté le monde de la course. Elle a créé sa fondation qui œuvre pour un nouveau développement de notre économie, pas moins dynamique mais plus soucieuse d'utiliser au mieux nos ressources.

Jean-Luc Petithuguenin tient le même langage :

— Le recyclage est notre avenir ! La seule vraie réponse à ceux qui mettent en avant l'épuisement des ressources pour en appeler à la décroissance.

Le recyclage ne redonne pas seulement vie aux matières premières déjà utilisées, il permet d'économiser de l'énergie. Savez-vous qu'il en faut dix fois plus pour changer du sable en verre que pour recycler du verre ? Et puisque vous vous intéressez au papier, cette année 2010 est à saluer : pour la première fois, la moitié du papier produit dans le monde est venue… de vieux papiers. Cette proportion n'atteignait pas 10 % en 1960.

Je repense à d'autres basculements intervenus au même moment et qui changent la vie sur notre planète. Aujourd'hui, plus d'un être humain sur deux vit en ville et plus d'un poisson consommé sur deux vient d'un élevage.

Le patron de Paprec continue sa plaidoirie enflammée :

— L'industrie du XIXe siècle s'est construite autour des mines. Les mines du futur seront les zones de grande consommation puisque c'est là qu'on récupère le plus de matière à recycler. Ce n'est pas un petit sujet, c'est une révolution planétaire industrielle qui débute !

Dans le restaurant, son rire de bon vivant fait se retourner tous nos voisins.

— Vous comprendrez pourquoi les gens comme moi représentent une menace pour certains écologistes : nous avons trouvé le moyen d'échapper à la frugalité ! Je vous le répète : pourquoi se priver des bienfaits de la croissance ?

Hélas, pour les besoins de mon enquête, et poussé (quoique romancier) par mon amour de la vérité, je vais devoir interrompre cette belle humeur :

— Nous, en bons citoyens, payons une taxe de ramassage des ordures. C'est vous qui vous en chargez. Parfait. Mais à qui les vendez-vous, une fois triées ? Aux Chinois.

Comme prévu, Jean-Luc Petithuguenin explose.

N'écoutant que mon courage, je continue :

— Et ainsi, vous privez les industriels français,

notamment les papetiers, d'une matière première qui leur est nécessaire.

Ses arguments, à l'évidence longuement ruminés, m'arrivent en rafales :

— *Un*, la taxe dont vous parlez rémunère un service. Vous êtes prêt à payer plus cher le ramassage de vos poubelles pour qu'on subventionne des papetiers installés en France ? *Deux*, pour les produits que nous offrons, c'est au marché de décider. Pourquoi ces industriels français, comme vous dites, devraient-ils bénéficier de préférences, par rapport aux Chinois, peut-être, mais aussi aux papetiers d'Allemagne et d'Espagne ? Est-ce ma faute si ces deux pays ont su développer de formidables capacités, notamment dans le domaine le plus délicat : le recyclage d'emballages de produits alimentaires ? Pourquoi avons-nous en France encore et toujours besoin d'aides et de subventions ? *Trois*, si vous m'avez suivi, et donc si vous croyez à la nécessité du recyclage, ne faut-il pas donner aux matières recyclées leur juste prix, c'est-à-dire des prix élevés ? *Quatre*, nous sommes un secteur d'excellence française. Nos technologies sont parmi les meilleures au monde ! Nous créons de l'emploi, nous exportons, nous innovons tous les jours. Alors, bien sûr, on peut revenir à l'ancien temps où la papeterie était un métier de seigneurs… Nous, les récupérateurs, les recycleurs, nous sommes depuis toujours à l'autre bout de l'échelle, les obscurs, les méprisés, obligés chaque jour de batailler pour survivre…

Je n'ai pu m'empêcher de sourire. À la tête des trois mille cinq cents employés d'une entreprise florissante, Jean-Luc Petithuguenin et son physique d'ex-rugbyman rabelaisien ne prête pas à la commisération.

Les facteurs, le trieur, l'essuie-glace
et le tube de dentifrice

Chaque jour, en France, cent mille facteurs nous apportent vingt-six millions de courriers (lettres, colis, journaux, imprimés publicitaires).

La plus grande partie de ce papier aura pour destination la poubelle où, le plus souvent, il trouvera des compagnes salissantes et puantes : les ordures ménagères.

Pourquoi ne pas charger (au sens strict) les facteurs de récupérer le courrier dont nous n'avons plus usage ?

Huit papiers bureautiques sur dix ne sont pas recyclés faute d'avoir été bien et facilement collectés.

La Poste a décidé d'agir en lançant Valora. Quel réseau de bureaux et d'agents maille plus étroitement le territoire ?

Elle propose aux petites et moyennes entreprises et aux administrations territoriales une collecte particulière de ces papiers bureautiques.

Pauvres facteurs !

Ils peinaient à l'aller de leurs tournées mais, allégés par leurs distributions, sifflotaient au retour.

Ce répit risque de finir.

Pour la juste cause du recyclage.

La société Éco-Emballages habite 50, boulevard Haussmann à Paris, entre deux temples de la consommation : le Printemps et les Galeries Lafayette. De ses bureaux élevés (sixième étage), on a vue directe sur l'arrière de l'Opéra, la sortie des artistes.

Cette société est une drôle de bête : elle obéit au droit privé, ses actionnaires et ses partenaires sont tous des entreprises. Et pourtant, sa mission est d'intérêt général, fondée sur le principe de « la responsabilité élargie des producteurs ». L'idée simple est que leur rôle ne s'arrête pas à la vente, ils sont aussi concernés par la fin de vie de leurs produits. Créé en 1992, Éco-Emballages a pour but d'aider à recycler les emballages des produits ménagers. Pour ce faire, il perçoit une « contribution » sur tous ces emballages. Les ressources ainsi recueillies (de 500 à 600 millions d'euros chaque année) sont redistribuées principalement aux collectivités locales pour les aider à trier et à recycler. On rémunère ainsi un *service*. Si le tri et le recyclage du papier existent depuis la nuit des temps, d'autres filières sont nées récemment grâce à cette mobilisation générale.

Je félicite mes interlocuteurs. Tout cela me semble bel et bon, ambitieux et réaliste. Depuis longtemps, j'ai la faiblesse de penser que le secteur public n'a pas le monopole du service public.

— Mais il est un personnage sans lequel nous ne pourrions rien…

Le directeur général Éric Brac de La Perrière s'arrête un instant pour me laisser deviner.

— … C'est le trieur !

Et ses deux adjoints, Carlos De Los Llanos et Sophie Wolff, hochent la tête avec une conviction qui s'apparente à de la ferveur.

— Oui, hommage au trieur ! C'est le type même du « consommateur-citoyen ». Il effectue une tâche gratuite. Et ce faisant, il participe à notre financement puisque les entreprises répercutent dans leurs prix l'effort qu'on leur demande. Et pourtant, il trie. Et quand on demande aux gens quel geste de leur vie quotidienne leur semble le plus utile à la planète, ils répondent à 93 % : le tri. « Et vous, triez-vous ? »

Je leur avoue, un peu honteusement, que j'ai moi-même quelques efforts à faire en termes de tri. Pour échapper à leur sévérité, je relance la conversation en les interrogeant sur l'efficacité de leur action.

— Grâce aux trieurs, nous recyclons 3 des 4,7 millions de tonnes des emballages mis sur le marché : 2 millions de tonnes de verre, 500 000 de carton, 230 000 de plastique et 300 000 de métaux.

— Mais les entreprises, vos partenaires, montrent-elles l'exemple ? Une décision de leur part aura des impacts autrement plus importants que le zèle écologique de vos gentils trieurs.

C'est ici qu'interviennent l'essuie-glace et le tube de dentifrice.

Je me demandais la raison de leur présence au beau milieu de la grande table de conférence.

Le directeur général me montre l'étui qui protège l'ami de nos pare-brise. Je constate qu'il est composé de plastique et de carton. Sur le côté, je repère deux petits logos qui expliquent dans quelle poubelle il faut jeter chacune des deux parties de l'emballage.

— Vous vous rendez compte que Michel-Édouard Leclerc a décidé d'imprimer ces mêmes conseils sur quatre milliards de ses produits ? Et maintenant, il présente ses tubes de dentifrice directement, sans son accompagnement de carton…

Sophie Wolff prend le relais.

— Vous savez combien McDo vend chaque année de « sandwichs », comme ils disent ? En France seule, trois cent soixante-dix millions. Vers le milieu des années 1990, ils ont décidé de remplacer par du carton le polystyrène de leurs petites boîtes. Et un peu plus tard, ils ont inventé des croisillons à placer au fond de leurs sacs, pour éviter de les multiplier : une case pour le Mac, une case pour les frites…

— Je comprends bien l'économie réalisée, mais quelle est la part du recyclage dans l'opération ?

— Les papiers en contact avec la nourriture ne peuvent être traités avec les autres. Par souci d'hygiène, ils sont soumis à des normes sévères. Que faire ? Les transporter outre-Rhin où les industriels savent recycler ce genre de produits ? Le bilan carbone de l'opération risque de n'être pas formidable…

J'acquiesce. Je pense aux voyages de certaines noix aquitaines. Quelques producteurs n'ont rien trouvé de plus intelligent que de les envoyer se faire ouvrir en… Biélorussie, où la main-d'œuvre ne coûte rien, avant de les rapatrier pour vendre sur les marchés ce produit « bien de chez nous ».

Sophie Wolff me parle de « digesteurs ». Les déchets, brûlés lentement sans oxygène, se dégradent et dégagent du gaz, lequel, passé dans un cogénérateur, fournira de la chaleur et de l'électricité. Le résidu pourra servir d'engrais. Il paraît que dans le

Loiret des cultivateurs de concombre se sont associés au projet...

Je confesse que, depuis quelque temps, j'avais un peu perdu le fil.

Ayant constaté, avec bonheur, que le tri et le recyclage français étaient en de bonnes mains et qu'ils progressaient, j'avais laissé s'émousser ma vigilance.

J'ai remercié et pris congé.

Derrière l'Opéra, je me suis arrêté quelque temps. Il n'est pas rare qu'on voie passer des danseuses. Et pardon, mais ce spectacle m'enchante, de très belles dames au port de reines emmitouflées comme des bébés.

Qui est Éric ?

Depuis mon entrée dans l'univers du recyclage, j'entendais à tout propos répéter mon prénom sans rapport apparent avec ma petite personne.

« À vue de nez, je dirais que ce papier a un Éric de 2. »

Ou : « Comment se fait-il que nous n'arrivions pas à descendre en dessous d'un Éric de 1 ? »

Un jour, menacé par la paranoïa, j'ai pris mon courage à deux mains et demandé qui était cet Éric dont on semblait faire si grand cas. Je visitais à Grenoble la vaillante entreprise Vertaris qui, à partir de papiers imprimés divers, parvient à produire des feuilles d'une blancheur parfaite.

François Vessière, mon guide et directeur général, s'est moqué, mais sans exagération.

— Éric mesure la quantité d'encre qui demeure dans le papier recyclé malgré tous les traitements et lavages qu'on lui a fait subir. *Effective Residual Ink Concentration*.

Et d'ajouter, en riant :

— Ainsi, un Éric à 0 veut dire que la page est blanche. Ce que je ne te souhaite pas.

Éloge de la machine à café

Grenoble (France)

Grenoble.

Cellulose Valley !

Succombant à la préférence de l'exotisme et à la loi selon laquelle nul n'est jamais prophète dans son pays, j'avais été chercher de l'autre côté de l'Atlantique un savoir du papier que je pouvais trouver après seulement trois heures de train.

Un écosystème, d'après le dictionnaire Le Robert, est une « unité écologique de base formée par le milieu et les organismes animaux, végétaux et bactériens qui y vivent ».

La Nature n'a pas le monopole des écosystèmes. Dans la définition précédente, remplacez « écologique » par « économique » et « les organismes animaux... » par les centres de recherche, écoles et universités, entreprises. Vous aurez l'*écosystème de Grenoble*.

Au commencement fut le *milieu*, l'énergie abondante fournie par l'eau vive descendue des montagnes. Des êtres humains vinrent s'installer pour profiter de cette force, d'autres les rejoignirent. Les rôles se différencièrent mais chacun servait l'autre et l'ensemble progressait.

Grenoble.

Notons la double importance de la *géographie* et des *relations personnelles*.

Les économistes ont baptisé ce phénomène d'une expression évocatrice et pour une fois compréhensible par le commun des mortels : « l'effet machine à café ». Durant des décennies, la mode, pour ne pas dire la modernité, était aux *réseaux*. Enivré par les premiers développements d'internet, tout le monde se croyait lié à tout le monde par la magie d'un clic. Pas besoin de se rencontrer physiquement.

Ces liens demeurent, bien sûr, et les communications numériques se multiplient d'un bout à l'autre de la planète pour le plus grand bien général.

Mais le Réel s'est rappelé au bon souvenir de cette virtualité dominante. Et la géographie est ressortie toute fringante du tombeau où on l'avait rangée.

L'ensemble des études a montré que la proximité *physique* des entreprises, des pôles de recherche et des centres d'enseignement, les contacts *véritables* entre des êtres *humains* engendraient des synergies bien supérieures à celles qui naissent des courriels.

L'essor prodigieux des technologies issues de la silicone doit beaucoup au rassemblement de talents dans un même lieu de la Californie.

De même à Grenoble se développe un pôle majeur de la nouvelle chimie (verte) : la *Cellulose Valley*.

La recherche fondamentale est assurée par un établissement du CNRS, le Centre de recherches sur les macromolécules végétales (Cermav). Quatre laboratoires y étudient la chimie des glucides, le fonctionnement (fort complexe) des parois végétales, l'architecture et l'assemblage des molécules et la transformation de la biomasse.

À l'autre bout de la chaîne, une école de très haut niveau, l'INP-Pagora, forme des ingénieurs spécialisés non seulement dans le papier mais aussi dans la chimie durable et les biomatériaux.

Au cœur de cet ensemble, le Centre technique du papier multiplie les programmes de recherche pour répondre aux besoins exprimés par l'industrie. Résistant à trois des pires maladies françaises (morgue, jalousie et cloisonnement), il s'allie à toutes les compétences, nombreuses dans la région.

Trois exemples de recherches en cours.

Des emballages intelligents

Les consommateurs sont de plus en plus curieux de ce qu'ils achètent. Les emballages doivent donc fournir de plus en plus d'informations, sur des surfaces de plus en plus restreintes puisqu'il faut toujours réduire la quantité employée de papier ou de carton. Les données écrites ne suffisent pas.

Pour répondre à ce besoin, on imprime des codes que la plupart des téléphones portables peuvent lire.

Cette première étape acquise, il faut aller plus loin et donner de l'*intelligence* aux emballages, c'est-à-dire les douer de cinq capacités : perception, analyse, mémorisation, communication et connexion avec des sources d'énergie.

Pour ce faire, on unit l'électronique et la chimie, à qui l'on va demander de créer des encres fonctionnelles. En d'autres mots, on va *imprimer de l'électro-*

nique, des capteurs pour nous dire, par exemple, si la chaîne du froid a été respectée ; d'autres capteurs pour nous indiquer éventuellement des chocs ; un écran pour afficher ces données ; un microémetteur pour communiquer ; une batterie miniature ou des antennes pour capter de l'énergie...

L'emballage n'est plus un réceptacle passif, une barrière muette. C'est un agent de dialogue.

À l'exemple des cygnes ou des canards

Pour emballer, rien ne vaut le bon vieux carton : il est léger, résistant, recyclable, biodégradable... Il n'a qu'une faiblesse : sa sensibilité à l'eau et à l'humidité.

Comment accroître son niveau de barrière, c'est-à-dire son imperméabilité ?

Les Grenoblois ont observé les cygnes et les canards. Par quel miracle, quelle invention de la Nature ces oiseaux pouvaient-ils passer d'aussi longs séjours sur l'eau sans en paraître le moins du monde incommodés ?

Après analyse, il est apparu que leurs plumes étaient recouvertes de cires hydrophobes constituées d'ester, d'alcool et d'acides gras.

Si l'on parvenait à greffer ces couches protectrices sur le papier, celui-ci n'aurait plus rien à envier aux oiseaux aquatiques. On pourrait faire descendre la Seine ou la Loire à des caisses en carton, comme autant de petits navires, sans aucun dommage pour leurs contenus.

Le Centre s'est allié à la jeune entreprise BT³ Technologies. Ensemble, ils ont prouvé la possibilité du rêve.

Il ne reste plus qu'à fabriquer à grande échelle.
Vive la chromatogénie[1] !

Douceur et flushabilité

Loin de moi l'idée de critiquer notre commission
de terminologie. Pour y avoir participé, je sais comme
est difficile sa tâche de trouver un équivalent en
français des termes anglais inventés chaque jour par la
Science et la Technique. Course-poursuite épuisante…

Ainsi, étant entendu que le verbe *to flush* signifie
« tirer la chasse d'eau », que proposer pour *flushabi-
lity* ?

Faute de mieux, nous nous contenterons de
« flushabilité ». C'est la capacité que possède un
papier (toilette) de quitter docilement la cuvette des
W-C, une fois remplie sa mission hygiénique, et de
poursuivre gentiment sa route dans les tuyaux d'éva-
cuation.

Quatre producteurs de papiers hygiéniques se sont
unis pour demander au Centre technique de définir
le papier le plus « flushabile ».

Le Centre a donc créé un laboratoire *ad hoc* où,
du matin au soir, on jette différents papiers dans trois
cuvettes aux caractéristiques différentes (diamètre de
l'orifice de sortie, pente du réseau de vidange). Et
des experts mesurent le parcours de chacun de ces
papiers.

Quittons la flushabilité pour une notion baptisée
d'un plus joli nom mais pas moins complexe à définir.
Qu'est-ce que la douceur ?

---

1. C'est le nom donné par les ingénieurs à ce nouveau « traitement des surfaces ».

Question clef pour les fabricants.

Car la plupart des êtres humains préfèrent être caressés, surtout à cet endroit sensible, plutôt que râpés, écorchés, irrités.

Ils choisissent donc les mouchoirs ou les papiers hygiéniques qui offrent à leurs nez et à leurs fesses le contact le moins agressif, le plus délicat.

Un appel à « bonnes volontés » a été lancé. Neuf femmes ont répondu et sept hommes, d'âges et de statuts sociaux divers. Des gestes précis ont été définis, pour éviter les distorsions et garantir la rigueur de l'expérience. Puis les volontaires ont été conduits dans des isoloirs éclairés à la lumière verte pour limiter l'impact visuel. Et les tests ont commencé.

Très vite, il est apparu que l'impression de douceur du papier hygiénique était la synthèse de deux sensations :

— une douceur de surface : on l'évalue en promenant sur le papier la pulpe de ses doigts ;

— et une douceur de masse : on prend une feuille dans sa main. En la froissant, on peut apprécier son moelleux, sa souplesse.

Ces impressions n'étaient, pour le moment, que subjectives et variaient d'un individu à l'autre.

Des expériences anglaises n'avaient-elles pas montré que l'évaluation des échantillons était influencée par... les résultats de football. Si la veille l'équipe locale avait perdu, les hommes ressentaient moins la douceur.

Comment parvenir à une *douceur mesurable*, pour la fabriquer à grande échelle ? Sans oublier les deux autres qualités que devait avoir le papier : un bon pouvoir absorbant, pour des raisons évidentes ; et une solidité à toute épreuve (rendement et rentabilité obligent, la feuille, large de quatre mètres, sort des machines à 120 kilomètres/heure).

Le laboratoire releva le défi.

Il prouva facilement que les deux douceurs précédemment distinguées venaient de la qualité des fibres utilisées et des traitements de la surface (crêpage).

Au lieu de s'en remettre aux tests manuels, toujours incertains et aléatoires et toujours effectués en bout de course, il devenait possible d'installer des capteurs, tout au long du cycle de production. Ils permettraient de vérifier qu'à chaque étape on respectait la feuille de route vers la douceur. Ainsi fut fait.

Le directeur du laboratoire me présente les résultats avec cette assurance des enfants nous expliquant, à nous, pauvres adultes ignorants, leurs dernières découvertes.

La preuve est fournie que les incertitudes du passé ne sont plus qu'un mauvais souvenir datant d'époques préscientifiques.

Aujourd'hui, la douceur a rendu les armes.

Plus question de jouer les mystérieuses et les insaisissables. On connaît désormais ses ressorts. On sait la déclencher sur commande et pour le mieux-être de toute l'espèce humaine.

— Oui, répète le directeur. Nous avons objectivé la douceur.

*
* *

Au-delà de ces exemples, tous les efforts convergent pour donner un nouvel essor à la chimie verte.

Qu'est-ce qu'une usine à papier ?

Une raffinerie qui sépare les trois constituants principaux de la biomasse : la cellulose (40 % du poids du bois), les hémicelluloses et la lignine.

Cette dernière, devenue liqueur noire lorsqu'on l'extrait de la fibre par cuisson, est depuis longtemps valorisée comme carburant. En le brûlant, on produit de la vapeur.

Mais d'autres utilisations sont envisageables. C'est, potentiellement, une colle exceptionnelle.

Son pouvoir adhésif peut rendre de grands services dans la fabrication de panneaux isolants…

Un autre projet s'intéresse aux écorces, nœuds et souches, dédaignés par les papetiers. On y trouve des molécules aux propriétés intéressantes : elles luttent avec succès contre les bactéries et les champignons.

Le dernier rapport du Centre technique ouvre bien d'autres perspectives :

« Aujourd'hui, une automobile contient 40 à 50 kilogrammes de fibres ligno-cellulosiques dans ses garnitures de portes, isolants de capots, sièges et tissus. Bientôt, de plus en plus de dérivés du bois devraient se retrouver dans les composites des tableaux de bord ou des hayons, avec des renforts de nanofibrilles de cellulose pour en améliorer les performances. Ces nouveaux matériaux possèdent des propriétés prometteuses. […]

« La part de carbone vert devrait aussi progresser dans l'habitat avec la ouate de cellulose comme isolant. Biosourcée et renouvelable (issue du recyclage des journaux), elle préserve du froid comme les laines minérales, mais aussi de la chaleur. Reste à remplacer le sel de bore (qui rend la ouate de cellulose imputrescible et résistante au feu) par un additif d'origine naturelle. »

Je vous livre ma recette.

Chaque fois que le découragement vous prend, chaque fois que vous perdez confiance en votre vieux pays de France, rendez-vous à Grenoble.

L'avenir vous y attend.

Et le moral vous revient : nous n'avons pas à rougir devant Trois-Rivières. Nous aussi sommes bien avancés sur la piste du carbone vert.

Hommage aux artistes I

Nanterre (France)

Si, pour une raison ou pour une autre (que je ne vous demanderai pas), la lutte contre le crime vous intéresse, prenez à Paris le Réseau express régional, ligne A. Descendez à la station Nanterre-Préfecture. N'importe quel passant vous indiquera la rue dite des Trois-Fontanot, du nom des trois frères, héros de la Résistance et fusillés par les nazis (je m'étais renseigné : j'aime bien savoir chez qui je mets les pieds).

L'immeuble du 101 n'a rien de particulier, sinon qu'il est gardé par deux agents en uniforme et qu'au-dessus de la porte flotte un drapeau bleu, blanc, rouge. On peut noter aussi beaucoup de mouvement : par rapport aux bâtiments voisins, le 101 a ceci de particulier qu'on n'arrête pas d'y entrer ou d'en sortir.

Nos limiers ont la bougeotte. Constatation plutôt rassurante : vous sentiriez-vous protégé si vous appreniez que les policiers en charge de votre sécurité ne quittent jamais leurs bureaux ?

À peine ai-je présenté ma carte d'identité qu'une jeune et belle jeune femme surgit, main tendue.

— Commissaire Corinne Bertoux !

C'est elle que je souhaitais rencontrer car elle dirige l'Office central pour la répression du faux monnayage.

Mon enquête m'obligeait à aller farfouiller du côté de la délinquance. Comment fabriquer des faux billets de qualité sans un papier digne de ce nom ?

Chemin faisant, je veux dire progressant dans les étages, j'accroissais le cercle de mes relations. À chaque collègue qui pénétrait dans l'ascenseur, ma nouvelle amie la commissaire me présentait, non sans m'indiquer à l'oreille l'office auquel il appartenait (les stupéfiants, la prostitution, la délinquance financière…). Je frissonnais d'excitation. Cet immeuble est une mine. Plus tard, dans ma vie prochaine, quand je serai romancière anglaise dans le genre d'Agatha Christie ou de P. D. James, je jure que je viendrai au 101 m'abreuver d'histoires immorales.

Mais pour le moment je me concentrais sur mon sujet. Je n'allais pas être déçu.

Au 8ᵉ étage, le faux monnayage jouxte le trafic des biens culturels. Par cette proximité, l'Administration, dans sa sagesse et son souci permanent de pédagogie, a sûrement voulu montrer la parenté profonde des deux malfaisances : il s'agit toujours d'art.

Voici le commandant Jean-Louis Perrier, l'adjoint de ma commissaire. Après des études de lettres, il est entré dans la police à vingt-sept ans. C'est en France, et d'ailleurs aussi dans toute l'Europe, la mémoire incontestée du faux billet de banque.

À quel meilleur guide pouvais-je rêver ?

Son bureau est encombré de sacs-poubelle.

— Ouvrez, me dit-il. N'importe lequel.

Je plonge la main droite dans des euros, des billets de 100, à la couleur vert acide, un peu pomme, espèce granny smith.

— Ils seront brûlés demain.

— Vous êtes bien sûr ? Quel dommage !

— Oh, ils ne méritent pas mieux. Prenez-en un.

Et c'est ainsi que je reçois ma première leçon de TRI.

Premièrement, Toucher.

Le commandant a raison. Sitôt que mes doigts s'attardent un tant soit peu sur le faux, ils reconnaissent que son papier n'a pas le craquant du vrai.

Deuxièmement, Regarder.

Jean-Louis Perrier m'apprend un à un les repères cachés.

Nous jouons avec un sérieux professionnel au jeu des sept erreurs.

Quant au I de TRI, c'est Incliner. Pour qu'apparaissent les hologrammes et que les encres iridescentes donnent toute leur mesure.

Avec dédain, quasi-dégoût, il rejette le médiocre 100 euros dans le sac-poubelle. Et soupire.

— L'époque des Bojarski est bien finie.

— Pardon ?!

— Vous voulez voir un Bojarski, un vrai ?

J'acquiesce à tout hasard, ne sachant toujours pas qui est ou ce qu'est ce « Bojarski » dont il parle.

Nous quittons le bureau et ses sacs-poubelle. Dans le couloir, Jean-Louis Perrier s'approche d'une armoire vitrée et cadenassée. Il ouvre. Se saisit d'un billet qui me semble venir de la préhistoire, un Bonaparte, 100 nouveaux francs.

— Son chef-d'œuvre, murmure Perrier.

Il remet précieusement ledit chef-d'œuvre dans l'armoire vitrée.

Et raconte.

Né en Pologne le 15 novembre 1912, Czeslaw Bojarski se rêvait ingénieur. Il obtient le diplôme de l'institut polytechnique de Dantzig (Gdańsk aujourd'hui). Mais les menaces allemandes le poussent à s'engager dans l'armée de son pays où il devient vite officier. Fait prisonnier dès le début de la Seconde Guerre mondiale, il s'évade d'un camp de Hongrie, gagne la France. Dès qu'il le peut, il rejoint la 1re division polonaise.

La paix revenue, il s'installe à Vic-sur-Cère (Cantal) où il prend femme (française) et retrouve sa première vocation de technicien. Il tente sa chance comme inventeur. On lui doit un bouchon verseur, paraît-il très efficace, et un rasoir.

Hélas ces prototypes coûtent cher à produire et personne ne se présente pour en acheter les brevets.

Bojarski décide d'employer ses talents multiples à une autre industrie.

Dès 1950, la Banque de France tire la sonnette d'alarme : de faux billets de 1 000 francs circulent, du type 1945 sur fond bleu. Attention, l'imitation est presque parfaite, l'œuvre d'un artiste. Les prédécesseurs de la commissaire Bertoux et du commandant Perrier se mettent en chasse. Sans résultat. Aucune piste qui ne s'achève sur un cul-de-sac. Le créateur est aussi maître dans l'écoulement de ses œuvres.

Les autorités s'énervent. D'autant qu'en 1958, un nouveau faux billet commence à circuler, un 5 000 francs type terre et mer de toute beauté. Suivi quatre ans plus tard par un chef-d'œuvre, le 100 nouveaux francs Bonaparte.

Le 17 janvier 1964, la police se présente à la porte du petit pavillon qu'occupe désormais Czeslaw Bojarski à Montgeron, dans la banlieue Sud de Paris. Deux hommes, un Russe et un Polonais, viennent de le dénoncer.

Perquisition. Dès les premières minutes, les inspecteurs tombent sur un coffre où attendent sagement des piles de bons du Trésor. Valeur : 72 millions de (nouveaux) francs. Mais où se trouve l'atelier ? Bojarski continue de nier. « Comment voulez-vous que quelqu'un puisse fabriquer la quantité de billets dont vous parlez et d'une telle qualité dans une maison aussi modeste ? C'est une usine que vous devez chercher ! »

Enfin on découvre une trappe. Et l'installation.

Bien forcé, Bojarski passe à table.

Tranquillement, minutieusement, il explique.

Comment il a, sans l'aide de quiconque, conçu ses machines ; comment il a acheté les pièces nécessaires une à une, pour n'éveiller aucun soupçon.

Comment, pour ne dépendre de personne, il a fabriqué son propre papier selon des méthodes anciennes patiemment retrouvées.

Comment, les billets achevés, il n'a, quinze ans durant, compté que sur lui-même pour les écouler, voyageant dans la France entière mais toujours par train de nuit pour ne descendre dans aucun hôtel, et jamais ne fourguant plus d'un faux à la fois, perdu dans une liasse de vrais.

— Si vous êtes ici, messieurs, c'est que j'ai fini par faire confiance. À des amis. Les imbéciles, je veux dire, les paresseux ! D'ailleurs, c'est pareil.

Il faut dire que ses crétins de complices, le Russe et le Polonais, tout à leur hâte de l'argent, ne déposaient que des faux et dans des bureaux de poste seulement parisiens !

Bojarski prit vingt ans. On le libéra après treize, pour conduite exemplaire. Et de nouveau il s'évanouit. Personne ne sait ce qu'il est devenu.

— S'il vit encore, conclut Perrier, il doit triompher : à la dernière vente aux enchères, un Bonaparte tel que celui-ci a été adjugé à plus de 6 000 euros.

L'évocation de Bojarski avait rendu tout triste l'inspecteur. Nul besoin d'être grand psychologue pour deviner la raison de sa nostalgie. Tant bien que mal, je tentai de lui apporter du réconfort.

— Nous n'y pouvons rien, commandant. C'est l'époque qui veut ça ! Les vrais artistes n'ont plus leur place.

J'avais failli lui taper sur l'épaule. Mais je n'ai pas osé. Au dernier moment, je me suis rappelé l'endroit où je me trouvais, l'immeuble du 101, quartier général de la lutte contre les criminels.

Il m'a remercié d'un sourire.

— Comme vous avez raison ! Si vous saviez la dernière équipe que nous avons fait tomber… Des rigolos ! Ils se croient forts parce qu'ils ont un ordinateur. Mais tout est dans le papier, Erik Orsenna, vous avez raison d'y prêter tellement d'attention. Plus que les filigranes, plus que les dessins, plus que les gadgets phosphorescents, c'est le papier qui fait la différence. Des rouleaux de bon papier viennent d'être volés dans le Midi. Vous verrez que des faux de qualité vont nous revenir. Allez, bon après-midi. Et si vous passez par Naples, saluez !

Je m'étonnai :

— Pourquoi Naples, commandant ?

— Oh, malgré la concurrence de l'Europe de l'Est et de quelques Anglais, c'est toujours Naples le cœur du faux monnayage, notre capitale culturelle en somme.

*
* *

Bojarski n'est pas mort. Sa mémoire demeure. Dans le courrier arrivé suite à la parution de ce livre, j'ai reçu deux lettres… d'anciens camarades du fils de notre faussaire. Ils se souvenaient du petit pavillon de Montgeron et du bruit permanent qui venait de la cave. On leur disait qu'il avait pour cause une chaudière défectueuse. Quant à l'artiste, mes correspondants l'ont décrit comme plutôt petit, élégant et charmeur, dans le genre du chanteur Tino Rossi. D'ailleurs, parmi tous les dons reçus du Seigneur, il avait celui de la musique. Il paraît qu'il chantait fort bien, accompagné de la guitare. Avant guerre, il avait monté un trio qui faisait les belles soirées de Radio Lvov. Leur spécialité : le tango polonais.

Hommage aux artistes II

Crèvecœur (France)

L'usine se cachait. Même le GPS donnait sa langue au chat. Tantôt « tournez à gauche », tantôt « à cent mètres, prenez à droite », il nous trimballait dans tous les petits villages de Seine-et-Marne qui entourent cette localité à patronyme de fromage, Coulommiers.

Enfin, à la sortie de Jouy, je découvris une flèche blanche minuscule sur laquelle était inscrit le nom que je cherchais : Crèvecœur.

Crèvecœur ! Étrange appellation pour une fabrique de papier-monnaie : voulait-elle signifier, en hypocrite morale judéo-chrétienne, que l'argent ne fait pas le bonheur ?

En tout cas, l'usine secrète se trouvait bien là, entourée de vieux arbres et longée par la charmante rivière Grand Morin. Ce cadre on ne peut plus champêtre rendait incongrues les multiples protections entourant les bâtiments blanc et bleu : hautes grilles, barbelés à foison, sas d'entrée, panneaux d'avertissement et innombrables caméras perchées un peu partout, tels des oiseaux de proie ne perdant rien du moindre de vos mouvements.

Curieux de percer au plus vite le mystère d'une telle installation, je m'approchai de la première enceinte. Le directeur du site me retint par le bras.

Avant de me faire pénétrer dans le Saint des Saints, il voulait me montrer l'endroit où l'aventure avait commencé. Nous avons repris la voiture et roulé deux kilomètres en pleine campagne. Au bout d'un chemin des grilles s'ouvrirent.

On aurait dit une propriété de famille : au milieu d'un jardin arboré, une longue maison couverte de roses.

Résidence de fonction ? Je commençai à jalouser les cadres d'ArjoWiggins.

— Bienvenue au Marais ! Ici on a fait du papier depuis le XVIᵉ siècle. Et plus tard, au XVIIIᵉ, on a fabriqué les assignats puis les premiers billets.

La surprise m'attendait au premier étage. Donnant sur un couloir jaune, se succèdent des chambres, comme dans toutes les demeures de ce genre. Mais ces chambres sont des bureaux. En même temps que des ateliers. Des peintres et des sculpteurs, de véritables artistes, collaborent avec des informaticiens. Les premiers dessinent et gravent des visages et des motifs les plus divers. Les seconds cherchent à inventer des reproductions les plus infalsifiables.

Je repense à Fabriano, la ville italienne qui inventa les filigranes. Voici les derniers développements du même principe. Un nouveau procédé baptisé Pixel (en hommage au plus petit élément d'une image) donne des résultats stupéfiants. Les visages, entourés d'une lumière surnaturelle, semblent soudain riches d'une troisième dimension : ils sortent du papier qui les contient.

Fin de l'étape champêtre et artistique. Retour à l'usine. Dépôt des téléphones portables et des papiers d'identité. Lecture obligatoire des consignes. Avertissements divers dont celui qu'à la sortie, une procédure de contrôle aléatoire me sera appliquée comme à tous les visiteurs. Passage d'un portique, puis d'un tourniquet. Je n'ai jamais souri à autant de caméras (deux cents).

On me signale fièrement que le site est classé ERR (Établissement à régime restrictif), PS1 (Point sensible n° 1) et qu'il est « accrédité sûreté » par l'ECB.

ArjoWiggins avait dû enquêter sur ma moralité. Vous comprendrez ma fierté d'avoir été admis dans une telle forteresse, et mon soulagement (nous sommes des animaux coupables. Qui peut être sûr de soi-même ?). Ce luxe de précautions peut vous sembler grotesque. Mais savez-vous la mission hautement sensible de Crèvecœur ? Inventer puis produire les papiers qui serviront à la fabrication des billets de banque mais aussi à toutes sortes de documents risquant d'être falsifiés : passeports, visas, diplômes, Chèque-Restaurant… tickets de concerts.

En d'autres termes, Crèvecœur est l'allié de la commissaire Bertoux.

Les ingénieurs qui m'accompagnent se battent pour me présenter leurs trouvailles.

Outre les filigranes « pixellisés », ils parviennent à insérer dans la pâte des fils. Jusque-là, rien de bien neuf. Mais ces fils peuvent être continus ou ne paraître qu'à intervalles, comme des fenêtres. Certains deviennent hologrammes, et leurs couleurs changent.

D'autres sont fluorescents. À d'autres encore on peut ajouter des codes.

— Et regardez ces bandes ! On les appelle « films » car elles sont de même nature que les pellicules anciennes. À ces films on donne à volonté une dimension holographique ; on leur adjoint une ou deux lignes réfléchissantes, ou de la fluorescence.

— Venez voir ! Voici des rubans iridescents, comme ceux qui parcourent de haut en bas les pages de votre passeport.

Plus loin, je suis entraîné dans une pièce. On m'approche d'une vitrine, on ferme la lumière.

Dans une feuille, je distingue des fibres, des rubans, des planchettes, des points…

— Vous avez compris, n'est-ce pas ? Tout cela n'est visible que sous UV.

Je repense à feu l'artiste faux-monnayeur Bojarski. J'aurais tant aimé visiter Crèvecœur avec lui. J'imagine son émerveillement. Et son découragement devant tant de raffinement dans la technique de protection.

*
* *

Il souffre, le papier-monnaie, surtout les petites coupures, quand elles passent de main en main. Alors on va lui faire subir des traitements (secrets) pour l'aguerrir, pour qu'il résiste mieux aux attaques : déchirures, liquides renversés, microbes, champignons.

En ce qui concerne les chèques, j'ai assisté à ce miracle qui tient de la magie : dès qu'on tente d'en gratter la surface, sa couleur change ! Oh, le désespoir de celui qui voulait effacer un montant pour le remplacer par un autre plus intéressant.

Vous comprenez maintenant ma fureur quand on parle de mon cher papier du bout des lèvres, avec ce dédain des « modernes » pour l'ancienneté : « Ah oui, ce vieux produit… » Que ces imbéciles viennent à Trois-Rivières, Grenoble ou Crèvecœur. Ils ravaleront leur mépris. Aucun produit dans l'Histoire ne s'est, depuis deux mille deux cents ans qu'il existe, autant modifié, diversifié, enrichi.

*
* *

Mon parcours à Crèvecœur a failli mal finir. Pourtant, le directeur avait présenté dix fois son badge à des viseurs et avait ouvert autant de portes (lourdement blindées). Et nous étions parvenus dans le Fort Knox de Seine-et-Marne, la salle où sont entreposés avant livraison (hautement sécurisée) les papiers-monnaies commandés par les cent cinquante banques centrales clientes.

— Ici, le Pakistan ; plus loin, l'Ukraine et là-bas, cette pile, c'est pour la Bolivie avec des filigranes particulièrement réussis, les personnages historiques latino-américains ont de ces rouflaquettes…

À peine avais-je, comme à mon habitude, sorti carnet Rhodia et crayon que cinq agents surgirent. J'avais été dénoncé simultanément par quatre caméras. Malgré la protestation du directeur, mes notes furent inspectées. À l'évidence, on croyait y trouver des préparatifs de cambriolage. Et mon écriture ne rassurait pas les gardes.

— Vous n'allez pas me dire que vous vous y retrouvez dans ces gribouillis ? C'est un code ? De toute façon, nous avons vos coordonnées !

Ainsi quittai-je Crèvecœur, admiratif et soupçonné.

Extension du domaine de la gaieté

Torres Novas (Portugal)

Blottie dans un creux au pied d'une haute colline, il est une petite ville plus blanche et plus propre encore que ses voisines. Chaque dimanche, à la messe, elle remercie Dieu et Notre-Dame de Fatima pour le cadeau qu'ils lui ont fait : une source pure et généreuse. Torres Novas lui doit des champs toujours bien irrigués et une tradition papetière qui remonte au XVIIe siècle.

À tous les mécréants, tous les ignorants et tous les dubitatifs, c'est-à-dire à beaucoup de monde hors du Portugal, je rappelle qu'à Fatima, durant l'année 1917, la Vierge Marie, mère du Christ, est apparue six fois à trois enfants.

Torres Novas a tant de charme, les habitants vous accueillent avec tant de gentillesse et vous préparent une cuisine tellement goûteuse[1] que je serais volontiers demeuré là des mois voire des années pour y écrire une monographie fouillée. Hélas, d'autres

---

1. Je vous recommande particulièrement l'*açorda de bacalhau* (morue, œufs, pain, cerfeuil…).

belles histoires s'impatientaient. Je me devais de résumer celle-ci.

Après diverses péripéties, six familles rachètent en 1943 une vieille fabrique de papier. Elles lui redonnent dynamisme et finance. Ainsi naît la société Renova. Que préside aujourd'hui le senhor Paulo Miguel Pereira da Silva, un homme vif et de petite taille. Au premier regard, la longueur ondulée de ses cheveux surprend chez un P-DG. Mais très vite, on comprend que cet air « artiste » reflète le fond de sa personne, libre. Et ses bureaux confirment. Imaginez un grand loft, béton au sol, tuyaux apparents au plafond. Entre les tables de bois brut, un ring de boxe attend les amateurs de défoulement. Ils peuvent préférer retourner, pour une minute ou deux, en enfance. Des balançoires, au nombre de quatre, sont prévues à cet effet. Elles ont grand succès et, m'assure Paulo Miguel, sont meilleures que le tabac pour la santé.

Aux murs, des photos christiques géantes : des jeunes gens à demi nus et d'une beauté stupéfiante représentent les Béatitudes. Il paraît qu'ils et elles sont brésiliens, brésiliennes et viennent d'une favela de Rio. Photographe : François Rousseau.

Entre les Béatitudes, que viennent faire ces rouleaux de papier multicolores ?

Le senhor Pereira da Silva sourit :

— On dirait que vous avez oublié la spécialité de ma compagnie !

Et tout de go il me raconte comment lui est venue l'idée miraculeuse.

— J'avais décidé de faire connaissance avec Las Vegas. Contre toute attente, j'ai adoré. Le paradis du toc au milieu de nulle part ! Ces deux mots ont tout déclenché. Je me les répétais. « Nulle part, nulle part… » Les toilettes aussi sont des non-lieux et le papier toilette est un non-produit. Pourquoi ne pas lui donner du spectaculaire, comme Las Vegas ? Et qu'est-ce qui serait le plus spectaculaire pour du papier toilette ? En me répondant à moi-même, j'avais la réponse. Du papier hygiénique noir. Il faut surprendre et se surprendre, vous ne trouvez pas ?

Comment ne pas lui donner raison ?

— Le noir a ouvert la porte à toutes les autres couleurs. Pourquoi se priver de rouge vif, au lieu du sinistre rose pâle habituel ? Et pourquoi pas du vert ? La gaieté doit être partout, non ? Et même dans les toilettes, vous ne trouvez pas ?

— Je trouve comme vous.

De cette conviction partagée qu'il faut lutter pour étendre à tous les lieux et sans tabou le domaine de la gaieté, naquit entre Paulo Miguel et moi une immédiate amitié qui n'allait pas manquer de s'enrichir tout au long de la journée. Cet industriel est un puits de savoirs aussi divers que gourmands.

23, quai de Conti, à Paris, le dernier étage des bâtiments qui abritent les cinq Académies abrite aussi une radio de haute tenue que je ne croyais écoutée par personne.

À ma honte profonde et ma plus grande joie, j'allais être détrompé ici, au Portugal, par ce roi du papier hygiénique. Parmi les dernières émissions de ce Canal Académie, Paulo avait préféré « Comment notre cerveau perçoit-il le temps ? », avec le Pr Jean Cambier, et « Les plantes ont leurs hormones » avec Christian Dumas, de l'Académie des sciences.

Quant à Rabelais, Paulo Miguel le considère

comme le saint patron de sa corporation. Et de le déclamer comme nous retraversons le loft au ring de boxe.

« Après, dit Gargantua, je me torchai avec un couvre-chef, un oreiller, une pantoufle, une gibecière, un panier (mais quel peu agréable torche-cul !), puis avec un chapeau. Remarquez que parmi les chapeaux, les uns sont feutre rasé, d'autres à poil, d'autres de velours, d'autres de taffetas. Le meilleur d'entre tous, c'est celui à poil, car il absterge excellemment la matière fécale. Puis je me torchai avec une poule, un coq, un poulet, la peau d'un veau, un lièvre, un pigeon, un cormoran, un sac d'avocat, une cagoule, une coiffe, un leurre. »

Aucune secrétaire ne semble surprise. À Renova, on est accoutumé aux particularités du patron.

Comment savoir ce que pense Notre-Dame de Fatima de ce langage fleuri ? Et d'ailleurs quelle est son opinion véritable sur l'orientation stratégique de Renova, cette nouvelle couleur noire, l'invention de Las Vegas ?

Pour être vierge, peut-être n'est-elle pas si bégueule, après tout ?

« Mais pour conclure, je dis et je maintiens qu'il n'y a pas de meilleur torche-cul qu'un oison bien duveteux, pourvu qu'on lui tienne la tête entre les jambes. Croyez-m'en sur l'honneur, vous ressentez au trou du cul une volupté mirifique, tant à cause de la douceur de ce duvet qu'à cause de la bonne chaleur de l'oison qui se communique facilement du boyau du cul et des autres intestins jusqu'à se transmettre à la région du cœur et à celle du cerveau. Ne croyez pas que la béatitude des héros et des demi-dieux qui sont aux Champs Élysées tienne à leur asphodèle, à leur ambroisie ou à leur nectar comme disent les vieilles de par ici. Elle tient, selon mon opinion, à ce qu'ils se torchent le cul avec un oison. »

Et Paulo de conclure : pour oublier un moment les angoisses d'un chef d'entreprise, responsable de six cents personnes et chaque jour guerroyant contre la cherté croissante de la matière première, les envolées du prix de l'énergie et les cruautés, consubstantielles, de la grande distribution, rien de tel que Rabelais.

*
* *

Retour au réel, je veux dire à la science-fiction.

En chemin vers l'usine n° 2, fierté de Renova, nous avons croisé des petites créatures revêtues de gilets jaune fluo et coiffées de casques blancs.

Pour réduire les coûts, des extraterrestres avaient-ils été embauchés par Renova ?

Après enquête, il ne s'agissait que de collégiens venant apprendre sur le tas la morale du recyclage, la nécessité, aujourd'hui, de ne rien jeter, et de tout réutiliser, à commencer par les vieux papiers (la moitié de la matière première de Renova).

Cette fameuse usine est la patrie des robots. L'un d'entre eux, rouge et gris, a bien failli m'écraser. Le voyant s'avancer vers moi, je ne me méfiai pas. Je me disais que son conducteur allait finir par me voir et deviner sa route. Paulo Miguel au dernier moment m'a sauvé. Le monstre n'était guidé que par laser, lequel ne m'avait pas considéré comme un obstacle :

nouvelle preuve, s'il en était besoin, de l'irréalité d'un romancier.

Les amoureux du déclin, ces mauvais esprits chagrins qui, tel le chiendent, prolifèrent en Europe, croient notre continent condamné, irrémédiablement dépassé par l'Asie. Qu'ils viennent à Terras Novas ! Qui pourrait deviner que, dans cette toute petite ville qui semble assoupie, un peuple de robots dernier cri, seulement surveillés de loin en loin par des ingénieurs (la plupart des femmes), fabriquent à cadence accélérée deux mille sortes de papiers tous destinés à améliorer notre hygiène ?

Est-ce à dire un avenir assuré pour Renova et tous ses employés ?

Paulo Miguel accroît encore la taille de son sourire permanent, la manière chez lui, je l'ai bien deviné, de cacher avec élégance l'angoisse qui l'étreint.

— Beaucoup dépendra de l'énergie. Nous transportons par camions des produits pas chers et très volumineux. Le Portugal est loin de tout. Si le prix du gasoil s'envole, nous aurons beau écraser nos coûts de fabrication, nos produits arriveront trop cher sur les points de vente.

— Et alors ?

— Il faudra nous rapprocher des principaux points de vente.

— Ce qui veut dire ?

— Déménager l'usine.

Une fois de plus l'évidence me rattrapait : l'énergie et l'espace étaient, pour le meilleur et pour le pire, les deux versants d'une même réalité.

Il fallait craindre que Paulo Miguel ait encore besoin longtemps des émissions de Canal Académie.

Je me promis d'aller, sitôt de retour à Paris, saluer mes amis de la petite radio installée sous les combles, 23, quai de Conti. Je connais leur pudeur, ils font semblant de se moquer de l'audience, projet culturel oblige. Mais je sais qu'ils seront fiers d'apprendre la contribution qu'ils apportent à l'extension du domaine de la gaieté.

Géopolitique du papier II

Avant de finir ma route par les deux géants, Indonésie et Brésil, je voulais un tableau des rapports de force. Je rassemblai quelques données.

1) La production mondiale de pâte pour toutes les sortes de papiers s'élève chaque année à environ quatre cents millions de tonnes.

2) Les pâtes faites de fibres vierges (en immense majorité des bois mais aussi du bambou, de la paille de riz) sont issues de deux techniques de fabrication :

– chimique : la lignine est le ciment qui réunit les fibres. Pour la dissoudre, et ainsi libérer les fibres, on utilise toutes sortes de produits, dont la soude ;

– mécanique : pour séparer les fibres, on use de la force.

La plus grande partie de cette pâte de fibres vierges entre dans la fabrication de papier et de carton. Mais j'ai appris avec bonheur, moi l'amoureux du coton, qu'on se sert aussi de pâte à papier pour faire... du textile !

Qu'importe la matière, pourvu qu'on ait la fibre !

3) Beaucoup de producteurs de papier utilisent la pâte qu'ils fabriquent eux-mêmes. Mais il est des sociétés qui ne produisent que de la pâte. Ils vendent

cette pâte, dite *marchande*, à tous les papetiers du monde.

Principaux producteurs de pâte
Fibria (Brésil) Production annuelle de pâte : 5,5 millions de tonnes.
April (Indonésie) Production annuelle de pâte : 4 millions de tonnes.
Arauco (Chili) Production annuelle de pâte : 3,6 millions de tonnes.
APP (Indonésie) Production annuelle de pâte : 3 millions de tonnes.
Georgia-Pacific (Amérique du Nord) Production annuelle de pâte : 2,5 millions de tonnes.

4) Sur ce marché, l'Europe importe huit millions de tonnes (17 % de la consommation).

5) La compétitivité comparée des différentes zones dépend des espèces plantées et des conditions climatiques.

– Le rendement (mètre cube de bois pour chaque hectare) va de dix (Scandinavie) à soixante[1] (Brésil) en passant par quinze (Espagne, Portugal).

---

1. Et même soixante-dix, dans certaines plantations proches de Salvador de Bahia.

La saignée

Sumatra (Indonésie)

Escale obligée : Singapour, l'île-ville-État.

Et comme à chaque visite, la même évidence de puissance, malgré la petite taille du territoire ; la même impression de maîtrise, au cœur d'un univers particulièrement mouvant.

Autour s'affairent les pirates du détroit de Malacca, se réveillent les volcans d'Indonésie, se déchaînent les tsunamis, s'agitent les islamistes.

Singapour sans cesse analyse, réfléchit, prévoit.

Et profite.

De tout.

Chaque fois, pour tempérer mon enthousiasme, je me rappelle les faces sombres et cachées du miracle : un régime autoritaire, une police implacable, un bon million d'ouvriers étrangers entassés sans droit dans les périphéries, et taillables et corvéables à merci ; et des pratiques peu regardantes d'un paradis fiscal toujours aussi vivace malgré les promesses du G20.

Un moment, je m'indigne.

Et puis, peu à peu, malgré moi, l'admiration regagne du terrain devant tant d'intelligence, tant de vision à long terme, tant de cohérence entre les objectifs (vertigineux) et les moyens qui leur sont affectés, colossaux.

Un exemple parmi cent ?

Le traitement des eaux.

Singapour, comme bien d'autres pays, souffre à la fois et de pénurie et d'inondations.

En 2007, les autorités m'avaient expliqué leur projet pharaonique : à l'entrée de la baie dresser un barrage (géant) équipé de pompes (démesurées). Ainsi les pluies alimenteraient un réservoir dont le surplus serait rejeté. (Je simplifie.) Quatre ans plus tard, le projet est devenu réalité. Et fonctionne. Un lac est né, entouré de gratte-ciel.

Un autre exemple ?

L'excellence des universités, avec des professeurs recrutés à prix d'or dans le monde entier, telles les stars du football achetées par le Real Madrid.

Ce pays minuscule ne pouvant s'étendre dans l'espace s'installe dans l'avenir.

Que cet avenir-là – beaucoup de travail, beaucoup d'interdits et beaucoup de consommation – soit appétissant est une autre histoire.

Une seule petite heure d'avion vous emporte dans un autre monde.

L'Indonésie.

Non plus une île mais dix-sept mille.

Non plus cinq millions d'habitants mais deux cent cinquante.

Non plus la domination d'une seule communauté (chinoise), mais une myriade de peuples.

Non plus la maîtrise du développement mais une

croissance effrénée rendue possible par le dynamisme des gens et nécessaire par leur nombre.

Et un pays à ne plus négliger : la moitié de la puissance économique de l'Inde.

*
* *

En guise de prologue, petite escale à Pekanbaru, capitale de la province de Riau.

Du pétrole ayant été découvert dans les alentours, la ville se développe à vive allure. Les immeubles montent de plus en plus haut ; les voitures, de plus en plus nombreuses, avancent de plus en plus lentement, du fait des embouteillages. Et les mariages des enfants des nouveaux riches donnent prétexte à des fêtes de plus en plus somptueuses. Ce dimanche-là, une certaine Lily avait choisi de s'unir pour la vie avec un Hernando. Partout, sur les murs, les deux prénoms se répétaient, agrémentés de joyeux motifs colorés, l'ensemble fait de fleurs.

Une fois souhaité bonne chance à ce jeune couple, je décidai d'aller présenter mes respects à l'une des plus grandes usines papetières du monde, Indah Kiat, fleuron de la société APP.

Ma demande de visite officielle ayant été refusée, je pris le parti de passer par la rivière Siak. Trois millions de roupies plus tard (260 euros), je filais sur un bateau propulsé par six cents chevaux. L'eau est la première des divinités bienveillantes de l'Asie du Sud-Est. Des enfants se baignaient, des femmes lavaient le linge, des hommes pêchaient, et tous agitaient la main à notre passage… Quant aux arbres, ils dialoguaient avec le courant. Malgré la vitesse de notre hors-bord, le temps semblait suspendu, dans une absence de saisons puisque nous étions à l'équateur. La pluie se préparait ou venait de tomber.

Un gros nuage dans le ciel m'avertit que nous approchions. Il n'avait pas la couleur des ciels d'orage.

Soudain, la démesure.

Au loin, l'ogre, je veux dire l'usine fumante. Tout de suite après, la nourriture de l'ogre : des accumulations de troncs d'arbres, des tas hauts comme des collines.

Et le long de la rivière, des barges déchargeant d'autres troncs, pour éviter à l'ogre de venir à manquer. Et d'autres tas, de boîtes ceux-là : des containers pleins de pâte à papier (la production de l'ogre). Le long d'un ponton, des files de bateaux attendaient leur tour pour livrer à la planète entière.

J'avais oublié que du haut de miradors espacés tous les deux cents mètres des gardes nous guettaient.

Je voulais refaire un tour, revoir l'ensemble pour mieux me pénétrer du gigantisme de l'installation et de sa boulimie insatiable de bois.

Cette requête fut violemment rejetée par le patron de l'embarcation. Malgré mon ignorance crasse de la langue indonésienne, je compris que j'avais fait pire que dépasser les bornes : perdu la tête. Sans autre forme de procès ni protestation possible, il me débarqua sur le pont d'un ferry qui chargeait des camions pleins de... bois (vérification faite, des acacias).

À peine avais-je posé le pied à terre qu'un homme en noir s'approcha. Sécurité. Prévenu sans doute par l'un des miradors, il me rappela que toute navigation aux abords de l'usine était interdite.

Ou soumise à autorisation.

Et l'avais-je en ma possession ?

Non. « Alors, vous n'avez rien à faire ici. »

Une voiture qui repartait pour Pekanbaru voulut bien me raccompagner.

Ma route indonésienne du papier débutait.

*
* *

Comme tous les voyageurs, j'ai ma collection de routes.

Il y a les routes trop belles pour en confier le secret à quiconque. Sachez seulement que l'une se trouve au Nouveau-Mexique, vers Taos ; et que d'autres se promènent en Côtes-d'Armor (France), en Italie (vers Pienza), en Angleterre dans le Lake District...

Il y a les routes immobiles, les engluées, les championnes de l'embouteillage, dont on se demande encore comment on a réussi à s'en échapper. Record : quatre heures et demie pour rejoindre à partir du centre-ville l'aéroport de Kinshasa.

Il y a les routes les plus nombreuses : les routes meurtrières.

Dans cette catégorie, rude est la compétition. Le Caire-Alexandrie ? Rio de Janeiro-Santos ? N'importe quel trajet en Inde ? À qui donner la palme du danger ?

L'unique voie qui traverse Sumatra du Nord au Sud mérite une mention particulière. Toutes les machines à tuer y sont réunies. Chaussée piégeuse, tantôt parfaite et l'on fonce, tantôt percée et l'on plonge dans des trous. Cocktail pervers de camions fous et de sages, bien trop sages et trop lentes charrettes. Escadrons de jeunes joyeux à mobylette. Buffles inopinés. Orages soudains. Bancs de brouillard.

Le seul message réconfortant dans ce frôlement perpétuel de la mort était l'invraisemblable, presque étouffante puissance botanique. Qu'est-ce que notre pauvre petite existence humaine comparée à cette folle profusion d'herbes, de troncs et de feuilles ?

À un moment, la route, plate jusqu'ici, se mit à s'élever. On aurait dit qu'elle avait une idée derrière la tête. C'est sûr, elle voulait me montrer quelque chose d'important, un secret ou une fierté que la ligne ininterrompue de maisons m'avait empêché de voir. La montée s'achevait par un petit col. De là-haut, le point de vue me coupa le souffle. L'heure était venue pour moi de découvrir le nouveau personnage principal de Sumatra : le palmier à huile. Combien de millions étaient-ils, tous semblables, à occuper cette plaine immense ?

Mission accomplie, la route redescendait. Mine de rien, juste en passant, elle m'avait fait comprendre qui, au sein de la société des plantes, détenait désormais le pouvoir. Les autres végétaux étaient ici en sursis. Je me pris à regarder d'un autre œil, plus déférent, presque courtisan, ces dizaines et dizaines de camions qui transportaient le trésor de l'île, je veux dire les fruits de ce palmier, des sortes d'ananas, aussi bosselés mais plus gros, plus ronds, plus bruns.

Autre épisode pédagogique de la journée : l'apprentissage de l'illégalité. Pour nous délasser un peu, nous avions décidé de laisser quelques instants la voiture et d'aller marcher dans ce qui semblait un reste de forêt sauvage, miraculeusement préservé par l'invasion des palmiers précédemment décrite. Las ! Nous n'avons pas pu avancer bien longtemps. À peine engagés sur un chemin trop bien entretenu pour être honnête, nous tombâmes sur un campement sommaire. Déjà une vingtaine d'hommes nous entouraient, l'air farouche et la main trop près de leurs machettes.

Sans demander notre reste, nous rebroussâmes chemin.

— Qui était-ce ? demandai-je, une fois hors de danger.

— Des contrebandiers. De bois ou d'animaux.

— Si près de la route ?

— Il n'y a que dans les pays petits qu'on peut avoir une police efficace.

Nous avons repris l'interminable route.

Les villages et les villes se succédaient.

Puis la nuit tomba et commença la vraie roulette russe.

*
* *

Les premiers dépassements sont les plus difficiles. Chaque fois on croit mourir. Comme on survit, on philosophe, on remet son âme à qui voudra bien s'en charger. Notre seule chance c'est qu'à cette heure, de plus en plus tardive, les amateurs d'âmes doivent dormir.

Quand la voiture finit par s'arrêter, l'espérance d'arriver un jour quelque part m'avait depuis longtemps quitté.

Fièrement, Afdhal, mon guide, le représentant local du WWF, annonça :

— Rimbo Gujana, capitale mondiale de la déforestation !

Dans le Kentucky Fried Chicken trop neuf, dont nous étions les seuls clients, la démonstration du WWF fut sans appel.

Sur sept millions de tonnes de pâte à papier produites chaque année par l'Indonésie, 86 % viennent de Sumatra.

En 1988, la forêt naturelle couvrait 58 % de la surface de la grande île (vingt-cinq millions d'hectares). Aujourd'hui, elle n'en occupe plus que 29 % (douze millions d'hectares).

Contre la fenêtre un papillon géant semblait nous écouter. Il battait tant des ailes qu'il s'est blessé la droite.

*
* *

Rien à dire de l'hôtel Grand Ratu, sinon que lui aussi mérite un record homologué par le Guinness : celui de la concentration, en un même endroit, de la plus grande quantité, diversité et intensité possibles de vacarmes que quinze chambres peuvent engendrer. S'y ajoutent les sources extérieures de décibels. Situé au sommet d'une côte, c'est juste en face que les poids lourds déglingués changent de vitesse.

J'essayai toutes mes boules Quies, indispensables alliées des voyageurs. Peine perdue.

Quand le muezzin, à 4 heures, s'est mis de la partie, j'ai cru atteindre l'insupportable.

C'était mal connaître la nature de l'islam indonésien, majoritairement doux.

Loin de certaines vociférations algériennes ou marocaines, son appel à la prière avait de la tendresse et de la compassion, voire du regret de déranger.

Mes voisins, voisines en prirent de la graine et cessèrent net qui de forniquer, qui de s'asperger d'eau en gloussant, qui d'écouter à tue-tête un feuilleton télé. Jusqu'aux camions qui, soudain, se firent rares, et ceux qui passaient respectueux des oreilles locales.

Je sombrai en souriant dans le plus récupérateur des sommeils, oubliant la cité maudite dans laquelle je me trouvais.

Le jour venu, la capitale mondiale de la déforestation ressembla à ce que nous savons du Grand Ouest américain. Un Far West asiatique et moderne avec une mosquée en lieu et place de l'église, des mobylettes pour tous chevaux et des boutiques de téléphones portables plutôt que des maréchaux-ferrants.

*
* *

Maisons pimpantes de plain-pied sur des jardins bien tenus. Une voiture, quelquefois deux dans les garages. Enfants, parfois d'à peine dix ans, revenant de l'école sur des miniscooters. Troupeaux d'oies, couples de canards, chèvres à leurs piquets pour améliorer l'ordinaire…

Larges paraboles partout annonçant des équipements télévisuels de qualité.

D'où pouvait venir l'aisance de ces villages ? Les habitants profitaient-ils de la déforestation ? Notre chauffeur, Afdhal, nous fournit le secret de ce bienêtre (l'hévéa).

Ayant, pour préparer un roman, sillonné l'Amazonie des semaines durant, je connais bien ces « arbres qui pleurent », ces minces troncs gris d'où coule la gomme qui deviendra caoutchouc.

J'en avais remarqué çà et là quelques plantations mais je les croyais passés de mode, au bénéfice des palmiers à huile. Malgré le fait que leur arrivée en Asie, vers la fin des années 1870, ait ruiné Manaus et tout le Nord du Brésil, je me réjouis de les voir apporter du confort à ce peuple de Sumatra si généreux dans l'hospitalité, si souriant dans la vaillance.

Depuis une bonne heure nous avons quitté la ville de Teluk Kuantan et naviguons plus que roulons. Notre 4 × 4 plonge, escalade et nous bringuebale comme un bateau luttant contre un mauvais clapot. Quoique de nature stoïque, je finis par m'étonner de l'état désastreux de la piste.

— Par quel chemin passent les camions qui évacuent les arbres coupés ? En tout cas pas celui-ci !

En d'autres termes, ne connaissiez-vous pas une voie d'accès plus confortable ?

Insensible à mon reproche à peine voilé, Afdhal éclate de rire.

— Questionnez APP ! Depuis un mois, elle interdit sa concession à tous ceux qui ne travaillent pas pour elle.

— Nous allons donc entrer clandestinement ?

— Vous avez un autre moyen ?

— Et si je suis arrêté ?

L'homme du WWF me regarde, goguenard.

— Excellente publicité pour votre livre, non ?

Mon vieux fond légaliste d'ancien magistrat ne tient pas longtemps, vite chassé par une excitation de gamin. D'autant que notre pauvre voiture s'arrête. Une rivière nous interdit d'avancer plus loin.

Je m'étais soigneusement préparé au rendez-vous. Ce n'est pas tous les jours qu'on rencontre une vraie méchante. Surtout à notre époque où, *greenwashing* oblige, toutes les entreprises prennent soin de se peindre en vert.

Asia Pulp and Paper. APP.

Filiale du groupe Sinar Mas, propriété de la famille Wijaya, deuxième ou troisième famille la plus riche d'Indonésie.

APP : dans le secteur du papier, l'une des premières entreprises mondiales. Capacité globale de production annuelle sous toutes ses formes, de la pâte au papier hygiénique : 15 millions de tonnes. Ventes à soixante-cinq pays.

APP : en 2000, retirée des bourses de New York et Singapour, suite à certains défauts de remboursement. Nouveaux démêlés plus récents avec la justice américaine. Condamnation à verser 100 millions de dollars à l'Export-Import Bank of the United States.

APP : quelques usines en Chine. Mais principaux sites de production en Indonésie, sur l'île de Sumatra, régions du centre, Riau et Jambi. L'un des cœurs de la biodiversité animale et végétale. S'y croisent éléphants, tigres et orangs-outangs, tous en grand danger d'extinction.

Depuis vingt ans, APP déboise. Depuis 1984, elle a changé en pâte plus de un million d'hectares. Sur ces zones de plus en plus vastes ainsi défrichées, elle prétend avoir replanté. L'origine de sa pâte, dit-elle, vient donc en majorité d'arbres nouveaux. Mensonge, répondent les militants indonésiens de l'environnement. Ils campent à l'entrée des usines et inspectent les camions qui entrent. Rien de plus facile que distinguer des troncs d'eucalyptus ou d'acacias (arbres replantés) du mélange issu de la forêt Mixed Tropical Hardwood (tranches plus rouges et taille de grumes non régulière).

Résultats du dernier comptage effectué par le WWF : 70 % des troncs arrivant dans les usines d'APP pour y être broyés viennent toujours des forêts naturelles. Pourtant, APP annonce régulièrement sa promesse de ne plus se fournir qu'avec 100 % de bois issus de plantations. Cet engagement est chaque fois repoussé ; de 2004 à 2007, puis 2009, et maintenant 2015. À la vue de ses pratiques passées et de ses capacités de production, le WWF pense qu'APP ne respectera pas non plus ce nouveau serment.

Pourquoi APP préfère-t-elle déboiser plutôt que replanter ? Parce que, même si les eucalyptus et les acacias poussent vite (cinq à sept ans), on n'a pas besoin d'attendre quand on coupe des arbres déjà vieux.

APP, la seule société qui, contrairement à la grande majorité de ses concurrents, continue de nier que la déforestation soit un problème.

APP qui, en conséquence, refuse de signer tout

engagement de protéger les HCVF, les High Conservation Value Forests.

APP qui, année après année, se ferme et interdit l'entrée de ses concessions à toute personne étrangère à la compagnie… APP, auriez-vous quelque chose à cacher ?

La concession commence là, juste sur l'autre rive de la rivière. Des hommes s'approchent. Ils semblaient nous attendre. L'homme du WWF m'a préparé la surprise. Il m'explique. Ce sont des villageois, en lutte contre APP. Serrements de mains, grands sourires. Je me croirais en Amérique latine.

L'un d'entre eux semblé jouir d'une autorité particulière. J'en apprendrai plus tard la raison, non sans frissonner. On me l'a présenté ainsi :

— Pendri. Il connaît tout des conflits liés à la terre.

J'ai pris bonne note.

Ils proposent de m'emmener. L'un d'eux me montre la place arrière de sa mobylette. Sans avoir eu le temps de réfléchir, je me retrouve à rouler sur ce qui fait office de pont : quelques planches à demi pourries et tout à fait branlantes entre lesquelles je vois couler l'eau marron clair où je vais dans un instant, forcément, tomber. Et ainsi s'achèvera dans les quolibets ma carrière d'espion. À moins que je m'y noie. Et alors j'entrerai au panthéon des martyrs de l'environnement.

La gloire, hélas, n'a pas voulu de moi. Nous ne sommes pas tombés, ni dans cette rivière ni dans la dizaine de lacs de boue que nous avons traversés sur le même genre de planches.

J'ai beau prier pour qu'il regarde mieux la route,

un sentier de sable aux ravines traîtresses, mon conducteur ne cesse de se retourner vers moi. Vu mon ignorance de la langue indonésienne, et le bruit pétaradant du moteur, nos échanges sont limités et pourtant risqués. Car chaque fois que nous longeons un arbre, il commente et ponctue son appréciation. Pouce levé pour les hévéas, *good* ; pouce vers le bas pour les plantations toutes récentes d'eucalyptus, *not good* ; idem pour les acacias, *not good*. Pour ce faire, horreur, sa main droite quitte le guidon ! Et moi, je hoche la tête, répétant après lui *good* puis *not good* avec dans ma mine toute la conviction que je peux mettre.

Maintenant, il ralentit. Et s'arrête. Un lâche soulagement m'envahit, qui ne va pas durer. D'accord je suis vivant mais bien le seul à l'être. Mon ami se tient raide, sans rien dire. Et regarde.

Il n'a pas choisi le lieu par hasard. C'est là qu'il doit venir seul pour se redonner du cœur au combat. Ou pleurer.

Du sommet de cette colline, on voit tout.

L'étendue de la tragédie. La marche inexorable jusqu'au drame final.

Acte I, à nos pieds, le présent : l'horreur. Sur peut-être trois cents hectares, toute végétation a disparu. Ne reste rien qu'une plaie de terre rouge, hérissée de souches plus pâles. De loin en loin un arbre seul monte haut vers le ciel, comme un poil, obscène. J'ai vu des champs de bataille. Par exemple le chemin des Dames. Je sais reconnaître la présence de la mort. Je m'y retrouve.

Au bas de la colline dévastée doit couler de l'eau. Les assassins ont laissé subsister une étroite bande de forêt. Le rappel de l'état antérieur, avant la guerre. Sans doute que la pente était trop escarpée, l'exploitation, la coupe et le transport des troncs moins faciles...

Acte II, le futur : à perte de vue, des alignements de petites boules vertes, par dizaines de milliers, les palmiers à huile, tous semblables, un rêve de dictateur : la société des plantes, infiniment diverse et complexe, changée en une armée de l'ordre et de la similitude.

Me revient en mémoire la prophétie du poète Victor Segalen, celle que j'ai par trois fois fait prononcer par François Mitterrand, du temps qu'il présidait la France et que je rédigeais ses discours : « Le Divers décroît. Là est le grand danger terrestre, contre lequel il faudra lutter. Mourir peut-être. »

Au-delà de ce cauchemar, les hauteurs qui vers l'horizon percent la brume sont celles du parc naturel national Bukit Tigapuluk. Combien de temps résistera-t-il à l'appétit d'APP ?

À l'endroit où je me trouve, la zone est classée « corridor », c'est-à-dire protégée pour permettre aux grands animaux de passer d'un massif forestier à un autre, seule garantie de leur survie. On me donne les chiffres d'une voix neutre. Il ne resterait, sur toute l'île, que cent quarante-cinq rhinocéros et deux cent cinquante tigres. Et la population de nos cousins orangs-outangs (mots qui veulent dire « gens » ou « hommes » ou « peuples de la forêt ») a décliné de 50 % depuis vingt ans. On n'en compterait plus que 5 000.

Les villageois ont sorti des jumelles. Ils suivent, trois cents mètres plus loin, l'activité de deux bull-dozers jaunes dont les bras articulés sont prolongés de pinces. Sur le sol ils saisissent des troncs, une bonne dizaine à la fois, et les déchargent dans une sorte de traîneau où des camions viennent les cher-cher.

Les villageois deviennent de plus en plus nerveux.

— Cachez-vous ! Il ne faudrait pas qu'ils nous voient.

J'ai la bêtise de ricaner.

— Que risquons-nous ?

— Demandez à Pendri.

— Ce fut si grave ?

— Sept mois de prison. Si ça vous intéresse…

Je ne peux m'arracher de ce spectacle de désolation et de stupidité : qui réussira à me faire croire qu'on n'a pas trouvé mieux pour valoriser une forêt millé-naire que la réduire en pâte à papier hygiénique ?

C'est alors que l'un de mes accompagnateurs croit entendre un nouveau bruit. Il montre le ciel et crie :

— Hélico !

L'instant d'après, nous avons tous sauté sur nos mobylettes et, plein gaz, fuyons la ligne de front.

Pour ressortir de la concession, mes amis choisirent un autre chemin qui passait par un bois d'hévéas.

Toujours soucieux de m'instruire, ils désiraient me montrer comment, sous ces arbres-là, beaucoup de plantes prospèrent.

Et moi, tressautant sur ma selle, je retrouvais les pénombres et les senteurs de pourriture fraîche typiques de mon Amazonie.

Comment mon villageois motard aurait-il pu deviner mon émotion ?

*
* *

De la discussion qui suivit, je ne peux tout rapporter. Sachez seulement que dans ce secteur APP a reçu dix-neuf mille hectares, dont les communautés souhaitaient conserver trois mille pour leurs cultures. APP ne voulut rien lâcher, arguant qu'elle disposait d'une autorisation gouvernementale tandis que les villageois se trouvaient peut-être là depuis des décennies mais qu'ils ne pouvaient produire aucun papier prouvant leur propriété. Irrémédiable opposition, si souvent rencontrée, entre deux légitimités du droit : celle qui vient de la loi et celle qui n'a pour source que la tradition. APP multiplia les manœuvres d'intimidation pour faire déguerpir ceux qui s'accrochaient à leurs lopins. Les villageois réagirent, attaquèrent les bulldozers, brûlèrent les baraquements.

Je vais enfin apprendre l'histoire de Pendri.

C'est lors d'une de ces échauffourées qu'il fut arrêté par la police. Celle-ci prenant toujours fait et cause pour APP.

Muet jusqu'ici, Pendri prend la parole :

— Peut-être pourrez-vous m'expliquer cette chose étrange ? Notre Premier ministre a juré de s'attaquer au fléau national, la corruption. Alors, de temps à autre, des ministres ou des gouverneurs sont accusés, notamment pour des octrois irréguliers de concessions. Certains vont même en prison. Mais pourquoi aucune concession n'a-t-elle jamais été annulée ? Et pourquoi aucune société bénéficiaire n'a-t-elle jamais été inquiétée ?

Pendri sourit. Jusqu'à la fin de l'après-midi, il laissera ses camarades s'échauffer sans lui. Il ajoutera seulement, quand je prendrai congé :

— Je sais que vous êtes écrivain, à vous de raconter. Nous n'avons rien contre le papier. Mais il faut respecter la forêt. Nous continuerons de nous battre.

J'espère avoir réussi à cacher, sous la chaleur de mes remerciements pour cet accueil, mon scepticisme quant à l'issue du combat. Chères et pauvres mobylettes ! Comment leur donner plus de pouvoir ?

J'allais remonter en voiture quand un bruit de moteur s'est fait entendre. Son rythme était lent, avec des battements très nettement séparés. Je me suis souvenu de films sur le Vietnam. J'ai cru reconnaître. J'ai voulu faire mon malin, surtout devant Pendri.

— Cette fois, c'est un hélico !

Toute ma vie, je remercierai les villageois de n'avoir pas souri. Ils se sont contentés de me montrer sur la rive du fleuve, juste en amont du pont, quelques cabanes et une tente bleue. Ils m'ont juste dit deux phrases.

— Le moteur, c'est une pompe.

— Et le type là-bas, c'est un chercheur d'or.

Une dernière bêtise m'a échappé.

— Illégal ?

Mes amis ont préféré regarder ailleurs.

*
* *

Le lendemain, je me suis invité dans deux autres concessions.

Puisque l'entrée officielle nous était interdite, nous avons *emprunté* (oh, que j'aime ce mot, surtout en ces circonstances dévastatrices !) d'invraisemblables chemins.

La première concession, cinquante mille hectares, est attribuée à la société PT Wanamukti Wisesa, comme l'annoncent fièrement de grands panneaux plantés un peu partout, lettres bleues sur fond blanc. À leur place, je ne me vanterais pas. Le but de ces gens, en rasant la forêt, c'est de planter des hévéas. Le commerce des arbres qu'ils ont coupés ne les intéresse pas directement. Ceux qu'ils n'ont pas vendus à des papetiers, ils les entassent dans les creux du terrain pour les brûler. Mais le feu ne prend pas toujours. Subsistent des amoncellements de troncs noirâtres du plus sinistre effet.

Plus loin commence le domaine de PT Lestari Asri Jaya, soixante-dix mille hectares.

Ceux-là n'ont qu'une obsession : satisfaire l'appétit quotidien de l'usine géante située à cinquante kilomètres. Pour la nourrir, il faut du bois, encore et toujours du bois. Alors ils déboisent. Sans état d'âme. Parcelle après parcelle. Comme ce sont des gens précis, les limites sont nettes. Vous pouvez marcher sur la frontière.

À main gauche, la forêt primaire, le désordre, l'enchevêtrement, la succession de strates vertes, des fougères couvrant le sol aux houppiers des grands arbres, ceux qui, dans leur course à la lumière, ont gagné le droit de saluer le ciel.

À main droite, rien. Rien que du rouge, la même plaie que j'ai vue la veille, dix ou vingt ou cent hectares de terre nue à qui l'on vient d'arracher la peau.

Il y avait des animaux dans cette forêt. Ils n'ont eu d'autre choix que de fuir, juste avant que les bulldozers ne les écrasent. Le WWF a installé des caméras infrarouges permanentes pour compter les tigres. Ils étaient douze à se partager la parcelle n° 1. Disparus.

Il y a des êtres humains qui vivent là, depuis la nuit des âges. On les appelle *Orang Rimba*, le « peuple de la forêt ».

Eux aussi sont contraints de reculer. Comme les animaux, ils détalent. De semaine en semaine leur territoire se réduit.

Aujourd'hui, nous cherchons à entrer en contact avec l'un de ces groupes. Difficiles à rejoindre car ils déménagent sans cesse. Autrefois, c'était pour varier leurs domaines de chasse. De nos jours, c'est pour ne pas être balayés par les pelles géantes. Un jeune Orang Rimba m'accompagne. Lui a cédé, choisi de vivre en ville. Mais il revient chaque semaine, cinq heures de mobylette pour apporter des gâteaux et surtout des… cigarettes.

Debout sur le plateau du pick-up où je l'ai rejoint, il cherche des signes de présence. Enfin il me montre du linge à sécher. Un pantalon, une chemise, un minuscule soutien-gorge.

Il suffit de suivre le sentier. Une famille nous regarde arriver. Trois femmes, deux hommes, une dizaine d'enfants, assis sous leur tente, une bâche de plastique tendue entre des arbres. Plus loin une baraque, je veux dire quelques planches mal ajustées, doit être leur refuge quand il pleut trop.

284

Depuis trois mille, cinq mille ans, qu'y a-t-il de changé dans leur mode d'existence ? J'aime me dire cette idée fausse qu'ils sont contemporains de cette forêt. Ils la défendront, nous assurent-ils, jusqu'à la mort. Mais avec quelles armes ?

La nostalgie du bon sauvage ne m'a jamais torturé. Et l'extrême misère matérielle de ces gens serre le cœur. Pourquoi ne pas leur apporter quelques-uns des bénéfices de la modernité ? Mais ce que laisse faire ici l'Indonésie est indigne.

Une femme m'apostrophe. Elle a deux enfants dans les bras.

— Vous êtes venu par la route.

C'est l'Orang citadin qui traduit. Je confirme. J'ai le tort, le grand tort d'ajouter que cette route, toute belle, toute droite, et bien empierrée doit faciliter les communications.

Je n'oublierai jamais la colère de la femme.

L'Orang ne m'en a rapporté que des bribes.

— Cette route, maudite soit-elle ! C'est la flèche qui nous tue ! Et les camions, les soldats de la mort. Une vraie forêt n'a pas besoin de route. Toute route la saigne...

Cette route-là, cette saignée, c'est l'une des routes du papier.

600 000 hectares

Aracruz (Brésil)

Vitória.

État d'Espírito Santo.

On dit que le Minas Gerais, riche État voisin de l'intérieur des terres, aurait empêché le Saint-Esprit de construire chez lui des routes : il craignait qu'elles servent surtout à ceux qui venaient piller son or.

On dit aussi que les premiers émigrés coururent vite vers les hauteurs : ils ne supportaient pas les attaques des fourmis locales, particulièrement voraces.

Vitória.

Six cents kilomètres au Nord de Rio de Janeiro.

Mondialisation.

Loin sur la droite, au-dessus des immeubles, monte une grosse fumée blanche. L'Indien ArcelorMittal ! Peut-être la plus grosse usine de la planète, m'annonce le chauffeur. Huit millions de tonnes d'acier chaque année ! C'est le président Lula qui l'a inaugurée.

Brésil.

Plus près de nous, le long de la route, se succèdent les motels de rendez-vous. Ils rivalisent de couleurs

criardes et de noms évocateurs, dont ce sublime *Alibi*.
Et tous, ils affichent en lettres géantes une

Grande Promoção de Natal[1]
Entre 10 & 18 horas
Redução 50 %

Début décembre 2011.

Le bruit de la pluie se mêle au grondement de l'océan.

Plus il pleut, plus les habitants du Saint-Esprit sourient.

Même quand l'aéroport doit fermer, à cause des pluies trop fortes.

La bonne humeur du Saint-Esprit a une autre raison, plus récente que la pluie : le pétrole qu'on vient de découvrir au large des côtes.

Mais pour autant, personne n'oublie de saluer la pluie.

Car si les eucalyptus poussent tellement vite, dans l'État du Saint-Esprit, plus vite que n'importe où dans le monde, c'est grâce à la terre du Brésil, grâce à la chaleur du Brésil et grâce à la pluie.

Et plus l'eucalyptus pousse vite, plus le Saint-Esprit s'enrichit.

*
* *

En arrivant, avouons-le, je n'aimais pas l'eucalyptus. Je me souvenais des pages peu amènes que Gilberto Freyre lui avait consacrées.

---

1. *Natal* veut dire « Noël » en portugais.

Dans *Terres du sucre*, publié en 1936, il analyse les ravages causés par la monoculture de la canne sur le Nord-Est brésilien[1].

Il déplore, notamment, la déforestation et, presque aussi dommageable, le remplacement de beaux arbres natifs par des espèces importées, au premier rang desquelles l'eucalyptus australien.

« Si l'oiseau du Nord-Est ne peut se réfugier sur l'eucalyptus, ni faire son nid dans cet arbre maigre et avide qui suce tant la terre et donne si peu d'ombre à l'homme, si peu d'abri à l'animal, sa dissémination dans les parcs et même en forêts entières représente donc un péril pour la vie non seulement végétale mais encore animale et humaine de la région. Car de ces oiseaux, sacrifiés au triomphe sans cesse croissant de l'eucalyptus, dépend la santé de nombreuses plantes utiles à l'homme et à l'économie de la région et que les oiseaux défendent mieux que tous les agronomes des chenilles et des vers nuisibles. Ainsi l'ani ou le piauhau de Cayenne, par exemple, dont on ne saurait trop mettre en valeur l'action prophylactique.

« Quel avantage offre [...] l'eucalyptus ? Il croît rapidement [...]. »

Et pourtant je me rappelais la déforestation indonésienne. Ne valait-il pas mieux planter, me disais-je, même des eucalyptus, qu'assassiner des forêts primaires ? Bref, j'attendais de voir. Car j'aime voir. J'ai vu.

---

1. Gilberto Freyre, *Terres du sucre*, traduit du portugais par Jean Orecchioni, Gallimard, 1956.

Il était une fois, dans les années 1960, 1970, un Norvégien nommé Erling Sven Lorentzen. Cet homme du Nord s'était pris de passion pour ce pays du Sud déjà riche en potentiel mais qui tardait à démarrer : le Brésil.

Lorentzen était d'abord un entrepreneur. Je veux dire quelqu'un hanté par une vision comme beaucoup d'entre nous, mais lui la change en réalité.

Au centre de sa vision était un arbre, l'eucalyptus. Lequel n'était pas un inconnu au Brésil. On l'avait fait venir de sa terre d'origine, l'Australie, quand il avait fallu fabriquer en grande quantité des traverses pour les chemins de fer et des poteaux pour le soutènement des mines.

Lorentzen avait pour l'eucalyptus une autre ambition, plus noble. Sans doute trouvait-il une ressemblance entre cet arbre, qui pousse vite, et le Brésil, quand il daignerait se réveiller.

Un jour de 1967, Lorentzen réunit ses proches :

— Voici, leur dit-il, ce que nous allons faire.

1) une plantation géante d'eucalyptus ;

2) l'usine la plus grande du monde, alimentée par ces eucalyptus ;

3) un port à nous pour exporter notre production dans le monde entier sans être dérangé par personne.

— Mais justement, demanda l'un des proches, qu'allons-nous produire ?

— De la pâte à papier. On en réclame partout. Or tous les arbres du Nord croissent trop lentement pour répondre à la demande.

Dans la foulée, une société est créée. On l'appelle Aracruz, du nom de la ville voisine.

Suivent des années de préparation méticuleuse et… de voyages en Australie, terre natale de l'eucalyptus. Il s'agit de choisir les espèces les plus adaptées au Brésil et au papier.

On commence à planter en 1967.

La première usine ouvre en 1978.

Succès, croissance.

Surmontant épreuves et aléas, Aracruz poursuit son développement.

Jusqu'en 2008, où elle manque mourir. Non par la faute de la crise mondiale mais d'un certain directeur financier. Il s'était cru malin en jouant sur le marché des changes avec les liquidités de l'entreprise.

Votorantim, un groupe puissant, rachète Aracruz. Il produit du ciment, des jus de fruits… La société s'appelle désormais Fibria.

Pour éviter le terrible gâchis de la faillite, la Banque d'État BNDES entre au capital. Et l'essor reprend.

De cette saga agro-industrielle, l'une des plus brillantes du Brésil, la vedette n'est pas l'usine.

Et pourtant, elle est aujourd'hui, comme annoncé par Lorentzen, la première du monde. À deux kilomètres de la mer, ses montagnes de troncs en attente, ses autres montagnes de copeaux, ses tours, ses cheminées, ses hangars, ses tubulures et ses bassins de décantation occupent quatre-vingt-seize hectares. Pour produire chaque année deux millions trois cent mille tonnes de pâte, elle doit avaler chaque jour vingt-trois mille mètres cubes de bois.

Le personnage clé n'est pas non plus le port.

Pourtant, chaque année, près de trois cents très gros bateaux viennent y charger des milliers de cubes blanchâtres, la pâte à papier. Ils vont la livrer à qui la demande : d'abord l'Europe (40 %) puis l'Asie et l'Amérique du Nord. Sur beaucoup de ces cubes, vous remarquerez une sorte de dessin d'enfant : un perroquet orange. On vous expliquera qu'il est à l'usage des dockers chinois, peu connaisseurs de notre alphabet. L'oiseau bavard leur indique de quelle société vient l'arrivage.

Mondialisation.

Le port reçoit aussi la visite régulière de barges (immenses). Poussées par des remorqueurs tout ronds, tout verts et tout mignons, elles viennent du Nord (État de Bahia), leurs flancs pleins de bois, pour répondre à l'appétit gargantuesque de l'usine.

On me fait remarquer qu'une seule barge remplace cent dix camions.

Vive la logistique amie de l'environnement ! Vive le transport maritime !

Usine et port, on ne peut qu'être fasciné devant tant de gigantisme ; et admiratif devant une telle cohérence de l'entièreté du projet.

Mais ne nous y trompons pas.

Le premier rôle de Fibria est tenu par un arbre. Une tige haute et frêle, tantôt grise, tantôt rougeâtre, à peine pourvue de feuilles. En résumé, un végétal qui ne paie pas de mine.

L'eucalyptus.

Pour lui on est aux petits soins. On ne sait pas quoi faire pour lui faciliter la vie. On le chouchoute, on le protège. On répond dans la seconde à ses moindres caprices.

On l'entoure comme sur un plateau de cinéma la star.

La star qu'il est.

C'est sur lui que repose le film.

*
* *

Rendez-vous à la nurserie (dix-sept hectares).

— Pourquoi si grande ?

Le directeur s'amuse de ma question.

— Dans cette seule région, Fibria plante, chaque année, soixante millions d'arbres.

À perte de vue, je vois des tables sur lesquelles sont penchées des femmes. Elles portent toutes un uniforme vert pâle. Quelle est leur tâche ?

Le directeur me conseille de patienter.

— Je vous préviens tout de suite : ni la conception des eucalyptus ni leur naissance ne ressemblent à celles de l'espèce humaine. Et le terme technique n'a rien de poétique : *propagation végétative*.

Il m'entraîne vers un hangar que je n'avais pas remarqué.

Les tables ici sont remplacées par des bacs de béton. Y poussent des plantes toutes petites mais déjà bien formées et qui me semblent toutes pareilles.

— Vous avez raison : ce sont des clones. Observez le travail des femmes.

Je me rapproche.

Sur chacun de ces eucalyptus miniatures, elles prélèvent délicatement une branche d'une dizaine de

292

centimètres. Il faut qu'elle ait une feuille. Elle est glissée dans un sac.

Je pense au Japon.

— On dirait des bonsaïs. Ces eucalyptus ne grandissent jamais ?

— Chaque jour, ils donnent une branche. On les appelle des eucalyptus matrices.

Triste mais généreux destin !

— Vous avez compris que la branche coupée possède le même patrimoine génétique que la plante dont elle vient. C'est un clone. De même que sont des clones toutes les branches qui viennent de ce hangar.

— Et les autres hangars ?

— D'autres clones ! Nous en avons huit.

— Quelle diversité dans le clonage !

— Vous ne croyez pas si bien dire. Pour éviter la dispersion d'éventuelles maladies, nous varions les clones de parcelle à parcelle.

Revenons à la branchette, d'environ dix centimètres. On la plante dans un tube en plastique où l'attend un mélange choisi avec soin : écorces de riz, fragments de noix de coco et quelques autres compléments nutritifs.

Le bébé eucalyptus adore. D'ailleurs, il prouve son contentement en grandissant vite.

— Tout doux, lui répètent les puéricultrices. Une chose est de vivre en tube. Une autre est d'affronter les rigueurs de la forêt.

Peu à peu, elles protègent moins l'enfant, elles l'affrontent à la lumière, elles lui rognent les racines.

Au bout de quatre-vingt-dix jours, bye-bye.

Pas de Tanguy chez les eucalyptus, pas d'enfants qui s'éternisent chez papa-maman.

Des camions viennent chercher la pousse, déjà haute d'une bonne trentaine de centimètres. Direction la parcelle à replanter.

J'apprendrai plus tard que cette formidable aventure brésilienne a débuté en Afrique, vingt ans plus tôt. C'est à Pointe-Noire (Corgo) que furent menées les premières expériences de clonage à grande échelle. Des agronomes français étaient à la manœuvre, à commencer par Bernard Martin.

*
* *

— Le saviez-vous ? me dit le directeur. Notre nurserie ne s'occupe pas que d'eucalyptus !

Et avec le sourire faussement modeste de qui se voit contraint d'avouer une bonne action, il m'explique le rôle de Fibria dans la défense de la forêt « native ».

— D'ailleurs, nous y sommes contraints par la loi. Interdiction de planter nos arbres dans certaines zones protégées, par exemple le sommet des collines, les berges des rivières… Et obligation de régénérer des zones équivalentes au cinquième de nos plantations.

Je me perds un peu dans ces complexités administratives mais je hoche la tête pour manifester mon approbation. D'autant que, je le vérifierai plus tard, ces règles semblent ici plutôt respectées. Y aurait-il deux Brésils ? Celui de l'Esprit saint où on respecte la forêt ? Et celui de l'Amazonie où on la ravage ? Je reviens vers le directeur :

— Quelle est, dans cette noble croisade pour la *forêt native*, l'apport de la nurserie ?

— Comme pour les eucalyptus. Nous fabriquons les clones qui serviront à la *régénération*, des clones de... quatre-vingt-cinq espèces ! Regardez.

Je m'accroupis devant un arbuste. Je lis l'étiquette.

Pau Brasil, caesalpinia echinata, l'espèce au bois rouge qui a donné son nom au pays.

*
* *

Prenant la route pour les plantations, je craignais le pire, à commencer par la blessure du paysage.

Pour reprendre la belle expression suisse, reflet d'un sage scepticisme, j'ai été déçu en mieux.

D'accord, il vaut mieux aimer les eucalyptus et particulièrement deux espèces parmi les six cents du genre : *grandis* et *urophylla*. Mais les parcelles étant plutôt modestes (jamais plus de vingt hectares) et le renouvellement rapide, l'œil ne s'ennuie pas. Il n'a pas devant lui, jusqu'à l'horizon, les mornes plaines de la monoculture. Il se promène d'un âge à l'autre de l'arbre. Sur un champ qui vient d'être *récolté*, c'est le terme, voici les enfants, fraîchement plantés, de notre nurserie.

Hauteur : un mètre.

De l'autre côté de la route, des adultes : ils n'ont que cinq ans et mesurent déjà vingt-cinq mètres. Plus loin, dix hectares d'adolescents : deux ans, douze mètres...

Entre les parcelles plantées s'étendent les réserves de forêt native : une bonne partie de l'espace, comme le veut la loi.

Bref, le regard se promène sans malaise et pour tout dire trouve plaisir à cette diversité particulière. J'imagine qu'un Brésilien visitant l'Île-de-France s'indignerait de la monotonie beauceronne.

*
* *

— Pourquoi tant d'agressivité envers l'eucalyptus ?

Luiz Geraldo se désole. Sur ses jeunes épaules repose la responsabilité de décrocher le fameux label FSC. Avec obstination et gentillesse, il va tout mettre en œuvre pour me faire changer d'avis.

Première leçon d'amour.

Contrairement aux légendes, l'eucalyptus est sociable par nature. Il apprécie la compagnie des autres plantes et d'ailleurs s'en nourrit.

Depuis une bonne heure nous marchons, enfoncés jusqu'aux chevilles dans de la terre rouge. Entre les pousses de très jeunes arbres on a planté du maïs, du manioc et des haricots. Ce petit monde paraît s'entendre à merveille et croître allègrement. Si je prête une telle attention à cet écosystème, c'est d'abord pour ne pas glisser. Quelles que soient mes raisons, Luiz apprécie mon attitude. Bon point pour moi.

Toutes les dix minutes, une averse nous trempe. Étant donné que je me suis présenté comme Breton, c'est-à-dire ami de la pluie, il ne s'inquiète pas pour moi. Il ne sait pas trop ce qu'est un Breton ni la relation privilégiée qu'il entretient avec les précipitations mais il a hoché la tête. Nouveau bon point.

J'aimerais dire à mon professeur d'amour que nous pourrions peut-être passer à la leçon suivante. Je jure être convaincu de la sociabilité de l'eucalyptus. Mais Luiz n'a pas fini.

— Ces plantations vivrières sont effectuées par les communautés indigènes voisines.

— Si j'ai bien compris, Fibria est aussi sociable que l'eucalyptus !

Le grand sourire de Luiz me récompense. Et me délivre. L'heure de la récré a sonné. Nous revenons vers la voiture. Je ne sais pourquoi, je me sens grandi. Se pourrait-il que, sous l'influence de l'eucalyptus, je dépasse enfin mon misérable mètre soixante-treize ? Vérification faite, ce n'est que la terre du Brésil accumulée sous mes semelles.

Leçon n° 1 bis.

En chemin pour la suite de mes aventures éducatives, Luiz me montre des boîtes vertes et bleues posées entre les arbres.

— Vous devinez ?

— Des ruches.

— Bravo. D'ores et déjà quatre-vingt-dix tonnes chaque année. Vous imaginez le revenu qu'en tirent les indigènes ? Ensemble nous ferons mieux. Les États-Unis adorent le parfum.

On m'avait parlé du conflit qui, dix années durant, avait opposé à Fibria les communautés indigènes. Elles occupaient depuis des temps immémoriaux une partie des immenses territoires dont l'usine avait besoin pour recevoir sa ration quotidienne de bois.

Les discussions s'étaient tendues jusqu'à des affrontements violents.

Le gouvernement était intervenu.

Fibria avait fini par céder onze mille hectares.

Sitôt signée la paix des braves, la coopération pouvait commencer.

Je venais d'en voir quelques exemples avec ces plantations intercalaires.

D'autres se développent (projets éducatifs, sanitaires, appuis agronomiques…).

Alors je repense aux deux seuls événements qui ont failli tuer une entreprise de cette puissance :

– une folie financière, caricature de l'avidité moderne ;

– et la bataille pour les terres, une guerre aussi vieille que l'espèce humaine.

*
* *

Leçon d'amour n° 2.

— Non, l'eucalyptus n'est pas l'assoiffeur qu'on croit.

Sachant que j'avais écrit sur le sujet de l'eau, Luiz m'avait réservé de l'évident, de l'irréfutable, la preuve définitive que de ce chef d'accusation aussi son arbre préféré devait être lavé.

— Regardez.

Sous un eucalyptus adulte on avait creusé une fosse.

— Allez, descendez !

Je posai précautionneusement mon pied sur le premier barreau d'une échelle de bambou.

— N'ayez pas peur !

J'accélérai le rythme. Il en allait de la réputation de la France.

— Alors ?

— Les racines…

— Justement, les racines.

— Je ne les voyais pas si courtes.

— Deux mètres cinquante en moyenne.

— Il vaut mieux que le vent ne souffle pas trop fort.

— Ce n'est pas ce que je voulais vous faire comprendre !

Au-dessus de moi, la voix du gentil Luiz perdait son calme.

— La nappe phréatique est à quinze mètres. Comment des racines aussi courtes, comme vous dites, pourraient-elles aller y pomper ? Allez, vous pouvez remonter !

De retour à la surface, vous pensez bien que je m'apprêtais à discuter. Je n'en eus pas le loisir. Déjà mon professeur d'eucalyptusologie m'entraînait vers les étapes suivantes de mon initiation.

*
* *

Leçon n° 3.

— Devinez-vous l'occupation de cet homme, au sommet de ce mât ?

Je levai les yeux vers le ciel.

Largement au-dessus de la cime des arbres, c'est-à-dire à trente ou trente-cinq mètres du sol, je distinguai une cabine habitée d'une silhouette.

— Vous voulez monter ?

J'ai le vertige, je frissonne d'horreur.

Luiz sourit.

— Je m'en doutais. Cet alpiniste est un savant. Il mesure l'évapotranspiration. Je vous communiquerai le résultat des études. Elles établissent que l'eucalyptus ne consomme pas plus d'eau que les autres espèces. Et quand la pluie tombe sur une plantation, une plus grande quantité atteint le sol que dans une forêt native où la canopée en retient une forte quantité. Et d'ailleurs savez-vous que pour produire 1 kilogramme de bois, l'eucalyptus consomme 0,43 mètre cube d'eau ? Contre 1 mètre cube pour 1 kilo de maïs, 1,65 pour le soja, 3,5 pour le poulet, 15 pour le bœuf…

Personne n'aurait pu arrêter sa plaidoirie.

Et moi, d'épuisement, j'étais prêt à signer ma reddition totale et sans condition.

Oui, je me repentais !

Oui, je reconnaissais en l'eucalyptus le plus productif en même temps que le plus respectueux des arbres.

Oui, je m'engageais à désormais défendre *urbi et orbi* sa cause contre tous ses ennemis, ces porteurs de scandaleuses faussetés !

J'avais souhaité passer un peu de temps au milieu de mes nouveaux amis.

Nous partîmes nous promener.

Moi qui aime les lignes, j'étais servi : les longues enfilades horizontales, ces corridors d'arbres, s'entrecroisaient avec les hautes envolées des troncs.

Les feuilles sèches craquaient sous nos pas. Luiz marchait devant, soi-disant pour effrayer les serpents.

Je jouais l'effroi pour lui faire plaisir. Mais il ne me semblait pas y avoir beaucoup de vie sous mes pieds, en tout cas presque pas de plantes, et j'avais beau tendre l'oreille, rares étaient les chants d'oiseaux.

Pauvre Luiz ! Comment lui faire part de ma déception sans le fâcher ? Mais il voyait bien mon manque d'enthousiasme.

En bon pédagogue qui sait tout le poids des résumés et des conclusions, il attendit pour me répondre le dernier dîner.

— Je sais, j'ai échoué : vous continuez à croire que l'eucalyptus appauvrit le sol. J'ai à votre disposition toutes les études qui concluent l'inverse. Mais les croirez-vous ? Alors j'en appelle à votre bon sens. Depuis Descartes tout le monde sait que les Français ont de la raison. Mais du bon sens ? Nous avons planté nos premiers arbres en 1967. Aujourd'hui, nous avons donc accompli sept cycles entiers. Par quel mystère nos rendements ne cesseraient de croître si nos arbres étaient tellement malfaisants pour la terre ? *Bom Viagem !*

Et je me suis retrouvé seul avec mon supposé bon sens pour seul compagnon.

Le lendemain, je recevais de Luiz le courrier suivant :

« Après vérification, voici le nombre des espèces d'oiseaux présentes sur nos terres dans la seule région d'Aracruz : 559. Bien à vous. »

Décidément, le jeune homme ne lâchait rien.

Avouons-le : Fibria m'avait impressionné.

J'avais rarement visité une entreprise aussi *complète*, mettant une même énergie, une même application pour contrôler l'entièreté de sa chaîne de production, y compris les interactions environnementales et sociales.

Je sais. À chaque voyage au Brésil, c'est pareil. J'admire. J'admire cet élan joyeux d'un pays tout entier. Et chaque fois, je souffre. Il faut dire qu'elle fait de plus en plus mal, la comparaison avec notre égrotante Europe.

Je sais, je sais, cette course folle au développement est payée de violences. Comme en Chine. Beaucoup moins qu'en Chine.

Durant mon séjour, le Sénat de la République discutait d'une réforme du Code forestier.

Le débat faisait rage entre *ambientalistas* et *ruralistas*, lesquels ne s'étaient pas privés de financer grassement les campagnes de parlementaires amis.

Il ne me restait plus qu'à entendre d'autres sons de cloches. Pour me faire une opinion valable. Et pour tempérer cette passion quelque peu enfantine pour le pays de Lula.

Je pris contact avec la section brésilienne du WWF.

Sur le nouveau Code forestier, les militants ne décoléraient pas. Non seulement on allait amnistier toutes les déforestations illégales, autant de promesses d'impunités pour les exactions futures. Mais cette réforme allait diminuer les zones protégées d'une surface égale à celle de l'Allemagne, de l'Italie et de l'Autriche : soixante-quinze millions d'hectares.

Le sourire des militants brésiliens revint quand j'évoquai Fibria. Mon impression ne m'avait pas trompé. Dans l'ensemble, cette société suivait de bonnes pratiques. Les violences passées n'étaient plus qu'un mauvais souvenir. Son efficience économique s'accompagnait aujourd'hui d'un vrai respect de l'environnement naturel et social. D'ailleurs, Fibria s'impliquait activement dans le New Generation Plantations Project. Ce programme, lancé par WWF, était en train de prouver qu'on pouvait bien gérer des forêts plantées sans agresser le milieu.

Quant aux eucalyptus *grandis* et *urophylla*, méritaient-ils tant d'amour ?

Hommage à l'eucalyptus
ou le catalogue des idées reçues

J'aime Nancy.

Pour l'ordre de sa place Stanislas et pour la liberté des fontaines qui l'entourent (gloire à Dieudonné-Barthélemy Guibal, sculpteur !).

Pour son école d'Art nouveau, qui invite la botanique dans l'architecture.

Pour Françoise, la femme du maire, qui reçoit comme personne les écrivains.

Et pour son savoir, hélas trop méconnu, des eucalyptus.

Car l'Institut national de la recherche agronomique a choisi la capitale de la Lorraine pour y installer l'un de ses centres les plus dynamiques, réputé dans le monde entier.

Voici Jacques Ranger[1], pédologue, en d'autres termes savant des sols.

Voici Laurent Saint-André, agronome au Cirad[2], savant des forêts (et très bientôt père pour la troisième

---

1. Inra.
2. Centre de coopération internationale en recherche agronomique pour le développement.

304

fois ; il m'a présenté ses excuses : « Je laisse mon téléphone ouvert »).

— Alors, messieurs, première question, premier
chef d'accusation : l'eucalyptus épuise-t-il les sols ?

— Billevesées ! Les sols tropicaux, où il pousse
principalement, sont parmi les plus pauvres de la planète. Cet arbre a besoin de nourriture, comme tous
les arbres, comme toutes les plantes, comme tous les
êtres vivants. Donc il va chercher ce dont il a besoin.
Mais au bout de deux ans, il arrête de s'approvisionner. Une machine s'est mise en marche. Notre ami,
car c'est un ami, a le génie du recyclage. Par un premier circuit, il recycle des nutriments, des organes
âgés vers ceux qui continuent à se développer. Puis
il recycle par ses feuilles. Une fois tombées puis
décomposées, elles vont rendre au sol presque autant
qu'il a donné. Au Congo, nous avons comparé plantations d'arbres et savane : le stock de matière orga-
nique dans la litière et l'humus est largement
supérieur dans les zones plantées d'eucalyptus[1].

Mes deux savants se moquaient de moi.

— Les Brésiliens se vantent de leur rendement. Il
ne faut pas seulement remercier le sol, ni l'amélioration des espèces. Ils ne vous ont pas parlé d'engrais ?
Non ? Pourtant, ils ne s'en privent pas. Et comment
le pourraient-ils ? Le sol est si pauvre. Mais comme
grimpe le coût de ces petites poudres, ils réfléchissent.
Et nous aussi. La parade est simple : planter entre les

---

1. Ils ont beaucoup travaillé à Pointe-Noire (Congo Brazza-
ville). Depuis 1978, 42 000 hectares ont été plantés. Un formidable champ de recherches… dont les Brésiliens ont tiré bien plus
de profit que les Africains.

eucalyptus des acacias. Ces arbres-là fixent l'azote de l'air.

J'écoutais, avec toute l'attention dont je suis capable. Enfant, il m'arrivait de m'évanouir à trop vouloir comprendre. Je perdais soudain contact avec tout ce qui n'était pas le récit.

Je serais resté des heures en leur compagnie.

Mais je pensais toujours au téléphone du futur père. Jusqu'à présent, il n'avait pas sonné. Ce n'était pas une raison pour laisser trop longtemps seule la future maman.

Je posai une ultime question : l'eau, mon sujet favori. L'eucalyptus en est-il aussi glouton qu'on le dit ?

Nouvelle gaieté de mes savants. Ils se désolèrent de devoir se répéter.

— Ce besoin d'eau est de même nature que le besoin de nutriments. Pour produire beaucoup de bois, l'arbre doit boire beaucoup d'eau. Proportionnellement à la quantité de matière fournie, le chêne de nos campagnes n'en consomme pas plus. Votre enquête a dû vous convaincre que, contrairement à l'opinion la plus répandue et en même temps la plus fausse, notre planète voulait toujours plus de papier ?

Je hochai la tête.

— Ce qui veut dire toujours plus de bois. Je ne sais pas pour vous, mais moi je préfère beaucoup de plantation à beaucoup de déforestation.

Jacques Ranger m'a donné la conclusion.

— Bien sûr, on ne peut pas installer des eucalyptus partout. L'Afrique du Sud l'a appris à ses dépens. Bien sûr, il faut enrichir le sol qui l'accueille. Bien sûr, il faut prendre soin du paysage, ne planter à la fois que des surfaces peu étendues, gérer l'espace en mosaïque et non ravager la terre jusqu'à l'horizon. Mais le plus souvent, on a condamné notre arbre à tort. Il a servi de bouc émissaire à d'incompréhensibles hantises, on l'a écrasé de toutes les idées fausses possibles. Tout compte fait...

Le savant m'a regardé avec un doux sourire.

— Tout compte fait, croyez-nous, c'est une plante gentille.

Hommage aux plieurs

J'avais commencé mon voyage par l'Asie. Je voulais le finir par elle. Car, je ne sais pourquoi, les plus belles histoires sont *rondes*, celles qui nous emportent le plus loin pour revenir nous toucher au plus profond du cœur. Et l'histoire de Sadako, la petite fille d'Hiroshima, m'avait suffisamment ému pour que j'aie envie d'en savoir plus sur les origamistes, celles et ceux qui s'adonnent à l'art de plier.

J'appris d'abord que le mot venait du japonais : *oru* veut dire « plier » et *kami*, « papier ».

J'appris ensuite qu'il existait un Mouvement français des plieurs de papier, créé en 1978 par un certain Jean-Claude Correia, diplômé de l'École nationale supérieure des arts décoratifs.

Je pris contact (01 43 43 01 69).

Rendez-vous fut décidé.

Alain Georgeot s'est présenté.

Il était accompagné d'Aurèle Duda.

Deux êtres parmi les plus poétiques que j'aie jamais rencontrés.

Le premier, récent retraité de la Monnaie de Paris. Le second, jeune et brillant artiste.

Le temps de m'offrir leurs cadeaux (un Père Noël et un éléphant, tous deux nés de pliures savantes, le gros animal à partir d'un ticket de métro), ils m'entraînèrent dans un univers où Lewis Carroll (lui-même plieur) se serait senti bien.

Le pli est signe de vie : quand la Terre se réveilla, il y eut des vallées, il y eut des montagnes, et l'espace s'agrandit.

Le pli est philosophique. À tous les amateurs de textes difficiles, je conseille de lire Gilles Deleuze quand il commente Leibniz.

Plier, c'est pédagogique. Connaissez-vous Friedrich Fröbel (1782-1852), grand inventeur des méthodes éducatives et notamment des jardins d'enfants ? Il prône le pliage chez les tout-petits pour les initier à la géométrie. Car plier est aussi une activité mathématique. Nombreux sont les maîtres de cette discipline qui se délectent de l'enchaînement des formes et, ce faisant, explorent aussi bien le sensible que le virtuel.

Plier, c'est certes une occupation ludique et récréative mais qui peut se révéler utile à toutes sortes d'activités « sérieuses ». De temps à autre, on organise un championnat du monde des avions de papier. Les ingénieurs de Boeing et d'Airbus s'invitent à la fête, et souvent font des trouvailles. Il s'en serviront pour améliorer la portance des appareils *réels*.

Plier, c'est parler une langue universelle, une sorte de solfège ou d'espéranto. Pas besoin de mots, les schémas suffisent.

Plier, c'est moral. Un exercice spirituel. Il faut respecter une à une, avec la plus extrême précision, les étapes de la réalisation, et Dieu sait si elles sont nombreuses pour, à partir d'une simple feuille de papier, réussir à créer, sans collage ni aucun apport extérieur, un taureau, une rose, Don Quichotte ou un autoportrait.

Plier s'apparente à la danse, une danse qu'on danserait avec le bout des doigts. Plier ressemble aussi à la musique car chaque figure engendre une autre figure qui à son tour se métamorphose.

Plier, enfin et surtout, c'est de l'art. Comme je vous plains d'avoir manqué, au musée du Papier à Tokyo, l'exposition consacrée à Akira Yoshizawa (1911-2005) ! Vous vous seriez vingt fois émerveillé, par exemple devant ces trente œuvres miniatures, chacune représentant une espèce de chien : caniche, setter, bichon, bulldog... Prodige d'observation, mystère dans la réalisation.

Alain et Aurèle, mes nouveaux amis, ont confirmé : M. Yoshizawa était le maître des maîtres.

Pour les remercier de leur leçon, je leur ai fait visiter l'Académie, notre salle de travail, la bibliothèque Mazarine.

Comme nous empruntions le porche qui donne sur le quai de Conti, j'entendis quelqu'un m'appeler. C'était Françoise Gaussin, la charmante dame chargée de l'accueil.

— Monsieur Orsenna, monsieur Orsenna ! Je viens de recevoir un pli pour vous !

Un marchand de couleurs

Paris (France)

Pour se sentir revenu, de nouveau parisien, rien ne vaut une flânerie le long de la Seine. Point du tout rancunière de vos absences, la ville vous accueille comme un enfant prodigue. Et certaine de son charme vous demande en souriant : « Quel besoin de partir ? As-tu rencontré sur la Terre un endroit plus beau qu'ici, entre Notre-Dame et la Concorde ? »

Gustave Sennelier était chimiste. Passionné par les couleurs, il décide d'en fabriquer.

Sur la rive gauche, il ouvre en 1887 un magasin qui devient vite le rendez-vous des artistes.

L'adresse n'a pas changé, ni la fréquentation. Poussez la porte du 3, quai Voltaire. Frayez-vous un chemin parmi les peintres de tous âges et nationalités venus s'approvisionner. Pourquoi tellement de Japonaises ?

Montez au premier étage.

Monsieur Patrice vous attend.

Quel que soit le pigment que vous cherchez, il vous le trouvera : des dizaines de bocaux s'alignent derrière lui.

Mais sa préférence, c'est le papier. Dans sa jeunesse, il a parcouru le monde pour dénicher les plus rares. Japon, Chine, Corée. Mais aussi Thaïlande, Bhoutan, Brésil… Mexique, où un chaman lui a confié des feuilles dotées d'un fort pouvoir médicinal.

Monsieur Patrice sourit.

— Je garantis l'originalité et la diversité de mon stock. Mais pas sa continuité. Les producteurs sont des artisans, généralement perdus dans une montagne au plus près des eaux les plus pures. Parfois, ils poursuivent quelques années leur activité. Parfois, ils s'interrompent sans prévenir. Ils recommenceront, peut-être.

Quand je lui demanderai le nom de quelques-uns de ses clients, créateurs célèbres, Monsieur Patrice haussera les épaules.

— Vous croyiez vraiment que j'allais les dénoncer ?

Il a seulement consenti à m'avouer un motif de fierté.

— Certains viennent avec une idée précise de support. Mais pour beaucoup, c'est le papier, mon papier qui influence, j'irais jusqu'à dire, dicte l'œuvre.

Un jour, redescendu au rez-de-chaussée, j'ai réclamé au patron si Sennelier avait un catalogue de tous les papiers proposés, il m'a considéré, éberlué.

— Comment le pourrions-nous ? Vous connaissez Patrice ? Alors vous savez bien que le papier, le vrai, celui du premier étage, est imprévisible.

Borges, le cap Horn, Jacques Attali
et une pensée africaine

Un dimanche de décembre, vers la fin des années 1990, je m'embarquai à Ushuaia, sur le voilier *Baltha-zar* de Bertrand Dubois. Nous allions passer quelque temps à explorer le canal de Beagle, les îles Hoste, Navarino, Picton, Lennox, avant d'aller plein Sud.

Une évidence m'est venue. Pourquoi me priver de la modernité ? Grâce à elle, je pourrais emporter avec moi tous les livres dans un livre et relire *Bérénice* en traversant l'un de ces coups de vent si fréquents dans la baie de Nassau et me replonger dans l'*Odyssée* en doublant le cap Horn.

C'était le rêve de Borges : « La Bibliothèque de Babel » ou Bibliothèque infinie. Je me souviens des premiers mots : « L'univers (que d'autres nomment la Bibliothèque) se compose d'un nombre indéfini, et peut-être infini de galeries hexagonales […]. »

Dès mon retour, je rejoignais Cytale, la société créée par mon grand frère Jacques Attali pour offrir au public l'un des premiers livres électroniques.

Que de mots doux n'ai-je pas entendus ! « Traître ! Assassin du livre ! Comment osez-vous ? La littérature t'a tellement donné ! Je savais bien qu'au fond vous étiez vulgaire et vendu au profit… »

Au bout de deux années de bataille et un début de reconnaissance, nous avons fait faillite. La liseuse de Cytale était trop lourde, trop chère. Et nous venions trop tôt.

Mais je savais, nous savions qu'un jour viendrait…

Et, bien au fond de moi, je gardais mes deux autres rêves, après celui de la Bibliothèque infinie.

D'abord, concevoir des hyperlivres.

J'avais publié une vie de Le Nôtre, le jardinier de Louis XIV. Chez Cytale, nous avions prévu qu'à côté de la lecture traditionnelle, et *sans la remplacer*, nous proposerions une autre promenade dans Versailles avec des musiques de ce temps-là, des cartes, des peintures du Grand Canal… L'art total, l'opéra général…

Et autre rêve, donner ou redonner à des textes qu'il ne serait pas rentable de publier ou de republier, l'opportunité de trouver des lecteurs.

La Bibliothèque infinie doit contenir aussi des livres qui n'existent plus et des écrits qui n'auront jamais, pour des raisons économiques, la possibilité de devenir des livres en papier.

Dix ans ont passé.

Et les liseuses, tablettes et autres Pad sont arrivés parmi nous.

Qui peut regretter de voir accroître les moyens, c'est-à-dire la liberté, de lecture et de raconter ?

Un autre monde commence.

Après le livre, c'est ainsi que François Bon parle de ce nouveau monde.

Mais un livre, avant d'être un support (bois, parchemin, pierre, sable ou… papier), est d'abord un choix.

Le choix de retenir un contenu parmi tous les contenus possibles.

Donc l'après-livre, c'est toujours un monde de livres.

Sauf à se laisser noyer par l'avalanche permanente de données indistinctes tombées de la toile.

Et qui dit choix veut dire quelqu'un qui choisit. Plus nombreux seront les textes et plus je crois à la nécessité d'éditeurs.

Plus virtuelles et désincarnées seront nos rencontres et plus je crois au besoin de contacts réels : les (bons) libraires seront aux livres ce que le spectacle vivant est aux disques.

Quant au papier, je lui fais aussi confiance. Il y a en chacun de nous un désir de lenteur, de silence, de recueillement.

Ce désir-là, je crois que seul le papier peut y répondre.

Peut-être parce qu'il est d'abord fait avec de l'eau ? Comme nous.

Et quand le pessimisme me prend, je relis *L'Aventure ambiguë*, le chef-d'œuvre de Cheikh Hamidou Kane (1961) : « Si je leur dis d'aller à l'école nouvelle, ils iront en masse. Ils y apprendront toutes les façons de lier le bois au bois que nous ne savons pas. Mais, apprenant, ils oublieront aussi. Ce qu'ils apprendront vaut-il ce qu'ils oublieront ? »

Qu'est-ce que le Progrès sinon, toujours, une aventure ambiguë ?

CONCLUSION

Au XVIIIe siècle, les marins se prirent de passion pour la botanique.

Sur toutes les terres lointaines où ils abordaient, ils recueillaient les espèces inconnues et les rapportaient en Europe dans des cages de bois qu'ils construisaient pour elles.

Et puis ils les plantaient, avec un soin dont on n'aurait pas cru capables leurs mains rugueuses.

Ils appelaient ces jardins ainsi créés des *jardins de retour*.

Chaque fois que je reviens de voyage, je me demande : qu'ai-je rapporté de plus précieux ? Que vais-je planter dans mon jardin ?

De ma longue route, j'ai d'abord gagné un amour accru pour cette matière magique, si souple et si résistante, si prête à tous les usages, recevant si bien les couleurs, en un mot si serviable, ne sachant pas comment répondre à nos souhaits.

Et du respect. Plus : une amitié pour tous les gens qui exercent l'un des métiers du papier.

À trop côtoyer quotidiennement les êtres et les

choses, nous oublions de nous émerveiller de leur utilité, voire de leur bienveillance à notre égard.

Je savais le papier nécessaire. J'ignorais l'étendue des services qu'il rend à la connaissance, à la création, à la mémoire, à la confiance, à la santé et au commerce.

Qu'est-ce que le papier, finalement ? Une soupe. Une soupe de fibres qu'on étale puis qu'on assèche.

L'heure était venue pour moi d'exprimer ma gratitude au Chinois qui, le premier, avait eu l'idée de cette soupe. Et à toutes les cuisinières qui, vingt-deux siècles durant, en avaient peu à peu affiné la recette.

Le deuxième trésor que j'allais enfouir dans mon jardin était une incomparable collection d'histoires, toutes les histoires belles, tendres et cruelles qui accompagnent l'odyssée du papier. De la bataille de Samarcande aux bagarres de chiffonniers ; de l'aventure des Montgolfier à celle de Bojarski, le prince des faux-monnayeurs ; sans oublier les mille grues de papier plié en hommage à la petite fille morte d'Hiroshima. Ni les récits d'espionnage pour la maîtrise mondiale du papier hygiénique.

Car les plus belles histoires ne sont pas forcément les plus anciennes. Et les récits des conquêtes actuelles valent bien les épopées d'autrefois.

Qu'on se le dise, autant que je l'ai appris, le papier, matière deux fois millénaire, est aussi le territoire des technologies les plus récentes et les plus pointues.

On dirait que le papier, sur lequel les écrivains racontent et s'épanchent, veut prouver sa capacité propre à raconter des histoires.

Dernier cadeau de la route : un cercle. Peut-être la première leçon du papier : une conception du monde selon laquelle rien ne se perd, rien ne se crée, tout se transforme. Ainsi l'avait résumée Lavoisier vers 1750, mais l'inventeur du papier l'avait expérimentée vingt siècles plus tôt.

Pour produire toujours plus de pâte, des gangsters, comme en Indonésie, ravagent des forêts primaires.

Mais on peut dire que la moitié des forêts de la planète sont aujourd'hui respectées et gérées dans le souci d'une préservation à long terme. Et de toute manière c'est le papier qui, majoritairement, engendre le papier puisque 60 % de tous les papiers viennent d'autres papiers, recyclés.

Des progrès sont encore à faire.

Mais quel secteur dit mieux ?

*
* *

À cet instant, un vertige m'a pris : et si je n'étais, moi, Erik Orsenna, qu'une sorte de papier ?

Quelles sont les étapes de la création romanesque ?

D'abord, sans bien s'en rendre compte, l'écrivain *trie* entre toutes les informations reçues : entre tous les souvenirs engrangés il choisit ceux qui pourront lui servir.

Ensuite, et toujours dans le même état de demi-conscience, il *récupère*, c'est-à-dire qu'il commence à constituer à partir de ce magma un bloc à peu près homogène, en d'autres termes l'esquisse d'une histoire.

Enfin, il *recycle*. Il mélange ces éléments disparates, il les triture, il unit, il fabrique une pâte qu'il étire, qu'il étend, qu'il apprête... Ne parle-t-on pas de la « pâte romanesque » ?

Le romancier est un papetier qui s'ignore, un recycleur instinctif.

Ainsi, le roman et le papier, l'histoire et son support seraient-ils de même nature ?

Inséparables. Chacun l'écho de l'autre. Et se répondant sans fin et leurs fibres mêlées.

Je comprends mieux pourquoi j'appartiens au dernier carré des irréductibles, ceux qui n'écrivent leurs livres qu'au crayon (bois et carbone) sur des feuilles (de papier).

Dieu sait si j'aime mon ordinateur, mon bateau pour naviguer dans les savoirs, l'irremplaçable postier de mes correspondances lointaines. Mais j'ai la conviction que si je l'employais pour l'écriture véritable, je romprais l'intimité précédemment décrite.

S'ensuivraient des déchirures, des solitudes que je devine insupportables.

J'ai souvent pensé aux souffrances jumelles de l'Afrique et de l'Amérique du Sud lorsqu'elles ont senti qu'un mouvement les écartait l'une de l'autre, que ce mouvement était inéluctable, et que, déjà, un océan s'engouffrait entre elles.

*
* *

À peine posé mon sac sur la Butte-aux-Cailles où j'habite, je suis reparti. Pas loin. Juste de l'autre côté de la place d'Italie. J'avais commencé ma route par la Chine ; mon amour des histoires rondes me dictait de finir par elle.

Et la grande épicerie des frères Tang est une

enclave chinoise au cœur de Paris, un résumé fidèle de l'empire du Milieu.

Avenue d'Ivry, une longue procession de moines aux robes couleur safran marchaient en cadence derrière un panneau qui souhaitait :

Bienvenue
au
Bouddha de Jade
pour la paix universelle

Des fidèles s'inclinaient à leur passage et glissaient des offrandes dans la gamelle que chaque religieux tenait devant lui.

J'étais en Asie.

Je suis entré dans la cour du n° 48, avenue d'Ivry. Une affiche annonçait une double promotion :
— Longane frais de Thaïlande,
8 € 50 le panier (environ 3 kilos) ;
— Bâtonnets d'encens, 1 € les 10.

J'ai cherché longtemps sans succès dans le magasin principal, diverti, il est vrai, par ces étals seulement garnis de produits de là-bas.

De guerre lasse, je me suis renseigné auprès d'une petite dame qui rangeait le rayonnage des champignons séchés.

Elle m'a fait trois fois répéter : elle comprenait mal ma langue et moins encore qu'un Français puisse avoir besoin de ce que je lui disais chercher.

Elle a fini par m'indiquer la sortie et, tout de suite après, de tourner à gauche.

Je l'ai quittée furieuse. Elle répétait en nasillant quatre mots. Pourquoi faisais-je semblant de ne pas les reconnaître ?

La lumière ne m'est venue qu'après. Elle voulait dire *arts de la table*. Telle était la spécialisation du bâtiment annexe où elle m'avait envoyé.

C'est là, au sommet d'une montagne de bâtonnets d'encens, que j'ai trouvé les faux dollars, les robes de cérémonie et deux maquettes de maisons.

Tous en papier.

Je me suis souvenu de Jean-Pierre Drège et de nos conversations finistériennes.

« À quoi sert le papier en Chine ? lui avais-je demandé.

— Si on le brûle, sa fumée monte jusqu'au ciel. Ainsi les vivants communiquent avec leurs morts. Ils leur envoient de l'argent, des vêtements, des maisons, même des trousses de toilette : tout ce qui peut leur faire plaisir et les empêcher de trouver trop long le temps de la mort.

— J'y pense : à quoi sert un livre ?

— La même réflexion que vous m'est venue : un livre, c'est l'inverse. Il permet à l'auteur, vivant ou mort, en tout cas absent, de communiquer avec nous. »

Mon père était mort au mois de juillet précédent. Alors j'ai acheté le stock des frères Tang. Les faux dollars, bien que mon père n'ait jamais été très dépensier. Et les robes de cérémonie : oserait-il les revêtir, lui si timide ? Et les maisons : dans laquelle, là-bas, choisirait-il de s'installer ?

Avenue d'Ivry, plus de trace des moines du bouddha de Jade. Ils s'en étaient allés quêter plus loin.

Je me suis dit que la route du papier ne serpentait pas seulement à la surface de la Terre. Elle montait peut-être jusqu'au séjour des disparus.

BIBLIOGRAPHIE

À propos du papier, d'innombrables papiers ont été noircis.

Je ne veux saluer ici que les guides principaux de mon long voyage.

D'abord, sept indispensables.

Pour commencer, dans la si fertile collection « Découvertes » de Gallimard : Pierre-Marc de Biasi, *Le Papier. Une aventure au quotidien*, 1999.

Pour se promener : une très érudite en même temps que très vivante *Saga du papier*, par Pierre-Marc de Biasi et Karine Douplitzky (Adam Biro-Arte Éditions, 2002).

Pour réfléchir : le n° 4 des *Cahiers de médiologie* (« Pouvoirs du papier », Gallimard, 1997), la si riche revue dirigée par Régis Debray. Ce numéro, dédié à Boris Vian, premier directeur de l'Association technique de l'industrie papetière, a été conduit par Pierre-Marc de Biasi et Marc Guillaume.

Pour remonter le temps : Dard Hunter, *Papermaking : the History and Technique of an Ancient Craft*, New York Dover Publications, 1978.

Pour s'initier à la fabrication moderne : *Le Papier* de Gérard Martin et Michel Petit-Conil (PUF, 1997).

Pour s'émerveiller : *D'art et de papier* de Marie-Hélène Reynaud (Textuel, 2008).

Sans oublier une passionnante réflexion de François Bon, *Après le livre* (Le Seuil, 2011).

Ces bases acquises, mille livres vous attendent et cent mille publications de toutes les tailles, tous les niveaux de complexité et… tous les degrés du plaisir de lire, du plus faible, voire de l'indigeste, à l'enchantement.

Je recommande pour l'Extrême-Orient tous les articles de Catherine Despeux et Jean-Pierre Drège ainsi que *L'Imprimerie en Chine* de Thomas Francis Carter (Imprimerie nationale, 2011). Et un désopilant récit des découvertes archéologiques : Peter Hopkirk, *Bouddhas et rôdeurs sur la route de la Soie* (Picquier, 1995).

Pour la recherche et la perspective, les rapports du Centre technique du papier (Grenoble).

Sur chaque pays papetier foisonnante est la documentation. Vous trouverez dans les ouvrages précités toutes les références utiles.

J'ajouterai :

– L'admirable *Japon papier* de Dominique Buisson, Éditions Pierre Terrail, 1991. Dominique est aussi l'auteur de nombreux textes sur l'origami.

– *Le Papier* de H. Briant Le Bot, Minuit, coll. « Traverses », 1983.

– *Les Frères Montgolfier* de Marie-Hélène Reynaud, Éditions de Plein Vent, 1982.

– *Des forêts et des hommes* de Lynda Dionne et Georges Pelletier, Les publications du Québec, 1997.

– *Pasteur : cahiers d'un savant*, coordonné par Françoise Balibar et Marie-Laure Prévost (CNRS Éditions-BNF-Zulma, 1995).

– *Le Papier à travers les âges* de Gérard Bertolini (L'Harmattan, 1999).

– *Les Pieds sur terre* d'Ellen MacArthur (Glénat, 2011).

– *Histoires de papier* de Lénaïk Le Duigou, Christel Seidensticker et Pierre Schmitt (Éditions Ronald Hirlé, 1993).

Et la bible de l'économie du recyclage : *Du rare à l'infini. Panorama mondial des déchets*, de Philippe Chalmin et Catherine Gaillochet, Economica, 2009.

Et le maître livre d'Alberto Manguel : *Une histoire de la lecture*, Actes Sud, coll. « Babel », 1998 ; J'ai lu, 2001.

Quant à Francis Hallé, l'explorateur des canopées, ne manquez *aucun* de ses livres sur les arbres et les forêts. Promenades savantes autant qu'émerveillées. Et cris d'alarmes. Par exemple :

– *Éloge de la plante* (Seuil, 1999).

– *Le Radeau des cimes* (Seuil, 2000).

– *La Condition tropicale* (Actes Sud, 2010).

– *Du bon usage des arbres* (Actes Sud, 2011).

REMERCIEMENTS

Merci, d'abord, à Jean-Marc Roberts, mon éditeur et mon frère. Sans sa confiance, je ne voyagerais pas. Et comment comprendre notre planète sans aller y voir ?

Le papier est un univers, plus complexe et divers qu'on ne croit, aussi étendu dans le temps que dans l'espace.

Pour y pénétrer, il faut des guides.

La plupart sont devenus personnages de ce livre, lequel, sans eux, n'aurait jamais existé.

Merci.

D'autres guides n'apparaissent pas. Pourtant leur rôle fut aussi décisif.

Merci à Daniel Forget, l'un des meilleurs connaisseurs français du papier mondial.

Merci à Boris Patentreger, militant très actif au sein de la section française de WWF (World Wild Life Fund). Avec vaillance, et souvent efficacité, cette ONG défend la diversité et les milieux qui l'accueillent, au premier desquels les forêts.

Hélène Kelmachter, attachée culturelle de France à Tokyo, incomparable alliée pour des recherches au Japon.

Dominique Buisson, savant, s'il en est, de la civilisation japonaise.

Pierre Noé, dont les connaissances au Brésil me furent précieuses.

Mathieu Goudot, qui met sa double compétence scientifique et financière au service d'un développement plus équilibré de notre économie (il a du travail).

Florence Donnarel, journaliste, reporter, grande voyageuse, fouineuse d'exception, grande découvreuse des pistes qui mènent aux vérités les plus incongrues ou les plus dérangeantes.

Et bien sûr Philippe Chalmin, mon complice depuis trente ans dans la passion des matières premières.

Merci.

Je n'aurais garde d'oublier mon équipe de relecteurs, des êtres à l'œil implacable et je crois dépourvus d'âme tant ils peuvent se montrer cruels : Christophe Guillemin, Joël Calmettes, Nicolas et Martine Philippe.

Merci.

Enfin, que serais-je sans Marie Eugène, la bonne fée dont on rêve, génie des métamorphoses, capable de mener sans faillir toutes les opérations qui changent en livre des pages et des pages gribouillées au crayon III B sur des carnets Rhodia nº 16 ? (Merci, en passant, à la société qui les fabrique : ils sont les complices de tous mes voyages, attendant impatiemment contre ma jambe gauche – vive les poches des pantalons « cargo » ! – que se présente une occasion de noter.)

Et merci à la Fondation Félix-Leclerc, tout particulièrement à Nathalie. Elles m'ont autorisé à vous faire connaître cet hommage aux draveurs. Occasion de redire mon affectueuse admiration pour le fils de La Tuque, le grand Félix.

Table

SECONDE PARTIE
Papier présent

Du même auteur :

LOYOLA'S BLUES, roman, Éditions du Seuil, 1974 ; coll.
« Points ».

LA VIE COMME À LAUSANNE, roman, Éditions du Seuil,
1977 ; coll. « Points », prix Roger-Nimier.

UNE COMÉDIE FRANÇAISE, roman, Éditions du Seuil,
1980 ; coll. « Points ».

VILLES D'EAU, en collaboration avec Jean-Marc Terrasse,
Ramsay, 1981.

L'EXPOSITION COLONIALE, roman, Éditions du Seuil,
1988 ; coll. « Points », prix Goncourt.

BESOIN D'AFRIQUE, en collaboration avec Éric Fottorino
et Christophe Guillemin, Fayard, 1992 ; LGF.

GRAND AMOUR, roman, Éditions du Seuil, 1993 ; coll.
« Points ».

MÉSAVENTURES DU PARADIS, mélodie cubaine, photographies de Bernard Matussière, Éditions du Seuil, 1996.

HISTOIRE DU MONDE EN NEUF GUITARES, accompagné
par Thierry Arnoult, roman, Fayard, 1996 ; LGF.

DEUX ÉTÉS, roman, Fayard, 1997 ; LGF.

LONGTEMPS, roman, Fayard, 1998 ; LGF.

PORTRAIT D'UN HOMME HEUREUX, ANDRÉ LE NÔTRE,
Fayard, 2000.

LA GRAMMAIRE EST UNE CHANSON DOUCE, Stock, 2001 ;
    LGF.
MADAME BÂ, roman, Fayard/Stock, 2003 ; LGF.
LES CHEVALIERS DU SUBJONCTIF, Stock, 2004 ; LGF.
PORTRAIT DU GULF STREAM, Éditions du Seuil, 2005 ;
    coll. « Points ».
DERNIÈRES NOUVELLES DES OISEAUX, Stock, 2005 ; LGF.
VOYAGE AUX PAYS DU COTON, Fayard, 2006 ; LGF.
SALUT AU GRAND SUD, en collaboration avec Isabelle
    Autissier, Stock, 2006 ; LGF.
LA RÉVOLTE DES ACCENTS, Stock, 2007 ; LGF.
A380, Fayard, 2007.
LA CHANSON DE CHARLES QUINT, Stock, 2008 ; LGF.
L'AVENIR DE L'EAU, Fayard, 2008 ; LGF.
COURRÈGES, X. Barral, 2008.
ROCHEFORT ET LA CORDERIE ROYALE, photographies de
    Bernard Matussière, Chasse-Marée, 2009.
ET SI ON DANSAIT ?, Stock, 2009 ; LGF.
L'ENTREPRISE DES INDES, roman, Stock, 2010 ; LGF.
PRINCESSE HISTAMINE, Stock, 2010 ; Le Livre de Poche
    Jeunesse, 2012.

Le Livre de Poche s'engage pour
l'environnement en réduisant
l'empreinte carbone de ses livres.
Celle de cet exemplaire est de :

350 g éq. CO$_2$

PAPIER À BASE DE   Rendez-vous sur
FIBRES CERTIFIÉES   www.livredepoche-durable.fr

Composition réalisée par PCA

Achevé d'imprimer en avril 2013 en France par
CPI BRODARD ET TAUPIN
La Flèche (Sarthe)
N° d'impression : 73051
Dépôt légal 1re publication : avril 2013
Édition 02 – avril 2013
LIBRAIRIE GÉNÉRALE FRANÇAISE
31, rue de Fleurus – 75278 Paris Cedex 06

31/7408/3